KB117092

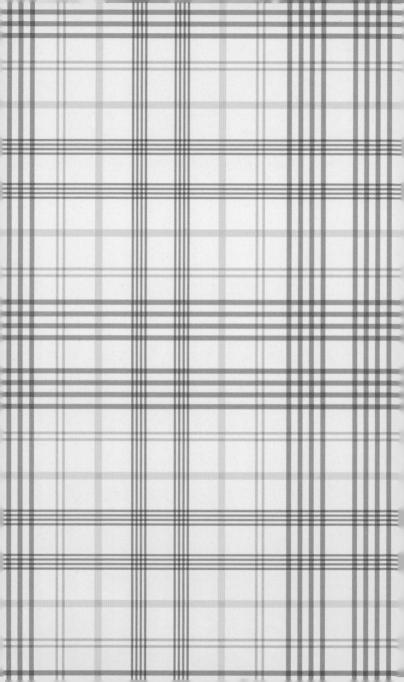

생강빵과 진저브레드

소설과 음식 그리고 번역 이야기

생강빵과 진저브레드

김지현 산문집 · 최연호 감수

비채

소설 속 음식들을 맛보기 전에

어렸을 때 세계 명작 소설이나 소녀 소설을 읽으면서
나는 책 속에 등장하는 낯선 문물에 열광했다. 특히
음식 이야기는 언제나 나를 사로잡았다. 소설 속에서
는 내가 한 번도 맛본 적 없고 만져본 적 없는 음식이
쏟아져 나왔다. 그것들이 무엇인지는 알 길이 없었
다. 요즘처럼 인터넷으로 검색해볼 수도 없고, 어른
들에게 물어보아도 모르기는 마찬가지이거나 수수께
끼 같은 설명만 해주거나 제각기 다른 답변을 내놓곤
했으니. 나는 결국 그 낯선 음식과 물건 들의 신비로
운 이름을 입안에서 굴려보며 상상만 할 따름이었다.
근사한 맛, 냄새, 색채, 감촉, 소리. 그건 이 세상 어디
에도 없는, 내 멋대로 만들어낸 환상일 뿐이었지만,

동시에 나만의 마법이기도 했다. 언제 어디서든 다른 세상으로 떠날 수 있고, 다른 사람으로 변신할 수 있는 마법 말이다.

책을 읽으며 나는 여름휴가를 맞아 '외조부님의 저택'이나 '대고모님의 농가'에 내려가 푸짐한 간식을 대접받고 황야를 탐험하는 소녀가 되었다. 가끔은 사방이 찬장으로 둘러싸인 깊디깊은 구덩이 속으로 떨어지면서, '오렌지 마멀레이드'나 '복숭아 병조림' '양배추 절임' 같은 이름표가 붙은 유리병들이 빼곡히 들어찬 선반들을 살펴보는 앨리스가 되기도 했다. 선생님들 몰래 야식 파티를 열기 위해 달콤한 음식들을 찬장에 숨겨두고는, 그 음식들보다도 더더욱 달콤한 비밀을 친구들과 나누며 즐거워하는 여학생이 되었다가 굶주리고 꾀죄죄한 부엌데기 하녀 아이에게 두툼한 케이크를 나누어주고 자신의 벨벳 드레스를 선뜻 입혀주는, 마음씨 고운 부잣집 아가씨도 되어보았다.

책이 불러일으킨 상상 속에서 나는 무엇이든 될 수 있었고, 어디로든 갈 수 있었고, 누구든 만날 수 있었다. 나와는 상관없는 수많은 사람들의 인생을 살아보는 것. 그건 내게 주어진 어마어마한 자유의 경험이었다. 1990년대 수도권의 아파트와 학교와 학원을 오가며 자라는 작고 어린 여자아이였던 나 같은 아이들도, 책 속에서만큼은 영웅이 되어 세계를 모험할 수도 있고, 왕이 되어 왕국을 호령할 수도 있었던 것이다. 책을 읽는 동안 나는 어른들이 내 주위에 그어놓은 한계를 넘어 종횡무진 활약했다.

어른이 되어서도 소설 읽기의 즐거움이란 결국 그런 것 같다. 상상을 통해 자유로워질 수 있다는 것. 그리고 그 놀라운 상상의 힘은 소설에 나오는 작은 단어 하나에서 비롯되곤 한다. 백과사전이나 문학 교과서에 요약된 굵직굵직한 줄거리나 주제, 교훈 따위가 아니라, 그 주변에 흩어져 있는 낯선 단어들, 정체 모를 물건들, 신기한 음식들. 어떻게 보면 사소하기 그지없는 디테일이야말로 내가 다른 세상과 다른 삶을 꿈꿀 수 있는 마법의 주문이다.

그런데 이제 어른이 되어 글을 쓰고 번역을 하는

일을 하다 보니 그 시절 미처 몰랐던 것들을 알게 되었다. 내게 그토록 신비롭게 들렸던 마법의 주문들 중 일부는 사실 잘못된 번역이었으며, 그 환상적인 뉘앙스는 번역가가 음식의 이름을 적절한 우리말로 옮기지 못해서 생긴 오해일 뿐이었다는 것. 그렇게 환상이 깨질 때마다 나는 당황했고 배신감마저 느꼈다. 하지만 나 스스로가 번역가이니만큼 섣불리 비난할 수 없었다. 외국 문물을 '적절하게' 옮긴다는 것이 얼마나 어려운 일인지 잘 아니까.

게다가 번역을 아무리 잘한다 해도, 일단 한 언어가 다른 언어로 옮겨지는 순간 원래의 의미는 어떻게든 손실될 수밖에 없다. 번역된 문장은 결국 번역가 자신이 쓴 문장이므로, 번역가 고유의 생각, 가치관, 판단, 개성이 개입되게 마련이다. 더 나아가 한국어로 번역된 문장이라면 한국어라는 언어가 비롯된 한국적 토양, 사회, 문화, 사고방식이 담길 수밖에 없다. 따라서 번역문은 원문의 의미를 잃을 뿐만 아니라, 원어에는 없었던 새로운 의미를 낳기도 한다.

이를테면 나는 '진저브레드'와 '생강빵'이 비록 같

은 종류의 음식을 가리킨다 해도 두 단어의 용법은 다르다고 생각한다. 마찬가지로, '월귤'과 '블루베리'는 같은 과일을 뜻하지만 단어의 어감은 판이하게 다르게 느껴진다. '라즈베리 코디얼'을 마시는 소녀와 '나무딸기 주스'를 마시는 소녀는 외모도, 성격도, 말투도 다를 것만 같다. 그러므로 진저브레드, 블루베리, 라즈베리 코디얼이 나오는 책을 읽은 독자의 경험과, 생강빵, 월귤, 나무딸기 주스가 나오는 책을 읽은 독자의 경험 역시 다를 수밖에 없다.

훌륭한 책은 번역판이 많이 나오면 나올수록 이롭다는 말이 있다. 다양한 번역이 나올수록 그만큼 다양한 의미가 생겨나고, 독자들이 선택할 수 있는 경험의 폭도 넓어지기 때문이다. 많은 소설을 읽을수록 다양한 삶을 체험할 수 있듯이 말이다.

나는 이러한 관점에서 《생강빵과 진저브레드》를 썼다. 문학 작품들 속 낯선 음식들의 '실체'를 밝히는 것은 나의 주된 목적이 아니다. 그보다는 문학 속에만 존재하는 문학적 음식들에 대해, 그리고 그것이 한국어로 옮겨져 우리에게 도착했을 때의 '맛'에 대해 이야기하고 싶었다. 하지만 그러자면 결국 문학 밖의 음식에 대해서도 같이 이야기하지 않을 수 없다. 그래서 각 장의 끝에 그 음식에 대한 객관적인 정보를 담은 설명을 덧붙였다.

각 장의 앞머리에는 그 음식이 소설 속에서 어떻게 등장하는지 보여주는 발췌문을 실었다. 기본적으로 이 책은 내가 어렸을 때 읽었던 책들에 대한 기억을 바탕으로 한다. 그중 일부는 저자와의 계약 없이 출간된 책이다. 하지만 옛 '해적판'에 난무하는 오역들을 독자 여러분에게 소개한다면 원작에 대한 오해를 불러일으킬 위험이 있으므로 거의 새로 번역하되(직접 번역하지 않은 책에 한해 출처를 밝혔다), 1980년대와 1990년대 번역서에서 곧잘 쓰이던 단어들을 가져왔다. 현재 서점에서 만날 수 있는 정식 번역판들은 나보다 해당 작품에 대해 훨씬 더 잘 알고 오래 고민해온 번역가와 편집자 들이 오늘날의 한국 독자들에게 다가갈 수 있게끔 공들여 만든 책들이다. 만약 이 책을 읽고 작품에 관심이 생겼다면 주저 말고 정식 번역판을 찾아주시기를 바란다.

　나는 영미문학 번역가이기에 서양의 작품들, 특히 영미권 작품에 나오는 음식들을 다루었다. 보다 다양한 문화권의 소설과 음식을 소개하지 못해 아쉬운 마음이다. 이른바 세계 명작이라 불리는 작품들의 상당수가 서구 문학이라는 점을 생각하면, 오늘날 우리가 아는 문학이 얼마나 1세계 중심적인지 새삼 상기하게 된다. 다행히 요즘은 훨씬 다양한 언어와 지역의 문학을 한국어로 접할 수 있게 된 것 같다. 앞으로는 생강빵이나 월귤, 나무딸기 주스보다 낯설고 다채로운 음식이 등장하는 비서구권 작품을 더욱 많이 읽을 수 있다면 좋겠다.

　음식과 요리에 관한 지식이 부족한 나에게 많은 귀중한 조언을 주신 최연호 님, 발상 단계에서부터 지지와 격려를 아끼지 않았던 이승희 님, 원고를 멋진 책으로 엮어주신 신종우 님과 문장을 꼼꼼히 다듬어주신 김상희 님, 환상적인 음식들을 환상적으로 그려주신 윤미원 님과 이 모든 것을 완벽하게 '플레이팅'

해주신 홍세연 님께 감사드린다. 내가 평생 두고두고 기억할 책들을 읽게 해주신 나의 부모님께도 깊이 감사하는 마음이다. 그리고 나처럼 책과 음식을 사랑하는 친구들에게 감사드린다. 그들이 기꺼이 들려준 이야기들은 내게 큰 영감을 주었으며, 우리가 발 디디고 선 이 커다란 공감대의 존재를 확인시켜주었다.

사실 나는 문학 작품 속 음식에 대한 환상이라는 것이 구태여 큰 소리로 논할 가치가 없는 지극히 개인적인 경험이거나, 언젠가 제대로 된 지식을 접하고 '교정'되어야 할 사소한 오해일 뿐이라고 생각했다. 그런데 많은 사람이 비슷한 책을 읽고 비슷한 환상을 떠올렸다면 그것은 더 이상 개인적인 오해로 끝나지 않는다. 그것이야말로 우리가 함께 나누고 이야기할 만한 공통의 '경험'인 것이다.

Contents

‡ Bread and Soup ‡

빵과 수프

‡ Dessert ‡

디저트와 그 밖의 음식들

‡ Supplement ‡

부록

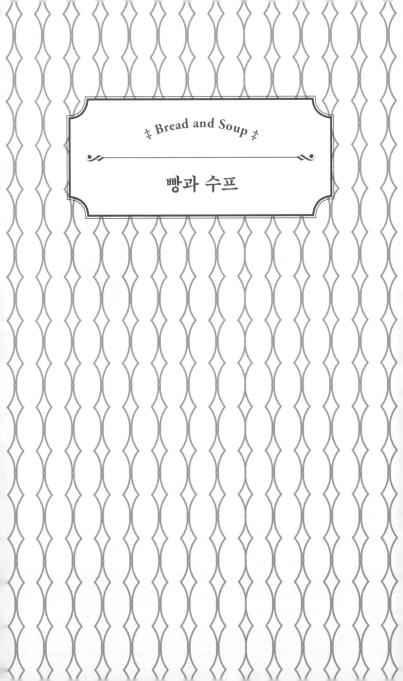

‡ Bread and Soup ‡

빵과 수프

검은 빵

{ Black Bread }

"할머니에게 뭘 갖다 드릴까요?"
"뭔가 좋은 것을 생각해보자."
데테 이모가 말했다.
"부드러운 흰 빵은 어떠니? 좋아하실 거야. 이제 연세가 있
어서 딱딱한 검은 빵은 먹기 힘드실 테니까."
"맞아요. 늘 페터에게 검은 빵을 돌려주면서 너무 딱딱해서
못 먹겠다고 하시거든요. 제가 직접 봤어요."
하이디가 말했다.
"빨리 가요, 이모. 프랑크푸르트에 얼른 다녀와서 오늘 안으
로 할머니에게 흰 빵을 드리고 싶어요."

_요하나 슈피리, 《하이디》

《하이디》에는 알프스의 아름다운 자연 풍경과 더불어 그곳의 자연에서 나는 음식이 많이 나온다. 막 짜낸 신선한 염소젖, 불에 구운 황금빛 치즈. 그야말로 천연 유기농 유제품들의 향연이다. 무뚝뚝하지만 인자한 할아버지가 아낌없이 마련해주는 염소젖과 치즈를 하이디는 실컷 먹고 또 먹는다. 대접에 담긴 염소젖을 꿀꺽꿀꺽 소리 나게 들이마시고, 버터처럼 부드러운 치즈를 빵에 발라서 한 입 가득 베어 물고…… 그 장면들이 얼마나 구체적으로 생생하게 그려지는지 웬만한 '먹방' 뺨친다. 작가가 순전히 먹는 장면을 쓰고 싶어서 이 소설을 쓴 게 아닐까 싶을 정도이다. 독자인 나로서는 그림의 떡을 구경하는 입장이니 군침이 돌다 못해 조금은 약이 오르기까지 한다.

물론 《하이디》에서 먹는 장면을 그렇게 자세하게 다룬 데에는 그럴 만한 이유가 있다. 주인공들의 행복과 불행을 먹는 모습으로도 표현했기 때문이다. 하이디가 음식을 잘 먹는 것은 그게 맛있어서이기도 하지만, 그 음식을 안겨주는 알프스의 자연과 할아버지를 사랑하는 하이디의 마음 때문이기도 하다. 하이디는 할아버지와 단출한 식사를 하고, 들판에서 염소들과 어울려 놀고, 나무들이 바람에 흔들리는 소리에 귀를 기울이고, 잠자리에 누워 창밖으로 무수히 펼쳐진 별들을 바라보며 사는 것에 만족한다. 그 소박하고 건강하고 자유로운 삶이 하이디에게는 행복이다.

그러나 어른들 사정 때문에 억지로 그곳을 떠나 도시에서 살면서부터, 하이디는 슬픔과 외로움을 배운다.

도시에는 하이디가 사랑하는 것들이 없다. 할아버지도, 염소도, 향긋한 들꽃도, 바람에 흔들리는 전나무도, 하늘을 찬란한 빛깔로 물들이는 저녁노을도. 오로지 살풍경한 건물들만 빽빽이 늘어서 있는 도시의 삶이 하이디에게는 답답하고 무서울 뿐이다. 어른들은 하이디에게 알파벳 공부를 시키고, 복잡한 식사 예절과 공손한 말씨를 강요하며, 마음대로 밖에 나가서 뛰어놀지 못하게 방 안에 가두어놓는다. 하이디는 어른들의 구박과 업신여김 속에서 나날이 시들어간다. 밤마다 알프스가 그리워 눈물짓는 소녀에게 식욕이 생길 리 없다. 소설 초반부에서 하이디가 염소젖과 치즈를 먹는 장면들이 그토록 맛깔스럽게 묘사되었던 것과는 반대로, 도시에서의 식사는 지극히 무미건조하게 그려진다. 도시에서만 접할 수 있는 화려한 만찬이나 달콤한 케이크, 음료수 등이 아이의 입맛을 사로잡을 법도 한데, 하이디는 그런 것에도 전혀 관심이 없다. 어떤 음식이 차려져도 하이디는 식탁 앞에서 늘 깨작거린다.

다만 딱 한 가지 하이디가 욕심내는 것이 있는데, 바로 '흰 빵'이다. 부드럽고 말랑말랑한 하얀 빵. 하이디는 알프스에서 이웃집에 살던 가난한 할머니에게 그 빵을 주고 싶어 안달한다. 할머니가 평소에 먹던 값싼 검은 빵은 너무 딱딱해서 할머니가 씹어 삼키기 힘들기 때문이다. 하이디는 흰 빵을 가지고 어떻게든 알프스로 돌아가겠다고 마음먹고, 아침 식탁에 나오는 빵을 남몰래 하나씩 챙기기 시작한다. 이 빵을 많이 모아야지, 잔뜩 가지고 돌아가서 할머니께 안겨드려야지, 그러면 얼마나 기뻐하실까⋯⋯. 아무리 폭신폭신한 흰 빵이라도 시간이 지나면 딱딱해지고 맛이 없어진다는 것도 모른 채 하이디는 희망에 부푼다. 흰 빵은 하이디가 도시를 떠나야 하는 이유이지만, 한편으로는 하이디가 도시에서의 슬픔과 외로움을 끝까지 견딜 수 있는 힘이기도 하다.

길고 어려운 시기에 어떤 음식 하나가 우리에게 선사하는 힘이란 때로는 어마어마하다.

도시의 고급스러운 흰 빵, 시골의 값싼 검은 빵. 그 두 가지는 《하이디》에서 강렬한 흑백 대비를 이룬다. 갓 구운 흰 빵은 무척 부드럽고 먹음직스러운 음식으로 등장하는 반면, 검은 빵은 묘사조차 제대로 되지 않는다. 구태여 설명할 가치도 없을 만큼 시시하고 맛없는 음식이라는 듯이.

하지만 어렸을 때 나는 하이디가 그토록 집착하는 흰 빵보다도 검은 빵에 더 관심이 갔다. 검은 빵이 자

세한 묘사도 없이 무성의하게 다뤄졌기 때문에 오히
려 더더욱 호기심이 생겼는지도 모른다. 그러니까 그
건 대체 어떤 빵일까? 도대체 어떤 빵이기에 그 많은
명작 동화에서 검은 빵이 가난의 상징처럼 나오는 것
일까? 빵이 딱딱하면 얼마나 딱딱하기에 씹기도 힘
들다는 것일까? 검은색 빵이라고는 본 적도 없는 나
는 검은 빵에 대해 더 많이 알고 싶었다. 하지만 책에
는 구체적인 설명이 나오질 않았다. 《하이디》의 등장
인물들이 염소젖이나 치즈를 늘어놓고 그 색깔이며
질감이며 맛에 대해 온갖 미사여구를 동원해 '먹방'
을 펼치는 동안, 검은 빵은 그 배경에서 돌멩이처럼
아무렇게나 굴러다닐 뿐이었다.

　나는 내가 먹는 우유식빵, 소보로빵, 슈크림빵을
다 맞바꿔서라도 검은 빵이라는 것을 한 번만 먹어보
고 싶었다. 내가 모르는 알프스 시골의 소박한 맛을
체험해보고 싶었다. 내가 겪어본 적 없는 '유럽식 가
난'이 무엇인지 알고 싶었다. 아무리 가난이라 해도
한국의 구질구질한 가난과는 무언가 다를 것만 같았
다. 김치나 소주 냄새와는 거리가 먼, 건강하고 고소

하고 담백한 가난. 어린이책 삽화 속 백인 여자아이들처럼 예쁘고 깨끗한 가난.

이제는 그런 생각이 얼마나 철없는 것이었는지 안다. 그리고 검은 빵의 정체가 실은 호밀빵이었다는 것도 안다. 그것이 이름에서 연상되듯 오징어먹물빵 같은 시커먼 색이라기보다는 진한 갈색에 가깝다는 것도 안다. 서울에서 호밀빵을 취급하는 제과점이 어디인지도, 그게 어떤 맛인지도 잘 안다. 원하면 언제든지 손쉽게 사 먹을 수도 있다.

하지만 내가 아무리 유럽식 빵 가게들을 찾아다니며 온갖 호밀빵을 사 먹더라도 《하이디》에 나오는 검은 빵은 절대로 만날 수 없을 것이다. 실제 19세기 유럽 빈곤층이 먹던 호밀빵과 2020년 한국에서 시판하는 호밀빵은 재료나 기법, 보존 환경 등 모든 면에서 다를 수밖에 없기 때문이다. 하지만 그보다 더 근본적인 이유가 있다. 사실 어린 시절의 내가 맛보고 싶었던 것은 물리적인 검은 빵 자체가 아니었다. 알프스 고원의 전나무들이 바람에 흔들리는 소리, 향긋한 냄새가 나는 마른풀 침대와 천장에 난 창문으로 올려다보는 별하늘, 병약하지만 상냥하고 예쁜 금발 머리의 단짝 친구, 학교에 가지 않고 온종일 염소들과 뛰노는 삶…… 한마디로, 나는 현실의 내가 절대로 가질 수 없는 모든 것을 '검은 빵'에 대입했던 것 같다. 그렇다면 현실에서 가질 수 있는 빵은 이미 내가 원하는 검은 빵이 아니라는 뜻이다. 역설적이게도, 내게 검은 빵이란 존재하지 않음으로써 비로소 존재하는 것이다.

검은 빵

호밀빵, 그중에서도 천연 발효한 반죽으로 만든 호밀빵을 뜻한다. '흑빵'이라고 번역하기도 한다.

호밀은 춥고 척박한 환경에서도 잘 자라고 밀보다 재배가 쉬워서 예로부터 유럽에서 주식으로 먹었다. 특히 북유럽과 러시아 등지에서 호밀빵을 많이 먹었고, 그 외 지역에서도 서민층이 쉽게 얻을 수 있는 탄수화물 공급원으로 통했다. 하지만 '어쩔 수 없이 먹는 것'에 가까웠다. 호밀은 밀과는 달리 특유의 시큼한 맛과 향이 난다. 게다가 빵을 쫀득쫀득하고 부드럽게 하는 글루테닌 성분이 적어서 식감이 거칠고 뻑뻑하다. 다른 곡물을 섞지 않고 오로지 호밀만으로 만든 호밀빵은 밀도가 너무 높아서, 수프나 지방질이 많은 치즈에 적셔 먹지 않으면 삼키기가 버거울 정도이다.

요즘이야 냉장고도 있고 전자레인지도 있으니, 냉동실에 빵을 보관해뒀다가 그때그때 꺼내서 해동하면 언제든지 부드러운 빵을 먹을 수 있다. 하지만 하이디가 살던 시기의 유럽에서는 빵을 건조한 실온에 보관할 수밖에 없었다. 건조한 상태로 오래 묵은 빵은 돌덩이처럼 딱딱해진다. 하물며 이가 약한 노인이라면 먹기가 그야말로 고역이었을 것이다.

오늘날에는 제빵 기술의 발달로 그나마 먹기 좋을 만큼 부드럽게 개량된 호밀빵이 시중에 유통되고 있다. 섬유소가 많이 함유되어 있고 혈당 지수가 낮기 때문에 당뇨 환자나 다이어트 중인 사람에게 좋다. 꼭 건강을 위해서가 아니더라도, 그 담백한 맛과 특유의 알싸한 향 때문에 찾는 사람도 많아졌다. 샌드위치를 만들어 먹으면 맛도 좋거니와 포만감도 오래가서 한 끼 식사로 그만이다.

'검은 빵'을 먹던 하이디의 이웃집 할머니는 상상도 할 수 없던 미래일 것이다.

건포도빵

{ Currant Bun }

그러고 나서 세라가 눈을 들어보니 바로 앞에 가게 하나가 있었다. 빵 가게였다. 그 안에서 통통한 체격의 아주머니가 오븐에서 막 꺼내온 쟁반 위의 따끈따끈한 롤빵들을 진열창에 내놓고 있었다. 뺨이 발그레 물든 아주머니의 얼굴은 쾌활하고 인자해 보였고, 건포도가 박힌 큼지막한 빵들은 윤기가 자르르 흐르고 탐스러웠다.

저런 건포도빵들을 눈앞에 두고, 더구나 가게 지하실 창문에서 새어 나오는 따스하고 달콤한 빵 냄새까지 맡으니, 가뜩이나 놀란 세라는 그만 머리가 아찔해졌다.

_프랜시스 호지슨 버넷, 《소공녀》

공주의 삶을 생각하면 자동으로 왕자 또는 기사가 딸려온다. 마녀의 계략으로 죽음의 위기에 처했다가 왕자의 입맞춤으로 깨어난다든지, 이웃 나라 왕자와 정략결혼을 맺었는데 비천한 남자와 사랑에 빠진다든지, 용에게 붙잡혔다가 기사에게 구출된다든지, 자신을 지키는 수호 기사와 사랑에 빠진다든지 하는 이야기들.

이렇게 보면 공주들의 삶이란 순전히 어떤 남자와 결혼할 것인가 하는 문제에 모든 것이 걸려 있는 것만 같다. 하지만 이건 공주들에 대한 편협한 고정관념에 지나지 않을 것이다. 공주들은 이외에도 다양한 인생 목표를 가지고 있을 테니까. 여왕이 되기 위해 제왕학과 외교술을 공부하는 공주들도 있다. 이웃 나라와의 전쟁에 나가서 용감무쌍하게 싸우는 무사

공주들도 있다. 문학과 예술의 후원자가 되어 수많은
예술가의 작품 활동을 지원하는 공주들도 있다. 철학
과 그리스어, 고전 들을 섭렵하고 걸출한 논문을 써
서 학계에 업적을 남기는 공주들도 있다. 그런가 하
면, 백성을 잘 보살필 궁리를 하며 나라의 어둡고 외
로운 곳들을 굽어보는 공주들도 있다. 굶주린 거지
소녀에게 건포도빵을 베푼 세라 공주처럼.

《소공녀》의 세라는 물론 왕가의 피를 타고난 공주
신분은 아니다. 하지만 부자 아버지 밑에서 공주처럼
귀여움을 받으며 남부러울 것 없이 자란 소녀이긴 하
다. 그랬던 세라가 어느 날 갑자기 아버지도, 재산도
송두리째 잃어버리고, 믿친 기숙학교에서 친구들의
부러움을 한 몸에 받는 학생이 아니라 한낱 천덕꾸러
기 부엌데기 신세로 전락했을 때, 그 고통과 서러움
이란 어마어마했을 것이다. 아버지 잃은 슬픔을 추스
를 새도 없이 악독한 교장 선생에게 학대를 당하면서
춥고 배고픈 채로 나날이 노동을 해야 하다니. 한 아
이에게는, 더구나 힘든 일 한번 해본 적 없이 곱게 자
란 아이에게는 지나치게 가혹한 시련이었을 것이다.

하지만 세라는 단 하나의 일념으로 그 힘겨운 일상을 버텨낸다. 자신이 공주라는 생각. 비록 왕궁에서 쫓겨나 수모와 수치를 당하고 있지만 자신은 사실 공주이며, 아무도 알아주지 않을지라도 공주로서의 본분을 잊지 않고 공주답게 처신해야 한다는 믿음.

허황된 상상이라고 할 수도 있다. 사실 세라 같은 여자아이들은 주변의 미움과 비웃음을 사기에 딱 좋다. 사람들은 '공주병' 걸린 여자아이를 싫어하니까. 세라는 도도하게 굴거나, 다른 아이들을 '시녀' 취급하며 괴롭히고 무시하거나, 왕자를 만나 '팔자 펴기'를 꿈꾸기 때문에 미움받는 것이 아니다. 세라가 생각하는 공주는 그렇게 왜곡된 이미지가 아니다. 그녀는 언제 어디서나 위엄과 기품을 지키고, 자신을 미워하거나 괴롭히는 사람들에게 너그럽게 대하고, 소외된 사람들을 무시하지 않고 그들에게 손을 내밀고, 작은 것 하나라도 베풀고 양보하는 공주이고 싶어한다. 그런 자세로 살고 싶어하고, 또 자신이 그런 사람임을 증명하고 싶어한다. 좋은 사람이고 싶다는 열망이 세라의 삶을 더 나은 곳으로 이끌고 고통을 견딜 정신적 힘을 준다. 세라가 자신이 공주라는 것을 잊지 않는 한 그 무엇도 그녀를 해치지 못할 것이고, 아무리 악한 세력이 그녀를 굴복시킬지라도 언제나 그들보다 그녀가 더 우월할 것이다. 이런 것을 우리는 고결함이라고 부른다. 그리고 사람들은 대체로 고결한 사람을 좋아하지 않는다. 특히 여자아이가 그러면 더더욱 싫어하는 경우가 많다. 대부분의 여자아이들은 분수에 맞게, 튀지 않게, '둥글게' 주변에 맞춰 살기를 요구받으니까.

분수에 맞지 않는 공주 행세를 하는 세라를 사람들은 조롱하고 미워하고 더욱 심하게 박대하지만, 그럼에도 세라는 상상하기를 멈추지 않는다. 공주가 되는 상상만 하는 것이 아니다. 자신이 전쟁 중인 군인이라고 상상하며, 힘들어도 불평하지 않고 꾹 참는 인내심을 키우기도 한다. 길고 고된 행군을 하고 있다는 상상으로 굶주림과 피로감을 견뎌내기도 한다. 또한 자신이 적군에게 약탈당한 땅의 성주라고 상상하며, 어려운 처지라도 손님들을 최대한 성대하게 대접하려고 노력한다. 자신이 갇혀 지내는 춥고 누추한

다락방이 바스티유 감옥이라고 상상하고, 프랑스 대혁명의 스펙터클한 소용돌이 한가운데에 자신이 휩쓸려 있다는 환상으로 마음을 달랜다. 고통스러운 현실을 잊기 위해 그야말로 온갖 상상을 동원한다. 그럼에도 왕자에게 구원받는 상상은 단 한 번도 하지 않는다. 세라의 상상 속에서 그녀는 누군가에게 구출받는 존재가 아니다. 스스로 역경을 돌파하는 주인공이고, 고결한 이상을 수호하는 영웅이다. 세라가 상상하는 '공주'는 그 영웅 중 한 명이다. 세라가 꿈꾸는 공주의 삶은 왕자와 결혼하면서 행복하게 끝나는 삶이 아니라, 자신처럼 배고픔에 시달리는 백성들을 위해 자선 사업을 펼치는 삶이다.

《소공녀》의 결말에서 세라의 바람은 그대로 이루어진다. 잃어버렸던 재산을 되찾아서 그 돈으로 배고픈 아이들에게 빵을 나눠주는 일을 시작한 것이다. 세라가 이렇게 할 수 있었던 것은 언젠가 유난히 춥고 배고팠던 겨울날, 기적처럼 손에 넣은 따끈따끈한 건포도빵 여섯 개 중 다섯 개를 자신보다 더 배고픈 거지 소녀에게 양보하는 선행을 베풀었기 때문이다. 그때 세라는 자신이 공주인 척하는 것이 아니라 진짜 공주임을 자신에게 증명했다. 그녀가 원했던 대로, 영웅이 된 것이다.

건포도빵

《소공녀》의 어떤 번역판에서는 '포도빵'이라고 번역해서 보랏빛이 돌고 포도 향이 나는 빵일 거라는 오해를 불러일으키기도 했다. 이런 빵이 있다면 먹어보고 싶긴 하지만, 《소공녀》에 묘사된 빵은 "오븐에서 갓 꺼낸, 따끈하고 큼지막하고 두툼하고 반짝반짝 윤이 흐르는, 건포도들이 박힌 롤빵"이다. 즉, 이스트를 써서 폭신하게 부풀어 오르고 버터의 고소한 기름기가 도는 달콤한 건포도 롤빵인 것이다.

그런데 한국 사람들은 건포도가 박힌 빵을 그다지 좋아하지 않는 것 같다. 특유의 신맛과 물컹한 식감이 입맛에 맞지 않는 것일까. 식빵이나 모카빵에 박힌 건포도를 일일이 빼고 먹는 사람이 많고, 이렇게 싫어하는 사람이 많은데도 계속 빵에 건포도를 넣는 이유가 뭐냐고 짜증 섞인 질문을 하는 사람도 인터넷에 속출한다.

사실 우리로서는 굳이 건포도가 박힌 빵을 먹어야 할 이유가 없기는 하다. 서양인들이 건포도를 유난히 좋아하는 까닭은 무엇보다도 포도가 성경에 나오는 신성한 과일이기 때문이다. 그리고 옛날에는 포도가 귀했던 데다 신선한 포도는 더더욱 먹기 어려웠으므로, 다른 많은 과일과 마찬가지로 건조시켜서 두고두고 아껴 먹어야 했다. 이렇게 말린 포도는 유럽인들에게 주요한 당분 공급원이 되었다.

특히 크리스마스나 부활절에 신성한 의미로 만드는 케이크나 과자에 건포도를 넣는 레시피가 발달했다. 그런데 현대에 이르러서는 포도를 사시사철 먹을 수 있으므로 건포도를 굳이 명절 음식에만 쓸 필요가 없다. 그래서 이런저런 빵에 건포도를 아낌없이 넣는 사치를 부릴 수 있는 것이다. 빵에 새콤달콤한 향미를 더하는 데다 명절의 따스함과 풍요로움을 상기시키기도 하니 그 꾸준한 인기를 이해할 만도 하다.

영국인들은 건포도빵을 유독 사랑했다. 자연히 영국 및 아일랜드 소설 속에서도 건포도빵은 자주 등장한다. 소공녀 세라의 건포도빵을 필두로, 《피터 래빗 이야기》에서 엄마 토끼가 숲 건너 빵집에서 갈색빵 한 덩어리와 함께 사 오는 빵이 건포도빵이다. 제임스 조이스의 <우연한 만남>에서 학교를 땡땡이친 두 주인공이 강가에 앉아 나누어 먹는 빵도 건포도빵이고, 《비밀의 화원》에서 디콘의 엄마가 신선한 우유와 함께 바구니에 넣어 아이들에게 보내주는 것도 건포도빵이다. 열거하자면 수도 없이 많다.

이런 책들을 읽다 보면 '내가 건포도를 싫어하는 게 이상한 건가?'라는 생각마저 든다. 실제로 어렸을 때 이런 소설들을 읽고 건포도빵에 억지로 애정을 붙이려고 노력했던 독자도 있었을 것 같다. 하지만 아무리 소설의 힘이 세다고 해도, 입맛에 안 맞는 음식을 맞도록 만들기는 힘든 법이다.

　그러고 보니 1980년대에 닌텐도에서 나온 '뽀빠이'라는 게임이 생각난다. 그 게임에서는 뽀빠이 캐릭터가 시금치를 먹으면 힘이 세지는데, 편식하는 아이들에게 채소를 먹이고 싶었던 어른들이 이걸 핑계 삼아 시금치를 먹으라고 꼬드기는 경우가 많았다. 별로 효과는 없었지만 말이다.

롤빵
{ Roll }

"하루 정도는 시간을 낼 수 있잖아요. 숙모님이나 육촌지간 친척이나, 하여튼 누가 죽었다고 하고 오세요. 그리고 이 근처에 있는 ABC 찻집에서 저하고 같이 차와 롤빵을 먹는 겁니다! 롤빵은 당연히 좋아하시겠죠!"

"그럼요, 건포도가 박힌 1펜스짜리 빵 말이죠!"

"빵 껍질에 자르르 윤기가 흐르고……."

"또 얼마나 폭신폭신한지 몰라요. 사랑스러운 빵이에요!"

프랭크 올리버는 엄숙하게 말했다.

"롤빵에는 우리에게 한없는 위안을 주는 무언가가 있어요."

_애거사 크리스티, 〈외로운 신〉

롤빵의 정체는 불가사의하다. 국어사전에서 롤빵을 찾아보면 "둥글게 말아 구운 빵"이라고만 나올 뿐 자세한 설명이 없다. 대부분의 백과사전에는 롤빵이라는 표제어가 아예 없다. 롤빵이라는 단어가 정확히 어떤 빵을 가리키는 것인지, 그 생김새나 맛은 어떤지, 그 말의 어원은 무엇인지가 공식적으로 정해지지 않았다는 뜻이다.

　롤빵을 구할 수 있는 곳도 없다. 프랜차이즈 베이커리에서도, 동네 빵집에서도, 천연 효모 제과점에서도, 마트의 빵 코너에서도, 백화점 식품관에서도, 디저트 카페에서도, 롤빵이라는 이름의 빵은 팔지 않는다. 패밀리 레스토랑에서는 부시맨 브레드를, 이탈리안 비스트로에서는 마늘빵을, 경양식 식당에서는 모닝빵을 주지만, 롤빵이라는 이름의 식전 빵을 주는 식당은 찾아볼 수 없다. 롤빵을 취급하는 곳은 오로지 소설책 속 세상뿐이다.

소설 속에서는 툭하면 롤빵이 등장한다. 거기서는 온 세상 빵 가게에서 롤빵을 굽고, 모든 어린이가 밥 대신 롤빵을 먹고, 길을 걸으면 발에 채이는 게 롤빵인 것 같다(실제로 아스트리드 린드그렌의 《삐삐 롱스타킹》에서 삐삐는 롤빵을 야구공처럼 마구 던져댄다). 나는 롤빵이라는 이름의 빵을 본 적도 없는데, 책 속 사람들은 롤빵이 쌀밥이나 우유식빵만큼이나 일상적인 음식이라는 듯 이야기한다. 그리고 가끔은, 김이 모락모락 피어오르는 새하얀 쌀밥에 스팸 한 조각이나, 보드랍게 찢어지는 폭신한 우유식빵에 딸기잼 한 스푼이 우리 마음에 따스한 위로를 선사하듯이, 롤빵도 꼭 그런 것만 같다.

그래서, 롤빵은 대체 어떤 빵일까? 어렸을 때 책 속에서 롤빵을 접한 사람이라면 누구나 자신만의 롤빵을 상상했을 것이다. 나는 '롤'이라는 말이 들어간 빵 중에서 가장 친숙한 빵인 롤케이크를 상상했다. 달달한 잼이나 크림이 발린 넓적한 빵을 돌돌 말아놓은 빵. 겉면은 따뜻한 갈색을 띠고, 속살은 노르스름한 빛깔이 도는 보들보들한 빵. 그런 달콤한 빵을 '수프에 적셔' 먹는다는 몇몇 소설 속 어린이들의 식사 장면을 보면 그게 도대체 무슨 맛일까 싶어 고개를 갸웃하지 않을 수 없었지만, 그래서 더더욱 롤빵이 신기하게 느껴졌다. 내가 먹어본 그 어떤 롤케이크보다도 맛있고 수프와도 잘 어울리는 희한한 맛이 나는 궁극의 롤케이크, 그것이 바로 롤빵이 아닐까 싶었다.

그런가 하면, 내 주위의 어떤 사람은 크루아상을 상상했다고도 한다. 왜, 《캔디 캔디》에 나오는 '이라이저' 같은 캐릭터의 돌돌 말린 곱슬머리 타래를 '롤 머리'라고 하지 않던가. 딱 그 롤 머리처럼 생긴 크루아상이 바로 롤빵이 아니겠냐는 것이다. 꽤 그럴듯한 생각이다.

하지만 내가 어렸을 때만 해도 제과점에서 정통 크루아상은 찾아보기 힘들었다. 그와 비슷한 종류의 빵이라면 오히려 슈퍼마켓에서 만날 수 있었다. 하얀 설탕 시럽이 발린 '페이스트리'. 비닐 포장되어 매대에 놓여 있는 페이스트리는 우유 한 팩과 함께 간편하게 사 먹을 수 있는 작은 행복 같았다. 또 원뿔형의 소라고둥처럼 생긴 소라빵도 소용돌이처럼 돌돌 말린 모양이라는 점에서 비슷하다. 안에 초콜릿 크림이나 커스터드 크림이 듬뿍 들어 있는, 장난감 같은 모양의 귀여운 소라빵. 어쩌면 그런 것을 롤빵으로 상상한 독자도 있을 것 같다.

아니, 그런데 더 정확히 말하자면, 그 누구도 롤빵의 정체가 고작 롤케이크나 크루아상, 페이스트리나 소라빵일 거라고 상상하지는 않았을 것이다. 나에게도 롤빵은 그런 빵들과 비슷하기는 하되 엄연히 달라야 했다. 무언가 훨씬 더 특별해야만 했다. 그 모든 빵 중에서 가장 좋은 요소만 섞어놓은 빵이어야 했고, 동시에 그 어떤 빵도 아닌 것이어야 했다. 그래야만 비로소 내 환상 속의 롤빵이라고 할 수 있었다.

환상적인 롤빵을 사랑하는 독자들을 위한 완벽한 소설 한 편을 소개하고 싶다. 애거사 크리스티의 단편소설 〈외로운 신〉. 이른바 '추리소설의 여왕'이라 불리는 작가의 작품이지만, 짧고 가볍고 낭만적인 로

맨스 소설에 가까우니만큼 여기서 내용 일부를 미리
밝히더라도 큰 방해가 되지는 않을 것 같다.

〈외로운 신〉의 남자 주인공 프랭크 올리버는 나이
가 많고 고독한 화가 지망생이다. 그는 대영박물관을
관람하던 중 우연히 어떤 젊은 여자 관람객과 인연을
맺는다. 단정하지만 수수한 옷차림에 추레한 모자를
쓴 그 여자는 자신을 가난한 가정교사라고 소개한다.
프랭크 올리버는 그녀와 대화가 잘 통한다고 느끼고
곧 그녀를 사모하게 된다. 그러나 그녀에게는 프랭크
에게 차마 밝힐 수 없는 비밀이 있는데, 사실 그녀는
어마어마하게 부유한 상류층의 숙녀였던 것이다.

숙녀는 프랭크를 사랑하지만, 자신의 정체를 밝힐
수 없기에 그와 거리를 두고 주저한다. 프랭크가 적
극적으로 다가가고 데이트 신청을 해도 그녀는 망설
이며 도망치려 한다. 그런 그녀에게 프랭크는 마침내
거부할 수 없는 제안을 건넨다. 근처 카페에서 차와
롤빵을 함께 먹자고.

그 순간 둘 사이에는 강렬한 공감대가 오간다. 롤
빵을 좋아하는 마음이 이심전심 통하면서 둘은 롤빵

에 찬사를 보내며 서로 연신 맞장구를 친다. 그 빵은 참으로 맛있고, 참으로 달콤하고, 참으로 폭신폭신하고, 사람을 편안하게 해준다면서. 숙녀는 마침내 프랭크의 데이트 신청을 받아들인다.

프랭크가 롤빵이 아닌 다른 빵을 제안했더라면 어땠을까? 예컨대 롤케이크나 크루아상, 페이스트리, 소라빵을 같이 먹자고 했다면? 글쎄…… 그랬더라도 숙녀는 아마 데이트 신청을 받아들였겠지만, 나는 결코 이 소설을 이렇게까지는 좋아할 수 없었을 것이다.

〈외로운 신〉에서 가장 멋진 부분은, 둘이 카페에서 데이트하는 장면에서는 정작 롤빵을 단 한 번도 언급하지 않는다는 점이다. 대리석 테이블에 마주 앉아 차를 따른다는 묘사는 나오지만, 그 테이블에 놓인 롤빵 그릇이나 둘이서 롤빵을 나누어 먹는 과정에 대한 묘사는 전혀 없다. 나올 필요가 없기 때문이다. 그건 중요하지 않으니까. 중요한 건 그들이 그전에 롤빵이라는 화제를 두고 공감을 나누면서 서로 사랑하는 마음을 확인하고 데이트를 하기로 약속하기까지의 짜릿한 과정이다. 그때 그들이 상상한 롤빵은 실제 롤빵보다 훨씬 더 맛있고 감미롭고 달콤한 음식이었을 것이다. 그리고 실제로 데이트를 할 때에는 너무 설레서 롤빵 맛이 어떤지는 느껴지지도 않았을 것이다. 서로에게 온 정신이 팔린 나머지 빵이 입으로 들어가는지 코로 들어가는지도 몰랐을 테니까.

상류층의 젊은 숙녀도, 늙고 가난한 화가 지망생 남자도 좋아하는 빵. 신분도, 나이도, 성별도 뛰어넘어 모두의 사랑을 받는 빵. 그만큼 흔하면서도 맛있는 빵. 〈외로운 신〉을 읽고 나면 롤빵에 대해서는 이 정도만 알아도 충분하다는 생각이 든다. 굳이 먹어보지 않아도 행복한 포만감이 드는 것 같다고나 할까.

롤빵

작고 동그란 빵이다. 롤빵이라는 이름의 특정한 빵이 있는 게 아니라, 한 사람이 한 번에 먹을 수 있는 크기로 구운 빵을 아울러 롤이라고 한다. 모닝빵, 하드롤, 브뢰첸처럼 식사에 곁들이는 담백한 빵도 롤이고, 시나몬롤처럼 과일이나 견과를 넣은 달콤한 디저트용 빵에도 롤이라는 이름이 붙는다. 그러니까 사실 롤빵의 정체는 우리 모두가 많이 먹어본 평범한 빵들이다.

롤을 '롤빵'이라고 번역하게 된 것은 일본어의 영향으로 추정된다. 일본에서는 특히 버터롤을(한국에서는 흔히 '모닝빵'이라고 부른다) 주로 롤빵ロールパン이라고 지칭한다. 한국에서도 가장 대중적으로 먹는 롤빵이라면 단연 버터롤일 것이다.

애거사 크리스티의 <외로운 신>을 비롯한 영국 소설들에 나오는 롤빵은 대부분 번bun이다. 번은 동그스름한 형태의 달짝지근한 영국 빵으로, 주로 따뜻한 차 한 잔에 곁들여 먹는 간식이라고 할 수 있다. 번은 종류가 무척 다양하고 생김새도, 레시피도 제각각이다. 십자 무늬가 있는 핫 크로스 번hot cross bun, 시나몬롤과 비슷한 첼시 번Chelsea bun, 흰 설탕 시럽과 체리를 올린 벨기에 번Belgian bun 등. 하지만 어떤 종류든 영국인들은 번에 건포도를 넣는 것을 아주 좋아한다. 광택이 자르르 흐르는 빵 껍질, 폭신폭신한 속살, 그 사이에 박힌 새콤달콤한 건포도의 맛으로 요약할 수 있는 건포도빵currant bun. 거기에 버터와 잼을 곁들여 따뜻한 홍차와 함께 먹는 티타임을 마다할 영국인은 아주 드물 것이다. 확실히 프랭크 올리버는 숙녀에게 '거부할 수 없는 제안'을 한 셈이다.

옥수수 팬케이크

{ Hoecake }

클로이 아줌마가 옥수수 가루 반죽으로 만들어내는 팬케이
크, 튀김, 머핀, 그 외에 일일이 열거하기도 어려운 다양한
종류의 빵은 그녀만큼 노련하지 못한 요리사들에게는 숭고
한 신비와도 같았다. 그녀는 자신과 같은 수준에 오르려고
부질없이 애를 쓰는 동료 요리사들을 입에 올리며 신이 나서
우쭐거리며 두툼한 옆구리를 흔들어대곤 했다.

_ 해리엇 비처 스토, 《톰 아저씨의 오두막》

요즘 한국에서 소울 푸드soul food라는 단어는 '영혼을 위로하는 음식' 정도의 의미로 쓰이고 있는 듯하다. 두고두고 그립고 생각나는, 언제 먹어도 질리지 않는, 힘들고 지칠 때 기운을 북돋워주는 정겨운 음식. "당신의 소울 푸드는 무엇인가요?" 같은 질문도 흔히 보인다. 각자의 고향이나 가풍, 입맛에 따라 다양한 '소울 푸드'가 있을 수 있다고 생각하는 것 같다.

그런데 원래 소울 푸드는 미국 남부의 흑인 계층에서 발달한 음식들을 가리키는 단어이다. 옛날 아프리카 사람들이 미국으로 끌려와 노예살이를 하던 시절에 즐겨 먹었던 음식들 말이다. 한국에서 전쟁과 식민 통치에 시달렸던 빈민들의 음식을 '애환哀歡의 음식'이라고 부르듯이, 흑인들은 아픈 역사 가운데 자신들을 달래주었던 음식을 '영혼soul의 음식'이라고 불러온 셈이다.

당시 남부의 흑인 노예들은 인색한 농장주들이 내주는 옥수숫가루나 돼지를 도축하고 남은 찌꺼기 같은 부위들로 어떻게든 요리를 해 먹어야 했다. 온종일 뙤약볕 아래서 가혹한 노동을 견뎌내려면 최대한의 에너지 보충은 필수였고, 휴식 시간도 길지 않아서 뭐든 빨리 만들어 먹거나 도시락 삼아 가지고 일터로 나가야 했다. 그러다 보니 열량이 높고 보존성이 좋은 튀김류가 선호되었으며, 상류층 백인들은 잘 먹지 않는 돼지 내장 같은 값싼 식재료를 이용한 레시피가 발달했다. 또한 아프리카 고유의 요리법에서 비롯된 레시피들, 이를테면 후추와 식초 같은 맵고 신맛이 나는 양념이나, 오크라와 얌 같은 채소와 야생 열매를 적극적으로 활용하는 방법이 영향을 미쳤다. 이렇게 만들어진 소울 푸드 중에서 우리에게 가장 잘 알려진 것은 뭐니 뭐니 해도 프라이드치킨일 테고, 그 외에도 옥수수빵, 비스킷, 조린 고구마, 족발, 훈제 돼지 볼살, 닭똥집, 바비큐, 돼지 곱창 찜

chitterlings, 동부콩 덮밥Hoppin' John 등 다양한 음식들이 오늘날까지도 전해지고 있다.

노예제 시대의 남부를 배경으로 하는 미국 소설에서 특히 자주 나오는 소울 푸드는 옥수수빵인 것 같다. 옥수수빵, 옥수수 케이크, 옥수수떡, 옥수수 팬케이크…… 명칭도 종류도 다양하지만 여하간 옥수수로 만든 빵류 음식은 남부 배경 소설의 단골 메뉴이다. 이런 빵들은 흔히 담백하고 고소한 맛으로 묘사되고, 푸근하고도 친숙한 이미지의 기본 식단으로 식탁에 곧잘 올라 등장인물들의 사랑을 받곤 한다. 유럽 소설에서 '롤빵'이 하는 역할을 담당한다고나 할까. 하지만 하얗고 폭신폭신하고 달콤한 버터롤이 굶주린 소공녀들에게는 그림의 떡처럼 환상적이고 호사스러운 음식이었던 반면, 흑인 노예들에게 옥수수빵은 일상을 함께하는 음식이었다. 너그러운 주인이든 인색한 주인이든 노예들에게 기본으로 지급하는 값싼 식재료는 옥수수였으니까.

옥수수는 무더운 남부의 기후에서도 잘 자라는 작물이기에 재배하기가 쉬웠다. 남부 땅은 그곳을 사랑한 원주민 부족에게도, 그곳을 점령한 백인 개척자에게도, 그곳을 일군 흑인 노예에게도 모두 아낌없이 옥수수를 내주었다. 그걸 빻아서 물과 소금만 넣어 반죽해도 맛있는 옥수수빵을 구워낼 수 있었다. 배부른 흑인이든 배곯은 흑인이든, 피부색이 검은 흑인이든 갈색인 흑인이든, 늙은 흑인이든 어린 흑인이든 모두 옥수수빵을 먹었다. 마님 시중을 들며 저택 안에서 편안하게 지내는 노예들도, 목화밭에 나가 온종일 땀을 흘리고 채찍질을 당하며 일하는 노예들도 모두 옥수수빵을 먹었다. 이리저리 물건처럼 팔려 다니느라 부모 형제와 생이별을 한 노예들도 새 주인이 나눠주는 옥수숫가루로 빵을 구워 먹었으며, 운 좋게도 친모와 떨어지지 않고 한 집에서 같이 산 노예들도 엄마가 구워준 옥수수빵을 먹었다. 요리 솜씨가 좋은 흑인들은 백인들에게 높은 몸값에 팔려 주인들과 흑인 식솔 모두를 위해 옥수수빵을 구웠다. 옥수수빵은 흑인들의 서러운 삶을 엮어주는 공통의 기억이자 위안이었다.

《톰 아저씨의 오두막》에 나오는 클로이 아줌마에

게도 옥수수빵은 특별한 음식이다. 그녀는 켄터키의 한 농장주 집안에서 요리사로 일하는 노예인데, 음식 솜씨가 타의 추종을 불허한다. 파이, 푸딩, 파운드케이크, 스튜 등 못하는 음식이 없는 그녀는 평소 주인 나리와 마님, 도련님의 식사를 살뜰히 차려낼 뿐더러, 만찬이나 파티를 열라치면 기막힌 음식들로 손님치레를 해내서 열렬한 찬사를 듣는다.

하지만 그녀가 요리사로서 가장 큰 보람을 느낄 때는 주인집의 으리으리한 저택에서 백인들을 위한 상차림을 감독할 때가 아니라, 자신의 아늑한 오두막에서 남편과 자식들의 식사를 준비하는 시간이다. 클로이는 같은 집안의 하인으로 일하는 다정다감하고 신앙심 깊은 남편 톰을 더없이 사랑한다. 사랑하는 사람의 입맛에 꼭 맞는 옥수수 팬케이크를 부치는 것만큼 행복한 일도 없다. 아내가 요리하는 동안 톰은 소박한 테이블에 앉아 열심히 알파벳 공부를 하고, 아이들은 펄쩍펄쩍 뛰어놀며 갓난쟁이 막내를 데리고 장난을 친다. 불빛이 새어 나오는 아늑한 오두막 앞 텃밭에는 딸기와 라즈베리, 능소화와 분꽃이 탐스럽게 자라난다. 화목한 가정과 안락한 집과 적성에 맞는 일까지 가진 클로이 아줌마는 자신이 노예 중에서도 아주 운이 좋은 축이라고 생각하며 만족한다.

하지만 주인 나리가 재정난 때문에 그녀의 남편을 노예상에게 팔아넘기자 클로이 아줌마의 행복은 산산조각 나고 만다.

클로이 아줌마가 아무리 남편을 사랑해도, 아무리 뛰어난 요리 솜씨로 주위 사람들의 존경을 받는다 해도, 남편이 머나먼 남쪽 어딘가로 팔려가는 것을 막을 방법은 없다. 클로이는 어디까지나 흑인 노예이고, 노예는 법적으로 미국 시민이 아닌 한낱 물건에 지나지 않기 때문이다. 소유주가 자신의 노예를 적법한 절차에 따라 팔고자 한다면 그 거래는 누구도 막을 수 없다. 설령 클로이와 톰이 하나님 앞에서 신성한 혼인의 약속을 맺었다 해도 백인들의 법이 그들 부부 관계를 무자비하게 갈라놓을 수 있는 것이다. 속절없이 남편을 떠나보내야 하는 클로이가 할 수 있는 일은 다만 그가 떠나는 날 아침, 남편을 위한 성대한 식사를 차려주는 것뿐이다. 그래서 클로이는 정성껏 요리를 한다. 가장 살진 닭을 잡아서 튀기고, 옥수숫가루를 반죽해 번철에 기름을 두르고 팬케이크를 부치고, 아껴온 반찬이 든 단지들을 찬장에서 꺼내 가장 귀한 그릇에 담아낸다. 그것이 남편에게 차려주는 마지막 아침식사가 되지 않기만을 기도하면서.

그렇게 해서 톰 아저씨의 멀고 험난한 여정이 시작된다. 톰은 이 저택에 팔리고 저 농장에 팔리며 남부를 정처 없이 떠돈다. 톰과 클로이는 형편이 좋아지면 톰을 되찾아오겠다는 주인의 약속에 희망을 걸지만, 돈 관리를 못하는 우유부단한 백인 농장주의 약속은 덧없기만 하다. 톰은 아내와 아이들이 있는 정다운 오두막으로 돌아갈 날만을 그리며 낯선 곳들에서의 노동을 견디고, 클로이는 남편에게 다시 식사를 차려줄 날을 기다리며 아이들을 키우고, 요리를 하고, 딸에게 아버지 입맛에 딱 맞는 옥수수 팬케이크 만드는 법을 가르친다. 그렇게 세월이 흘러간다.

소설 제목은 '톰 아저씨의 오두막'이지만, 정작 톰 아저씨가 그 오두막에서 일상을 보내는 장면은 별로 나오지 않는다. 소설이 진행되는 내내 오두막은 톰 아저씨가 그리워하는, 그러나 돌아갈 길이 요원한 장소로 그려질 뿐이다. 물론 노예에 불과한 톰 아저씨는 그 오두막의 법적 소유주조차 되지 못한다. 톰과 클로이 부부는 어디까지나 주인의 사유지 안에서, 주인의 자비에 기대어, 주인이 너그럽게 내어준 공간에서 살고 있었을 뿐이다. 언제든 빼앗길 수 있고 언제든 내쫓길 수 있는 집이었던 것이다.

얼마나 많은 흑인이 톰처럼 집을 그리워하며 살았을까. 평생 자신의 집을 가져보지 못한 채, 자신이 원하는 곳으로 마음대로 오갈 수도 없고, 물건처럼 이 고장 저 고장으로 떠밀려 다녀야 하는 삶이란 얼마나 힘겨웠을까. 가족이 해준 따뜻한 옥수수 팬케이크 맛은 톰과 같은 흑인 노예들이 죽을 때까지 잊지 못할 소중한 기억이었을 것이다.

'소울 푸드'라는 단어가 생긴 것은 노예제가 폐지되고 모든 흑인이 해방되고도 한참 뒤인 1960년대의 일이다. 흑인들의 영가靈歌와 재즈에서 파생된 '소울 뮤직'이 인기를 얻는 한편, 흑인 민권 운동이 활발하게 벌어지는 상황에서 '소울'이라는 말이 미국 흑인들의 정체성을 대변하는 표현으로 부상했다. 더 나은 일자리를 찾아 남부를 떠나 북부로 올라온 흑인들은 어엿한 미국 시민이 되었음에도 온갖 차별과 혐오에 맞닥뜨려야 했고, 그들에게 결코 친절하지 않은 사람들과 낯선 도시의 틈바구니에서 고향을 그리워했다. 정확하게는, 가혹했던 남부의 삶 가운데에서도 그들을 웃고 사랑하게 해주었던 소중한 기억들을 그리워했다. 처음 미국 곳곳에 소울 푸드 전문 식당이 생겨난 것도 이 때문이었다.

소울 음악이 오늘날 미국 대중음악에서 빠질 수 없는 중대한 위상을 차지하고 있듯이, 소울 푸드도 널리 퍼져서 현대 미국 음식을 대표하는 한 갈래가 되었다. 그렇게 되기까지는 클로이 아줌마 같은 뛰어난 소울 푸드 요리사의 공이 컸을 것이다. 아닌 게 아니라, 그녀는 요리사로서 자기 분야와 능력에 대한 자부심이 대단하다. 다른 흑인들은 물론이고 백인 나리들이나 심지어는 마님조차도 클로이 아줌마의 부엌 일에는 함부로 간섭하지 못한다. 클로이 아줌마는 치킨 파이 껍질에 대해 이래라저래라 잔소리하는 마님에게 "귀부인 주제에 주방 일에 참견하는 게 아니다" 라고 면박을 주고, 백인 도련님에게 이렇게 맛있는 푸딩을 먹을 수 있는 집안에서 태어난 것이 얼마나 큰 특권인지 알라며 거드름을 피우는가 하면, 어떤 백인 나리가 '훌륭한 파이에 필요한 몇 가지 요건'을 알고 있는 걸 보니 음식에 대해 제법 일가견이 있는 것 같더라며 백인의 지식을 평가하기까지 한다. 게다가 주인 나리가 돈이 없다는 이유로 톰을 되사 오지 못하자, 그녀는 도시의 제과점에서 제빵사로 일해 돈을 벌어 남편의 몸값에 보탬으로써 전문가로서의 실력을 유감없이 증명하기도 한다.

물론 한낱 노예에 불과한 클로이 아줌마가 자기 명의로 봉급을 받을 수는 없고 어디까지나 주인 나리가 자기 소유의 노예를 제과점에 '임대'해주고 임대료를 받은 것뿐이긴 하다. 하지만 그렇다고 클로이 아줌마가 평생 노력과 재능을 들여 얻은 요리 실력이 그녀의 것이 아니게 되는 것은 아니다. 백인들이 아무리 노예의 몸을 사고팔아도 그들의 '소울'까지 소유할 수는 없었듯이. 그들이 노예의 능력과 민족성을 아무리 평가절하해도 흑인들이 일군 문화의 고유한 가치가 어디 가는 것은 아니다. 적어도 자기 손으로 제대로 된 옥수수빵 하나 구워 먹지 못하는 유약한 백인 농장주들이 감히 맛에 대해 흑인 요리사에게 명함을 내밀 수는 없었던 것이다.

옥수수 팬케이크

옥수수빵에는 여러 종류가 있고 만드는 사람에 따라 맛도 조금씩 다르다. 가장 기본적인 레시피는 옥수숫가루에 물을 부어 반죽하고 그걸 나뭇잎으로 싸서 화톳불에 굽는 것이다. 이런 옥수수빵의 원조는 미국 원주민이었다. 백인들은 낯선 땅에 정착하는 과정에서 원주민이 옥수수를 활용해 훌륭한 음식들을 만드는 것을 보고 배웠고, 여기에 자신들이 가진 제빵 기술과 재료를 더해 레시피를 변형했다. 그들이 기르는 돼지에서 나는 기름을 냄비에 두르고, 달걀을 팽창제 삼아 빵을 더 부풀리고, 소금을 넣어 간을 하고, 우유나 버터밀크를 넣어 맛을 풍부하게 하고, 냄비와 스토브 같은 조리 기구를 사용해 편리하게 요리했다.

반면 대다수의 흑인 노예는 백인들처럼 좋은 재료로 공들여 요리할 여력이 없었다. 대신 그들은 원주민의 '원조' 옥수수 요리법을 받아들였다. 17세기에 아메리카 대륙을 처음 밟은 아프리카 흑인과 미국 원주민의 식문화에는 공통점이 많았다. 원주민도 아프리카인처럼 둥근 공기 그릇에 음식을 담아 먹었고, 원주민이 만든 뻑뻑한 옥수수죽grits은 아프리카에서 카사바를 빻아 만든 주식인 에바eba와 흡사했다. 더구나 옥수수 반죽을 나뭇잎으로 감싸 화톳불에 구워 만든 빵은 만들기도, 먹기도, 가지고 다니기에도 간편해서, 바쁘고 고된 노예들 생활에 안성맞춤이었다. 옥수수빵은 자연스럽게 흑인 노예들의 주식이 되었다.

물론 노예들도 저마다 처지가 달랐다. 비교적 풍족한 식사를 즐길 수 있는 노예도 있고 그렇지 못한 노예도 있었다. 게다가 세월이 흘러감에 따라 백인층과 흑인층이 뒤섞이면서 혼혈인도 갈수록 늘어났고, 서로의 식문화도 영향을 주고받았다. 그 과정에서 옥수수빵 레시피는 점점 다양하게 발전했다. 밀가루를 섞거나 쇼트닝을 첨가해 더 부드러운 빵으로 만들거나, 반죽을 동그랑땡 모양으로 빚어서 기름에 튀겨내는 등 다양한 변형이 나타났다. 《톰 아저씨의 오두막》에서 클로이 아줌마가 톰 아저씨에게 만들어주는 것은 얇게 부친 팬케이크 형태이다. 팽창제를 넣지 않은 옥수수빵 반죽을 기름 먹인 뜨거운 냄비에 붓고 부침개처럼 납작하게 부치는 것이다. 호케이크hoecake 또는 조니케이크johnnycake라는 이름으로 부르는데, 현대까지 전해지는 옥수수빵 중 미국 원주민 레시피에 가장 가깝다.

19세기에 보편화된 옥수수빵은 기본적으로 노르스름하고 입자가 단단하고 거칠며, 옥수수 맛이 진하게 나고, 설탕을 아예 넣지 않은 담백한 빵이었다. 지금도 남부 흑인의 소울 푸드 계에서는 이런 옥수수빵을 정통으로 친다. 반면 백인들은 부드럽고 달짝지근한 머핀 같은 옥수수빵을 선호한다.

생강빵

{ Gingerbread }

"어라, 누나, 빵집이 없어졌어!"
마이클이 깜짝 놀라서 말했다.
"그러네."
제인도 그쪽을 쳐다보았다. 정말이었다. 빵집은 그 자리에
없었다. 온데간데없이 사라져버렸다.
"신기해라!"
마이클이 맞장구를 쳤다.
"그렇지? 그런데 이 생강빵 진짜 맛있다."
그러고는 둘 다 생강빵을 베어 먹으며 사람, 꽃, 찻주전자 등
의 갖가지 모양을 만들어내는 데에 열을 올리느라 그 신기한
일은 까맣게 잊어버렸다.

_파멜라 린든 트래버스, 《우산 타고 날아온 메리 포핀스》

뱅크스 가의 두 아이를 돌보는 유모, 메리 포핀스는 아이들이라면 누구나 원하는 이상적인 유모일 것이다. 우산을 타고 하늘을 날아다니고, 온갖 신기한 물건들을 보여주고, 동물들과 대화할 수 있게 해주고, 북극이나 우주로도 데려가주고, 그림이나 책 속으로도 들어가게 해주는 유모라니! 조금 엄할 때도 있고 까다롭게 굴 때도 있지만 그쯤이야 얼마든지 감수할 수 있다. 메리 포핀스의 마법 때문에 매일매일 즐거울 테니까.

신비로운 유모 메리 포핀스가 어디서 왔는지는 아무도 알 수 없지만, 그녀가 가진 마법의 비결은 사실 간단하다. 책 속에서 친절하게 설명된 바에 따르면, 사람들은 누구나 마법을 타고나는데 메리 포핀스는 단지 그 능력을 잃지 않고 잘 간수한 것뿐이라고 한다. 반면 대다수의 사람은 어른이 되는 과정에서 점차 마법을 잃어버리고, 그런 힘을 쓸 줄 알았다는 기억조차도 잊어버린다. '메리 포핀스' 시리즈의 두 어린이 주인공인 제인과 마이클은 그런 망각과 상실의 과정에 있다. 예닐곱 살로 추정되는 그들은(작중에서 나이가 명확하게 밝혀지지 않는다) 젖먹이 아기들처럼 자유자재로 동물들과 대화할 수는 없지만, 아직 메리 포핀스가 펼치는 마법을 체험할 수는 있는 나이이다. 하지만 그들도 나이가 몇 살만 더 들면 그런 체험은커녕, 메리 포핀스라는 사람이 있었다는 것조차 잊어버릴 것이다.

슬픈 일이다. '메리 포핀스' 시리즈를 보다 보면, 나역시 뭔가 아주 중요한 걸 잊어버린 게 아닐까 하는 조바심이 든다. 비록 나는 제인이나 마이클처럼 신나는 유년 시절을 보낸 것 같지는 않고 이제 와서 그때로 돌아가고 싶지도 않지만, 어쩌면 나도 나름대로 엄청나게 행복한 일들을 겪었는데 어른이 되면서 잊어버린 건 아닐까 싶은 것이다. 만약 그렇다면 무지막지한 손해가 아닌가! 하지만 그 시절을 아무리 돌이켜보려 해도, 그때의 기억들은 이미 반쯤은 잊었고 반쯤은 돌이킬 수 없이 변형되어버려서 더는 알아볼 수가 없다. 내가 할 수 있는 일은 단지 메리 포핀스가 선보이는 마법을 지켜보면서, 그 마법이 나에게 알려주는 것들을 꿰어 맞춰보는 것뿐이다. 아주 조금씩이지만 거기에서 실마리를 얻을 수 있기 때문이다.

이를테면 '생강빵' 에피소드에는 중요한 질문이 하나 나온다. 메리 포핀스는 제인과 마이클을 데리고 생강빵을 사러 어느 신비로운 빵 가게에 간다. 그 가게의 유리 진열장 안에는 맛깔스러운 고동색 생강빵이 층층이 쌓여 있고 반짝이는 빵마다 금박 종이 별 장식이 박혀 있다. 종이 별들이 너무 반짝거려서 "가게 전체가 그 별빛으로 어렴풋이 빛나는 듯" 보일 정도이다. 이 환상적인 묘사는 이후 벌어질 일의 복선이다. 아이들은 생강빵을 먹고 남은 금종이 장식들을 서랍 안에 넣어두곤 '영원히' 간직하겠다고 맹세하지만, 그날 밤 아이들이 잠든 사이에 메리 포핀스가 서랍 안의 금종이들을 슬쩍 빼돌려 어디론가 가지고 나간다. 잠에서 깬 아이들이 그녀의 뒷모습을 지켜보니, 그녀는 한밤중의 공터에서 생강빵 가게 주인과 그 딸들을 만나 함께 사다리를 타고 올라가서는 금종이에 풀을 발라 밤하늘에 붙이고 있었다. 금종이들은 하늘에 달라붙는 것과 동시에 반짝반짝 빛을 내뿜기 시작한다. 그 광경을 본 제인과 마이클은 아연히 서로에게 묻는다. "별이 금종이일까, 금종이가 별일까?"

의미심장하고도 날카로운 질문이다. 별이 땅에 내려와 금종이가 되는 걸까, 아니면 금종이가 하늘로 올라가 별이 되는 걸까? 별을 본따 만든 듯한 금종이가 실은 진짜 별이었던 걸까, 아니면 저 하늘의 수많은 별이 실은 금종이였던 걸까? 어느 쪽이 '진짜'일까?

'메리 포핀스' 시리즈는 이 질문을 끊임없이 던진다. 현실과 환상을 던져놓고, 둘 중 어느 쪽이 진짜일지를 묻는다. 우리가 현실이라고 알고 있었던 것이 사실은 환상이고, 환상이었다고 알고 있었던 것이 사실은 현실일지도 모른다는 것이다. 하지만 정확히 어느 쪽이 맞다는 답을 주지 않고 그저 질문만 남기면서 늘 이야기를 끝맺는다. 메리 포핀스의 마법은 바로 이 모호함에서, 매혹적이고도 혼란스러운 현실과 환상의 중간 지대에서 펼쳐진다.

내가 생강빵 에피소드 다음으로 좋아하는 에피소드는 《뒤죽박죽 공원의 메리 포핀스》에 나오는데, 제인과 마이클이 평소에 좋아하던 이야기책 속 왕자들이 책 속에서 튀어나와 그들 앞에 나타난다는 내용이다. 그런데 이 왕자들은 오히려 자신들이 진짜 현실의 사람들이고, 제인과 마이클이야말로 이야기책 속 인물들이라며, 그들 남매를 만나보고 싶어서 자신들이 책 속에 '들어왔다'고 말한다. 제인과 마이클은 당황하면서 그럴 리가 없다고 하지만, 이 책을 읽는 우리는 왕자들의 말이 맞다는 걸 알고 있다. 제인과 마이클은 정말로 우리가 읽는 《뒤죽박죽 공원의 메리 포핀스》라는 책 속의 가상 인물들이니까. 하지만 만약 그렇다면 우리 자신은 가상이 아니라는 보장이 있나? 어쩌면 우리도 어떤 책 속 인물들이고, 우리가 사는 이 세상도 책 속 세상이며, 누군가가 우리 삶을 지켜보면서 재미있어하고 있는 것은 아닐까?

책 속에 책이 나오고, 그 책이 현실이 되고, 우리의

현실은 책이 되는 마법. '메리 포핀스' 시리즈는 독자들에게 이런 놀라운 일을 경험하게 해준다. 심지어 어른이 된 독자들에게도. 이 책을 읽다 보면 한 폭의 그림 속 세상이 현실이 되기도 하고, 금종이가 밤하늘의 별이 되기도 하고, 동물원에 사람들이 살고 동물들은 도시에서 살기도 한다. 모든 게 아찔하게 뒤바뀐 이 세계에서 무엇이 진짜이고 무엇이 그것의 모방인지는 의미를 잃는다. 거울 속에 비친 무수한 거울들처럼 그것들은 모두 현실이면서 동시에 모두 환상이다.

사실 생강빵 에피소드에서 가장 중요한 것은 생강빵이 아니라 금종이 별이다. 메리 포핀스와 아이들은 빵을 사러 그 가게에 갔고, 빵을 먹으려고 그걸 샀지만, 이 이야기에서 정작 중요한 소재는 빵이 아니라 그 빵을 예쁘게 장식하는 포장 종이인 것이다(메리 포핀스는 빵을 산 걸까, 종이를 산 걸까? 어느 쪽이 진짜 목적이었을까?). 하지만 아이들은 생강빵을 먹으면서 그 맛을 즐기다가, 반짝거리는 금종이도, 홀연히 나타났다 사라진 신비로운 생강빵 가게도 까맣게 잊어버린다.

제인과 마이클은 종이 별을 '영원히' 간직하겠다는 다짐을 지키지 못하지만, 그래도 그리 슬픈 일만은 아닌지도 모른다. 그 금종이들은 하늘에 붙어서 영원히 누구나 볼 수 있게 되었으니까.

생강빵(진저브레드)

생강을 주재료로 정향, 육두구, 시나몬 등 각종 향신료를 넣은 과자류로, 중세 유럽에서 전해진 겨울철 간식이다. 그런데 생강빵(진저브레드)이라는 단어가 지칭하는 과자들은 실로 다양하다. 우리가 가장 잘 아는, 사람 모양에 눈과 코, 입이 그려진 노르스름한 쿠키도 진저브레드이지만, 당밀을 넣어서 짙은 갈색을 띠는 물렁물렁하고 네모난 케이크도 진저브레드라고 한다. 또 쿠키도 사람 모양만이 아니라 동물, 별, 하트, 병정 등 온갖 모양으로 만들어서 크리스마스 장식으로 사용하곤 한다.

구글에서 검색해보면 '진저브레드'는 20만 9000건, '생강빵'은 4만 7600건이 나오는 걸 보면, 한국에서는 번역어보다 오히려 영어로 훨씬 더 많이 알려진 것 같다. 그래서인지 나는 '생강빵'이라는 단어를 들을 때마다 그 생소한 느낌 때문에 상상력을 자극받는다. '진저브레드'와는 또 다른, '생강빵'이라는 이름의 듣도 보도 못한 환상적인 빵이 어디엔가 있을 것만 같다고나 할까. 그 번역어 덕분에 《우산 타고 날아온 메리 포핀스》 속 생강빵 에피소드의 신비로운 매혹이 한층 살아나는 듯하다.

《우산 타고 날아온 메리 포핀스》에 나오는 생강빵들은 "거무스름한 색깔, 건조한 질감, 넓적하고 반듯한 형태"라고 묘사되어 있다. 이 묘사만 봐서는 정확히 쿠키인지, 케이크인지는 알 수 없다. 여러분이 원하는 대로 상상하면 될 듯하다.

땅콩버터와 잼 샌드위치
{ Peanut Butter and Jelly Sandwich }

크리스와 내가 모든 것을 탁자 아래 말끔히 집어넣고 깨끗한 수건으로 덮어놓은 지 십 분이 지나자 쌍둥이가 일제히 선언했다. "우리 배고파! 속 쓰려!"

크리스는 책상 앞에서 책만 읽고 있었다. 나는 읽고 있던 《로나 둔》을 내려놓고 침대에서 일어나, 아무 말도 없이 소풍 바구니에서 땅콩버터와 잼 샌드위치를 두 개 꺼내 쌍둥이에게 나눠주었다.

동생들이 샌드위치를 조금씩 뜯어 먹는 동안 나는 침대에 널브러진 채 어안이 벙벙한 심정으로 그들을 지켜보았다. 어째서 저런 허접쓰레기 같은 음식을 좋아하는 걸까? 부모 노릇이란 한때 내가 생각했던 것만큼 쉽지 않았고 그다지 즐겁지도 않았다.

_V. C. 앤드루스, 《다락방의 꽃들》

땅콩버터와 딸기잼은 식빵의 좋은 친구이다. 어느 한 명만 고를래야 고를 수 없는, 똑같이 친한 두 명의 단짝 친구 같다고나 할까. 단순한 하얀 우유식빵에 딸기잼을 발라 먹는 걸 상상해보자. 입 안에 가득 퍼지는 새콤달콤한 향기, 이에 씹히는 몰캉몰캉한 식감. 생각만 해도 행복해진다. 물론 땅콩버터를 바른 식빵도 질 수 없다. 볶은 땅콩 향이 진하게 배인 꾸덕꾸덕한 버터를 빵에 바르는 순간부터 이미 기분이 좋아지고, 고소하고 짭짤한 맛이 빵과 함께 혀에 착착 감겨드는 식감도 기가 막히다. 여기에 우유나 커피를 곁들이면 더할 나위 없이 완벽한 오후 간식이 된다.

딸기잼과 땅콩버터는 각각의 개성이 너무나 뚜렷한 친구들이다. 그래서 가끔은 어느 한 쪽도 도저히 포기할 수 없을 때가 있지만, 걱정할 필요는 없다. 그럴 땐 둘 다 바르면 되니까! 땅콩버터와 딸기잼은 서로 싸우지 않는다. 경쟁하지도 않는다. 둘이 빵 위에서 사이좋게 만나 화합하며 제3의 맛을 만든다. 단맛, 짠맛, 고소한 맛, 상큼한 맛이 한꺼번에 입 안에 녹아들어 조화를 이룬다. 그야말로 평화의 맛이다. 이 평화의 음식에는 PB&J, 이른바 땅콩버터peanut butter와 잼jelly 샌드위치라는 이름이 붙었다.

하지만 땅콩버터와 잼 샌드위치를 싫어하는 반反평화주의자들도 있다. 《다락방의 꽃들》 주인공 캐시 같은 사람은 그걸 '허접쓰레기' 음식이라고 단언한다. 이런저런 맛을 다 합쳐놓아서 결국 이도저도 아닌 맛이 되어버렸다고도 하고, 그 탄수화물 덩어리가 몸에 좋을 리 없다는 당연한 사실을 지적하기도 한다.

하지만 불량 식품이란 동서고금을 가리지 않고 어린이들의 마음을 끄는 모양이다. 미국 어린이들은 땅콩버터와 잼 샌드위치에 변함없는 지지와 사랑을 보내고 있다. 2002년 조사된 통계 자료에 따르면 미국인들은 고등학교 졸업 전까지 이 샌드위치를 평균 천

오백 개나 먹는다고 한다. 좀 오래된 자료이기는 하지만 그 인기를 짐작하기에는 무리가 없다. 캐시의 어린 두 동생은 칠면조, 크랜베리 샐러드, 버섯 그레이비를 끼얹은 매시트포테이토, 마시멜로와 오렌지와 레몬주스를 넣은 고구마 등의 성대한 크리스마스 만찬도 마다하고 땅콩버터와 잼 샌드위치만 먹겠다고 고집을 부린다. 캐시는 도무지 말을 듣지 않고 밥 투정하는 동생들이 이해가 되지 않는다며 답답해하지만, 아마 캐시도 더 어렸을 때는 동생들과 비슷한 입맛을 갖고 있었을 것 같다. 나만 해도 어렸을 때는 어른들이 내주는 잡채며 생선구이며 두부조림 같은 온갖 요리보다 간장 계란밥 한 그릇이 더 좋았던 기억이 난다.

그런데, 여기서 잠깐. 뭔가 이상하다. '간장 계란밥'은 '간장과 계란 밥'이라고 하지 않는데, 왜 '땅콩버터 잼 샌드위치'가 아니라 '땅콩버터와 잼 샌드위치'이지?

게다가 '샌드위치'라니? 그걸 과연 샌드위치라고 부를 수가 있나?

나는 '땅콩버터와 잼 샌드위치'라는 번역어에 의문이 들었다. 아무리 들어도 입에 붙지 않고 생소하게 들렸기 때문이다. 나만 그런 걸까? 못내 궁금했던 나는 트위터에서 총 331명에게 설문조사를 실시했다. "잼이나 땅콩버터(또는 잼과 땅콩버터 모두)를 바른 식빵 두 장을 포개 먹는 것을 평소에 '샌드위치'라는 이름으로 부르시나요?"라는 질문으로. 그 결과 71퍼센트에 해당하는 235명이 '아니오'라고 응답했다. 엄밀한 통계 자료는 아니지만, 그래도 이 정도면 '땅콩버터와 잼을 발라 포갠 식빵'을 '땅콩버터와 잼 샌드위치'라고 부르지 '않는' 한국인이 나 말고도 최소한 234명은 있다는 의미로 이해할 수 있다.

그 단어가 어색하게 들리는 가장 큰 이유는 아마도 한국에서 '샌드위치'라는 단어가 원어인 'Sandwich'보다 좁은 의미로 해석되었기 때문인 듯하다. 사전에서 샌드위치를 찾아보면 이렇게 나온다.

얇게 썬 두 조각의 빵 사이에 버터나 마요네즈 소스 따위를 바르고 고기, 달걀, 치즈, 야채 따위를 끼워 넣은 음식. _표준국어대사전

얇게 썬 두 조각의 빵 사이에 고기, 달걀, 채소류, 치즈 등을 넣어 만든 서양 음식. _고려대한국어사전

두 사전이 명시하다시피, 한국인이 보통 생각하는 샌드위치에는 고기, 달걀, 치즈, 채소 등이 들어간다. 꼭 네 가지 재료가 다 들어가야 하는 건 아니지만, 어쨌거나 단순히 빵 사이에 소스를 '바르기만' 한 걸로는 부족하다. 빵 사이에 무언가 음식물이 '끼워져' 있어서 입 안에서 씹히는 맛이 나야 한다. 그리고 단백질, 지방, 비타민 등의 영양소가 골고루 들어 있어서 김밥처럼 간단하면서도 든든하게 식사를 대체했다는 기분이 들어야 한국적 의미에서 제대로 된 샌드위치라고 볼 수 있다. 그러니 땅콩버터 샌드위치, 잼 샌드위치, 땅콩버터와 잼 샌드위치 등은 모두 자격 미달인 셈이다. 우리에겐 이런 음식들이 식사 대용이라기보다 달콤한 군것질거리에 가깝다.

그뿐만이 아니다. '땅콩버터와 잼 샌드위치'라는 표현 자체도 어색하다. 한국에서 음식 이름은 그렇게 짓지 않는다. '참치김치볶음밥'이라고 하지, '참치와

김치 볶음밥'이라고는 하지 않는다. '소고기버섯전골'이라고 하지, '소고기와 버섯 전골'이라고는 하지 않는다. 그러니까 '땅콩버터와 잼 샌드위치'는 언뜻 들었을 때 '땅콩버터+잼 샌드위치'가 아니라, '땅콩버터, 그리고 잼+샌드위치'처럼 느껴진다. 물론 상식적으로 그럴 리가 없다는 건 알지만, 말의 짜임새가 워낙 어색하니 머리에 곧바로 들어오지 않고 귀에서 한번 걸리는 느낌이 든다는 것이다.

번역가로서 나는 고민하지 않을 수 없었다. 그렇다면 'Peanut Butter and Jelly Sandwich'에서 'and', 즉 '와'를 없애고 '땅콩버터 잼 샌드위치'라고 번역해야 옳은 걸까? 하지만 이 단어도 혼란스럽긴 마찬가지이다. '땅콩버터 잼 샌드위치'라고 하면 마치 '땅콩버터 잼'이라는 잼이 따로 있는 것처럼 들리기 때문이다.

게다가 어차피 일상생활에서 한국인들은 땅콩버터 잼 샌드위치 따위의 말은 잘 쓰지도 않는다. "이따가 식빵에 잼이랑 땅콩버터 발라 먹어야겠다"라거나 "아까 딸기잼 바른 빵 먹었어"라는 식으로 말한다. 아무래도 그렇게 말하는 것이 자연스럽다. 땅콩버터와 잼 샌드위치라는 말을 자연스럽게 쓰는 사람도 29퍼센트쯤은 있겠지만, 그 표현이 한국어에 완전히 정착하려면 아직은 시간이 필요한 듯싶다.

글쎄, 어쩌면 영영 정착하지 않을지도 모른다. 하지만 지금으로서는 나를 비롯한 번역가들이 땅콩버터와 잼 샌드위치보다 더 나은 번역어를 찾지 못하고 있으니, 적어도 책 속에서는 이 음식을 계속 만날 것 같다.

땅콩버터와 잼 샌드위치

미국 어린이들이 점심으로 많이 먹는 음식이다. 사실 미국인들이 땅콩버터와 잼을 정말로 두껍게 발라 먹는 걸 보면 그걸 샌드위치라고 부르는 것도 이해가 된다. '바른다'라기보다 사실상 '얹는' 수준일 때도 있으니까.

이쯤에서 젤리 jelly와 잼 jam의 관계가 궁금한 독자들도 있을 것 같다. 자, 그렇다면 다음 장을 읽어보길 바란다.

젤리, 잼, 설탕 절임
{ Jelly, Jam, Preserve }

정오에 사람들은 샘물가에 소풍 바구니를 펼쳐놓고 시원한
응달 곳곳에 둘러앉아 먹고 떠들었다. 식사를 마친 뒤에는
샘물을 마시고 다시 산열매를 따러 흩어졌다.

이른 오후가 되니 바구니와 양동이가 가득 찼다. 우리는 아
버지가 모는 마차를 타고 집으로 향했다. 쏟아지는 햇살을
함빡 쪼이다 보니 다들 조금 졸렸고 숨결에서 달콤한 열매
향기가 배어났다.

며칠 동안 어머니와 누나들은 열매들로 젤리와 잼과 설탕 절
임을 만들었고, 매끼 식탁에는 허클베리 파이나 블루베리 푸
딩이 올라왔다.

_로라 잉걸스 와일더, 《초원의 집》

어렸을 때 서양 소설을 읽다가 '젤리'가 나오면 늘 알
쏭달쏭했다. 그때까지 내가 아는 젤리는 사탕처럼 한
알씩 꺼내 먹는 과일 맛 '마이구미' 같은 것밖에 없었
다. 그런데 어떤 책에서는 컵에 담긴 젤리를 디저트
삼아 숟가락으로 퍼 먹는다고 하고, 또 어떤 책에서
는 젤리를 빵에 발라 먹을 뿐만 아니라, 칠면조 고기
에 발라 먹는가 하면, 심지어 '장어 젤리' 같은 무시
무시한 음식도 있다고 하니, 정말이지 젤리의 정체란
수수께끼 그 자체였다.

　나와 같은 혼란을 느꼈을 독자들을 위해 설명하자
면, 젤리는 크게 두 가지로 나눌 수 있다. 첫째는 동
물 단백질에서 얻은 젤라틴과 각종 감미료를 끓인 뒤
굳혀 먹는 음식이다. 숟가락으로 떠먹는 푸딩 같은
형태의 디저트가 여기에 속한다. 장어 젤리라는 음식

은 장어를 썰어서 각종 향신료와 함께 물에 넣고 끓인 뒤 식혀서 장어에서 나오는 젤라틴을 이용해 묵처럼 굳힌 것이다. 사실 우리나라에도 젤라틴을 이용한 대표적인 육류 음식이 있는데, 술 안주로 흔히 먹는 머릿고기 편육이다.

둘째는 무언가에 발라 먹거나 곁들여 먹도록 과일을 가공한 잼 같은 것이다. 과일즙에 설탕을 넣고 끓이면 나오는 펙틴 성분을 이용해 모양을 굳힌 것을 젤리라고 한다. 잼이긴 잼인데 과육이 없는 투명한 잼이라고 생각하면 된다. 그래서 '땅콩버터와 잼 샌드위치'는 원래 '땅콩버터와 젤리 샌드위치'라고 한다. 까치밥나무 열매redcurrant 젤리처럼 새콤한 젤리는 빵만이 아니라 양고기나 가금류의 고기에 발라 먹으면 맛이 잘 어우러진다(기 드 모파상의 단편소설 〈비곗덩어리〉에서는 '젤리를 반지르르하게 바른 닭두 마리'가 강렬한 중심 소재로 등장한다).

이렇게 발라 먹는 젤리는 으깬 과일에서 여과한 즙을 빠르게 끓여서 만드는데, 잼은 다지거나 잘게 썬 과일을 냄비에 넣고 약불로 천천히 졸여서 만든다는 점에서 다르다. 간단히 말해 과일 덩어리가 있고 빛깔이 탁하면 잼, 과일 덩어리 없이 투명하면 젤리이다.

잼에 든 과육들이 큼지막하다면 따로 건져내 와플, 케이크, 아이스크림에 올려 먹기도 한다. 이런 과일 덩어리들을 '프리저브preserve'라고 하는데, 흔히 '과일 설탕 절임'이라고 번역한다. 그런데 나는 이 설탕 절임이라는 번역어가 과연 적절한 것인가 의문스럽다. '과일 잼'과 '과일 설탕 절임'은 서로 뭔가 굉장히 다른 음식처럼 보이지 않는가. 하지만 잼과 프리저브는 사실상 큰 차이가 없다. 둘 다 같은 조리법으로 만들지만 전자는 빵에 바르는 데 중점을 두고, 후자는 과육 덩어리를 활용하는 데 중점을 둘 뿐이다.

여기서 또 다른 문제가 생긴다. 설탕 절임이라는 말이 프리저브를 뜻하는 데만 쓰이지 않는다는 점이다. 한국어로 번역된 소설을 읽다 보면 그야말로 수많은 식품들이 설탕 절임으로 옮겨지곤 한다. 체리나 대추야자, 생강 같은 것을 물기가 없게 바짝 조려서 설탕을 묻힌 정과正果 같은 과자류를 설탕 절임이라고 옮긴 경우도 있다. 라임이나 사과, 살구 같은 과일을 설탕과 함께 유리병에 담아서 숙성시킨 과일청 또는 병조림 같은 것을 설탕 절임이라고 하는 경우도 있다. 정말이지 혼란스럽다. 모두 과일과 설탕으로 만든 달콤한 음식이기는 하지만 엄연히 서로 다른 맛과 형태와 용법을 가진 음식들이다. 그래서 나는 책에 설탕 절임이라는 단어가 나오면 이것이 과연 무슨 음식일까 싶어서 신경을 곤두세우곤 한다.

독자들의 궁금증을 해결하겠다고 시작한 글이 오히려 더 많은 의혹으로 이어진 것 같아 참으로 면구스럽다. 이 모든 혼란은 결국 번역가들의 잘못이라고 생각한다. 번역가를 대표해서 사죄하고 싶다(내게 대표씩이나 할 권한이 있는지도 염려스럽긴 하다).

어쨌든 젤리, 잼, 설탕 절임 모두 보존식품이라는 점에서는 같다. 달콤한 과일을 철이 지나도 썩히지 않고 오래 먹으려고 고안한 방법인 셈이다.《초원의 집》의 엘먼조네 식구들처럼, 옛날 사람들은 야생 블루베리를 따 오면 그중 일부만 싱싱한 채로 먹고 나머지는 이런 방식으로 저장해 앞날을 대비했다.

오늘날에는 냉장고도 있고 재배 시설도 발달한 덕에 사시사철 생블루베리와 냉동 블루베리를 먹을 수 있다. 싱싱한 블루베리를 굳이 끓여서 먹기엔 아까운 노릇이다. 하지만 그래도 구태여 블루베리 젤리, 블루베리 잼, 블루베리 설탕 절임을 먹고 싶을 때가 있다.《초원의 집》에 나오는, 여느 호텔 디저트 뷔페 못지않게 향긋하고 찬란해 보이는 블루베리 음식 상차림을 보면 더더욱 그렇다.

수프

{ Soup }

왕자와 공주는 미리 약속한 대로 산꼭대기에서 만났다. 프랄
리네 공주는 냄비를, 사피안 왕자는 국자를 가져왔다. 둘은
냄비 안에 국자를 넣고 아주 조심스럽게 휘저었다. 그러자
놀랍게도 냄비 안에 맛있고 영양가 높은 수프가 가득 찼다.
왕자와 공주는 행복해하며 수프를 배부르게 먹었다.

_미하엘 엔데, 유혜자 옮김, 《마법의 수프》, 보물창고, 2005.

수프에는 원초적인 마법의 힘이 있는 것 같다. 인류는 기원전 2만 년부터 수프, 즉 국을 끓여 먹으며 살았다. 물론 문화권마다 다양한 국이 있고 재료도 맛도 조리법도 천차만별이지만, 그 본질은 단순하다. 몸을 뜨끈하게 데우고, 쉽게 배를 불릴 수 있고, 딱딱한 재료도 부드럽게 만들고, 영양을 효과적으로 보충할 수 있는 음식. 그러니까 보르시치를 몰라도, 콩소메를 몰라도, 굴라시를 몰라도, 클램차우더를 몰라도, 육개장을 몰라도, 일단 '따뜻한 수프'라고 하면 우리는 이해할 수 있다. 따뜻한 수프 한 그릇이 주는 행복이 어떤 건지.

수프는 적은 재료로 많은 양을 만들 수 있다. 물을 많이 붓고 오래 끓이면 그만이니까. 그래서 예로부터 가난한 사람들에게는 좋은 친구였을 테고, 한편으로는 지긋지긋한 음식이기도 했을 것이다. 고깃점이라곤 별로 붙어 있지도 않은 뼈다귀와 얼마 안 되는 푸성귀로 국물을 우리고 또 우리면서, 이 국이 아무리 먹어도 줄지 않는다면 얼마나 좋을까 하는 허망한 상상을 품었던 사람이 얼마나 많았을까.

미하엘 엔데의 동화 〈마법의 수프〉는 아마도 그런 상상에서 비롯한 것 같다. 이 동화에서는 맛 좋고 영양가 풍부한 수프가 끊임없이 솟아나는 마법의 냄비와 국자 세트가 등장한다. 두 왕국에서 그 냄비와 국자를 두고 다투다가 급기야는 전쟁까지 벌이지만, 결국엔 모든 게 잘 풀려서 두 나라의 백성 모두 영원히 굶주릴 걱정 없이 수프를 먹을 수 있었다는 내용이다.

마법의 수프에 정확히 무슨 재료가 들어갔는지, 어떤 맛이 나는지, 색깔이나 식감이 어떤지는 알 수 없다. 미하엘 엔데는 우리에게 그런 디테일을 전혀 알려주지 않는다. 그저 '맛있고 영양이 풍부한 수프'라고만 할 뿐이다. 그러니까 우리는 각자가 생각하는 최고의 수프를 떠올리기만 하면 된다. 육개장, 클램

차우더, 굴라시, 콩소메, 보르시치…… 그 어떤 수프를 상상해도 틀리지 않을 것이다. 그것이 바로 동화가 발휘하는 강력한 마법의 힘이니까. 전세계의 어느 누구라도 이해할 수 있고 즐길 수 있는 이야기의 힘.

그런데 〈마법의 수프〉에서 마법의 냄비와 국자 세트는 원래 인류의 행복을 위해 만든 것이 아니었다. 그건 오히려 마녀가 세상을 멸망시키려고 만든 물건이었다. 식량난을 영원히 해결할 수 있는 어마어마한 보물이 나타나면, 사람들이 너도나도 그걸 독차지하려고 싸우다가 결국은 모두 불행해질 거라고 마녀는 생각했던 것이다.

옛날이야기에서 이런 말썽을 일으키는 마녀는 한둘이 아니다. 마녀들은 사악한 저주가 걸린 물건을 선물하고, 공주를 영원한 잠에 빠뜨리고, 용맹한 왕자의 눈을 멀게 하는가 하면, 아리따운 아가씨를 탑에 감금해놓고, 마녀 집회에 참석하고…… 그렇게 바쁘게 돌아다니다가 집에 오면, 자투리 시간을 활용해, 참으로 부지런하게도, 수프를 끓인다.

흉측한 외모의 마녀가 화덕 앞에서 몸을 구부리고

커다란 솥에 담긴 정체불명의 액체를 휘젓는 광경은 대중적으로 널리 알려진 이미지이다. 중세 유럽의 마녀들은 솥에 별의별 기묘한 재료를 집어넣어 수프를 끓였던 것으로 알려져 있다. 이를테면 쥐 꼬리, 양귀비 꽃, 만드라고라 뿌리, 두꺼비 심장, 타다 남은 재, 여우의 왼쪽 발, 기타 등등. 자세한 레시피는 마녀들만의 영업비밀이어서 나 같은 일반인은 알 수 없지만, 어쨌든 그렇게 만든 수프들은 이런저런 신기한 효력을 발휘한다고 한다. 불치병을 낫게 해주거나, 투명인간으로 만들어주거나, 사랑을 이루어주거나, 하늘을 날게 해주거나, 죽은 사람을 살려내거나.

마녀의 수프에 들어가는 가장 유명한 재료를 꼽자면 단연 인간, 그중에서도 어린아이일 것이다. 마녀들은 어린아이를 납치해서 산 채로 끓는 물에 집어넣고 고아 먹는 흉악한 행위로 악명이 높다. 동화 〈헨젤과 그레텔〉에 나오는 마녀는 헨젤과 그레텔 남매를 솥에 빠뜨려 끓여 먹으려 하지만, 남매의 꾀에 속아서 도리어 자기가 솥에 빠지고 만다.

헨젤과 그레텔 남매가 그렇게 마녀의 덫에서 빠져

나와 무사히 집으로 돌아간 이후, 솥에서 끓던 수프
는 어떻게 되었을까? 나는 그 뒷이야기가 못내 궁금
하다. 지나가던 행인이 발견하고 무슨 수프인지도 모
른 채 먹어버렸을지, 마녀가 가까스로 솥에서 빠져나
와 남매에게 복수를 꾀했을지, 아니면 깊은 숲속에서
그렇게 펄펄 끓는 채로 아무도 모르게 잊혔을지…….

실제로 중세의 마녀 재판관들은 자백을 거부하는
마녀들을 끓는 물에 집어넣어 고문하곤 했다. 그들은
'마녀를 끓이는 솥'을 갖고 있었던 셈이다. 이야기 속
에서든, 현실에서든 많은 마녀가 펄펄 끓는 솥에 산
채로 빠져야만 했을 것이다.

얼마나 많은 여자가 자신이 저질렀거나 저지르지
않은 마법의 대가로 목숨을 잃었을까? 그리고 그들
의 죽음 위에서 또 얼마나 많은 동화가 만들어졌을
까? "옛날 옛적에……"로 시작해서 21세기까지 전
해지는, 끊임없이 솟아나는 마법의 수프 같은 이야
기들.

수프

고기, 생선, 채소 따위에 물을 많이 붓고 끓인 서양 음식으로, 우리나라의 국이나 탕에 해당한다. 우리나라에서는 크림수프가 가장 대중적으로 알려져 있다.

오트밀

{ Oatmeal }

엄마는 걸레를 내려놓고 일어섰다.

"저녁식사라, 저녁식사……. 그래, 그럼 이렇게 할까? 저 오트밀 상자 있잖니, 승무원 차 만드는 데 쓸 상자 말이야. 저걸 얻으려고 안에 있던 오트밀을 전부 비닐봉지에 옮겨 넣어 뒀거든. 그러니까 그걸로……."

아나스타샤가 소리를 질렀다.

"엄마, 저녁 메뉴가 오트밀이라뇨! 오트밀 진짜 싫어요!"

샘이 명랑하게 말했다.

"난 아닌데. 오트밀이 너무 좋아. 상자로 기차를 만들 수 있으니까."

_로이스 로우리, 《아나스타샤의 사춘기》

1990년대 한국에는 이른바 '소녀 소설'들이 대거 수입되어 서점에 쏟아져나왔다. 주로 미국이나 영국, 일본을 배경으로, 십 대 여자아이들이 겪는 일상과 모험, 꿈과 고민, 우정과 사랑 등의 이야기를 경쾌하게 다룬 소설들이었다. 당시 초등학생이던 나는 소녀 소설에 둘러싸이다시피 한 채 자랐다. 친구들과 서로 빌려주고 돌려가며 읽기도 했고, 부모님을 따라간 친척 집에서도 사촌 언니 책장에 꽂혀 있는 지경사나 문공사, 화평사의 소녀 소설을 발견하면 그 자리에 앉아 시간 가는 줄 모르고 읽었다. 그때 내가 말없이 책만 읽어서 서운했을 친구나 사촌에게는 미안하지만, 그들도 나와 마찬가지로 소녀 소설을 좋아했으니 이해해주리라 믿는다.

　책에 등장하는 소녀들은 우리에게 또 다른 친구와

도 같았다. 우리 생각을 이해해주고, 부당한 일을 겪으면 같이 화를 내주고, 우리가 어른들에게 하고 싶은 반항을 대신 해주는 친구들.

그중에서도 내가 가장 친근감을 느낀 아이는 아나스타샤 크루프닉이다. 아나스타샤는 지경사에서 출간한 '나의 비밀노트' 시리즈의 주인공으로, 다갈색 머리에 안경을 쓰고 얼굴에 주근깨가 난 열 살짜리 소녀이다. 아나스타샤는 여러모로 나와 닮은 점이 많았다. 그 애도 나처럼 도시에서 외동딸로 자랐고(나중에 남동생이 생기긴 하지만), 엄마의 직업이 화가였으며, 책을 즐겨 읽고 글쓰기를 좋아했다. 그리고 무엇보다도, 인생에 불만이 많았다.

아나스타샤는 온갖 것이 불만스럽다. 부모님이 남동생을 만들었다고 화를 내며 집을 나가려고 하고, "전세계 사람 모두가 싫어할" 간 요리를 엄마가 자꾸 먹으라고 한다며 질색한다. 호박 파이를 두고는 "먹은 걸 토한 듯한 냄새가 난다"며 구역질까지 하는가 하면, 교외로 이사를 가야 한다는 이유로 창밖으로 뛰어내리겠다고도 하고, 엄마가 화가라서 늘 너저분한 차림새로 물감을 묻히고 있는 게 "창피해서 싫다"
며 대놓고 불평도 한다.

하지만 아나스타샤가 그렇게 강한 혐오의 표현
을 쓰는 것과 달리, 싫어하는 마음은 쉽사리 뒤집히
곤 한다. 질색하던 호박 파이를 어느 날 갑자기 몇 조
각이나 먹어치우는가 하면, 막상 남동생이 태어나자
'샘'이라는 예쁜 이름을 붙여주고 애지중지한다. '아
나스타샤'라는 이름이 평범하지 않아서 싫다고 하다
가도, 그게 러시아 황녀의 이름이었다는 이야기를 듣
고는 마음에 쏙 든다고 한다. 또 자기 담임선생님을
싫어한다고 믿으면서도 정작 그 이유가 뭔지는 잘 모
르겠다고 하고, 교외에 가본 적조차 없으면서도 그곳
의 삶이 끔찍할 거라고 무작정 단정한다.

너무 제멋대로인가? 그런지도 모른다. 지금 이렇
게 정리하고 보니 꽤나 변덕스러워 보인다. 하지만
그 책을 읽을 당시에 나는 아나스타샤의 마음을 이해
할 수 있었다. 그 모든 게 지극히 심각한 것이며 타당
한 불만이라고 생각했다. 열 살 소녀에게 세상은 원
래 불합리한 곳이니까. 만사가 어른들 위주로만 굴러

가고, 내 마음대로 할 수 있는 것이라곤 아무것도 없지 않은가. 내 이름도 내 의사와 상관없이 지어지고, 내 입맛에 맞지 않는 음식을 억지로 먹어야 하고, 내가 살 집을 내가 고르지도 못하고, 내가 다닐 학교를 고를 수도 없다니…… 부모님들이란 자식과 아무 상의도 없이 중요한 결정을 해버리고는 무조건 따르라고만 한다. 그건 미국이나 한국이나 다르지 않구나 싶었다. 나와 아나스타샤 입장에서는 그런 엄마 아빠야말로 제멋대로인 걸로 보였다. 어른들은 왜 그렇게 자식 의견을 무시하는 건지, 생각하면 할수록 화가 났다.

그러니까 문제는 남동생이나 호박 파이, 교외의 삶이나 아나스타샤라는 이름 자체가 아니다. 문제는 그런 것들이 내 의사나 취향과는 무관하게, 억지로 주어진다는 것이다. 그건 너무 부당한 일이다. 부당함에 맞서 싸우는 데 반드시 일관된 근거를 댈 필요는 없다. 예컨대 교외에서 살기 싫다고 말하기 위해 반드시 교외의 삶이 무엇인지 알아야 할 필요는 없다. 그 삶이 무엇인지 알면 이미 너무 늦은 것이다. 그때는 그 삶에 적응해버려서 좋든 싫든 돌이킬 수 없을 테니까!

그렇게 적응에 적응을 거치다 보니 나는 어느새 어른이 되어버렸다.

그래서 지금은 '나의 비밀노트'를 읽어도 예전처럼 아나스타샤에게 완전히 공감할 수가 없다. 어쩔 수 없이 아나스타샤의 부모님 입장에 더 공감이 간다. 슬프지만 돌이킬 수 없는 것이다.

그래도 아나스타샤는 여전히 내게 좋은 친구로 남아 있다. 한창 불만도 많고 고민도 많던 시기에 내 마음을 알아주던 친구. 부모님이 내 말을 들어주지 않아 원망스러웠을 때, 멀리 이사 가야 해서 기껏 친해진 친구들과 헤어지는 게 슬펐을 때, 내가 무엇을 왜 싫어하는지 나 자신도 명확히 설명할 수 없어서 답답하고 서러웠을 때, 아나스타샤가 내게 비밀 노트를 보여준 덕분에 나는 외롭지 않았다.

그러니까 아나스타샤가 오트밀이 너무너무 먹기 싫다고 하소연했을 때, 나는 오트밀이라는 게 뭔지 전혀 몰랐어도 충분히 그 마음을 이해할 수 있었다.

꼭 오트밀이 뭔지 알아야만 오트밀을 싫어할 수 있는 것은 아니니까. 친구가 그렇게 싫어하는 것이라면 나도 같이 싫어해줄 수 있지 않겠는가. 나는 가지나물을 너무 싫어해서 토할 것 같다고 생각한 게 한두 번이 아니었는데, 아나스타샤도 가지나물을 먹어본 적이 없겠지만 내 얘기를 들었다면 같이 싫어해줬을 것이다. 분명 그랬을 것이라 믿는다(어른이 되어서 좋은 점을 한 가지 꼽자면, 싫어하는 음식은 안 먹어도 된다는 것이다).

오트밀

흔히 오트밀의 '밀'을 밀가루의 '밀'로 오인하기도 하지만, '밀 meal'은 영어로 '빻은 곡물'이라는 뜻이다. 오트밀은 귀리oat를 빻거나 압착한 가루를 뜻한다. 이것을 물이나 우유에 넣고 끓여 죽을 만들거나, 시리얼에 섞거나, 구워서 쿠키나 비스킷을 만든다. 보통 죽으로 끓여 먹는 것이 가장 일반적이기 때문에 '오트밀 죽'을 의미하는 단어로 쓰이는 경우가 많다. 우리나라에서는 '귀리죽'이라고 번역하기도 한다.

오트밀 죽에는 흔히 설탕, 크림, 버터를 비롯한 여러 양념이나 과일, 견과류를 첨가해 먹는다. 담백하고 고소한 데다 속이 든든하기 때문에 아침식사로 좋다. 물론 아나스타샤를 비롯한 많은 소녀 소설 주인공들은 혐오하는 음식이지만.

《아나스타샤의 사춘기》에 나오는 오트밀은 근 백오십 년의 역사를 자랑하는 유서 깊은 미국 오트밀 브랜드 퀘이커사社의 것이다. 이 회사의 트레이드마크는 포장에 커다랗게 인쇄된 퀘이커 교도 남성 그림인데, 아나스타샤는 그 남자마저도 '인자한 척하는' 표정을 짓고 있다며 질색한다.

단추 수프

{ Button Soup }

"배고픈 사람은 모두 나오세요! 단추 수프를 끓일 테니까요!"
사람들이 나와서 냄비를 들여다보고는 웃었어요.
"이게 뭐야, 물밖에 없잖아!"

_민담, '단추로 끓인 수프'

한 떠돌이 거지가 마을에 나타나 단추 한 개와 물만 가지고 맛있는 수프를 만들겠다고 큰소리치고 다닌다. 다만 고명을 조금 곁들이면 맛이 더욱 좋아질 거라는 말에 호기심을 느낀 마을 사람들은 저마다 이런저런 양념이며 채소, 고기, 곡물을 가져온다. 설탕, 소금, 후추, 무, 당근, 콩, 양파, 양배추, 쇠고기를 넣고 끓인 수프는 임금님께 진상해도 부족하지 않을 만큼 풍미 가득한 요리로 거듭난다. 그건 더는 단추 수프가 아닌 셈이니까.

'단추로 끓인 수프' 민담은 마을 사람 모두가 맛 좋은 수프를 나누어 먹는 것으로 끝난다. 이기심을 버리고 서로서로 나누며 살아야 복이 온다는 것이 이 이야기의 교훈이라고 한다. 하지만 솔직히 나는 이 이야기를 떠올릴 때 그런 도덕적 교훈은 생각나지 않는다. 대신 그보다 훨씬 단순하고 직관적인 욕망을 느낀다. 먹을 게 너무 없을 때, 찬장 안이 텅텅 비어서 콩 한 알이나 말라비틀어진 빵 한 쪽도 없을 때, 옷에 달린 단추라도 물에 넣고 끓여 먹고 싶은 욕망.

물론 이 이야기에 나오는 단추는 오늘날 대량생산하는 플라스틱 제품이 아니다. 옛날 사람들은 동물 뼈를 깎아서 단추를 만들었다. 그럼 그 시대 사람들은 이런 욕망을 품지 않았을까. 그래, 이것도 뼈다귀라면 뼈다귀니까, 센 불에 오래오래 끓인다면, 그리고 소금이랑 후추만 좀 치면, 그러면 국물이 우러나 그럴싸한 뼛국이 되지 않을까, 그랬으면 좋겠다, 제발 그랬으면 좋겠다…….

단추는 그저 옷을 여미는 도구일 뿐이지만, 극도의 굶주림에 몰린 사람은 단추를 완전히 새로운 시선으로, 즉 먹을 것으로 바라봤을 수도 있다. 그 간절한 욕망이 단추의 전생마저 되살려내는 것이다. 단추가 단추로서의 삶을 살기 전, 한 짐승의 몸을 이루는 골격의 일부로 움직이던 시절을 소환하는 것이다. 사람의 상상 속에서 단추는 동물이 되고, 뼈가 되고, 살

코기가 되고, 국물이 되고, 에너지가 된다. 한 마리의 동물이 자연에서 떨어져 나와 인간 생활 곳곳에 스며드는 과정, 평소에 의식하지 않았던 그 연결고리들이 갑자기 눈앞에 파노라마처럼 펼쳐진다.

문학이 하는 일도 딱 이런 것 같다. 문학은 지극히 익숙한 것들을 새로운 시선으로 바라보게 한다. 반복되는 일상에 묻혀 있던 사물들이 본연의 맥락에서 떨어져 나오고, 평생 한 가지 용도로 써온 물건에서 갑자기 전혀 몰랐던 용도를 발견한다. 콜라를 마시기 위해 따야 하는 캔 뚜껑이, 로맨스 소설 속 가난한 연인의 손가락에서는 백금 반지가 된다. 냉동실 속 양다리 고기가, 추리소설에서는 살인 흉기로 둔갑한다. 불교도들이 교리를 깨우치기 위해 읽는 불경이, "나는 불경처럼 서러워졌다"고 말하는 시 속에서는 서러움이라는 감정의 대명사가 된다.

단추 수프 맛은 사람들이 보탠 설탕, 소금, 후추, 무, 당근, 콩, 양파, 양배추, 쇠고기에서 나온 것이라지만, '단추로 끓인 수프' 이야기의 맛은 오로지 단추에서 나온다. 단추야말로 그 맛의 비결이다. 우리가 아무리 설탕과 소금과 후추와 무와 당근과 콩과 양파와 양배추와 쇠고기로 수프를 끓이더라도, 민담 속에 나오는 단추 수프 맛을 재현할 수는 없을 것이다.

단추 수프

유럽에서 전해 내려오는 설화로 지역에 따라 내용이 조금씩 다르다. 수프 재료가 단추가 아닌 돌멩이, 도끼, 손톱, 나무 등으로 바뀌기도 한다. 그러나 먹을 수 없는 재료로 수프를 끓이겠다는 이방인에게 사람들이 식재료를 보탠다는 줄거리는 기본적으로 같다. 여러 영화와 문학작품으로 각색되었다.

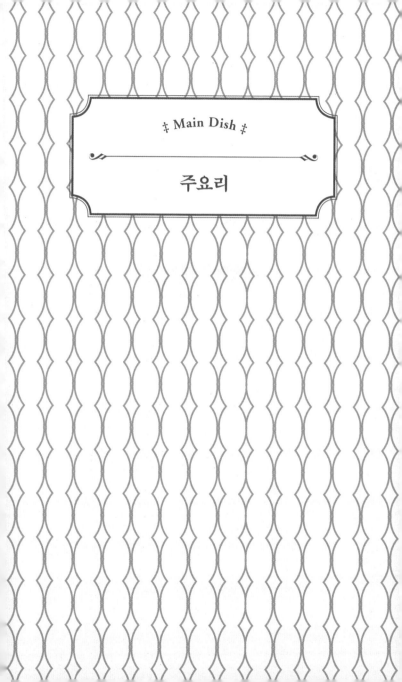

‡ Main Dish ‡

주요리

햄과 그레이비

{ Ham with Gravy }

어멈의 커다랗고 검은 두 손에 들린 쟁반에는 김이 모락모
락 피어오르는 음식들이 담겨 있었다. 버터 바른 참마 두 덩
이, 수북이 쌓인 메밀 팬케이크 위로 뚝뚝 흘러내리는 시럽,
그레이비에 둥둥 떠 있는 커다란 햄 한 조각. 어멈이 가져온
무거운 음식상을 보자 스칼렛의 얼굴에 떠올랐던 가벼운 짜
증은 고집스러운 독기로 바뀌었다. 이제까지 그녀는 드레스
를 입어보며 흥분하느라 깜빡 잊고 있었지만, 어멈은 오하라
가의 딸들이 어느 파티에서든 어떤 음식도 입에 대지 않도록
파티에 가기 전에 집에서 음식을 잔뜩 먹어둬야 한다는 원칙
을 철통같이 지키는 사람이었다.

_마거릿 미첼, 《바람과 함께 사라지다》

알고 있는가? 소설 《바람과 함께 사라지다》가 "스칼
렛 오하라는 미인이 아니었다"는 글귀로 시작한다는
사실. 마거릿 미첼은 그 기나긴 대하소설의 역사적인
첫 문장에서, 문학사상 가장 유명한 여주인공 중 한
명을 등장시키며 그녀가 '미인이 아니었다'고 못을
박았다. 그녀 주변 남자들이 콩깍지가 씌어서 미인이
라고 착각할 뿐이지 사실 스칼렛의 이목구비 자체는
별로 조화롭지 못하다고 작가는 냉혹하게 평가한다.

그런데 그 평가는 별 소용이 없었던 모양이다. 많
은 독자들 머릿속에 스칼렛 오하라는 대단한 미인 이
미지로 남아 있으니까. 이 소설을 원작으로 한 영화
에서 열연한 비비언 리의 미모가 워낙 강렬한 인상을
남겨서 그렇기도 하겠지만, 무엇보다 독자들 역시 콩
깍지가 씌었기 때문일 것이다. 스칼렛의 치명적인 매

력이 우리를 사로잡고 만 것이다.

스칼렛의 매력은 무엇보다도 모순에서 나온다. 그녀는 미국 남부에 대농장을 소유한 명문가의 딸로서 귀족적이고 우아한 숙녀로 자랐지만, 한편으로는 거칠고 고집스러우며 혈기 넘치는 성격이다. 그 누구보다 가느다란 허리와 조그마한 손발과 흰 살결을 지녔지만, 겉보기와 달리 그녀는 너무나 건강하고 튼튼해서 여느 숙녀들처럼 툭 하면 기절하는 가녀린 면모를 보이지 않는다.

당대의 규범에 의하면 여자란 모름지기 어리석고 수동적이고 예민하고 나약한 동물이어야 하며, 육체적으로나 정신적으로나 남자에게 의존해야만 했다. 하지만 지극히 영리하고 강단 있고 자기 주관이 뚜렷한 스칼렛은 그 규범을 고분고분 따르려야 따를 수가 없었다. 그녀도 사회 예법과 도덕관을 존중하려고 나름대로 노력하지만 체질적으로 현실주의자인 건 어쩔 수 없다. 그녀에게는 명예보다는 돈이, 품위보다는 쾌락이 먼저이다. 더욱이 여느 남부인들처럼 남북전쟁의 대의명분에 열광하며 애국심을 불태우는 것은 도저히 성미에 맞지 않는다. 그렇게 공허한 이상에 투신하기에 스칼렛 오하라는 자기 자신을 너무나 사랑한다. 세상 그 무엇보다도 자신의 삶을 사랑한다.

스칼렛이 삶을 얼마나 사랑하는지를 보여주는 한 단면이 바로 그녀의 먹성이다. 스칼렛은 정말 잘 먹는다. 남부의 사교계에서는 새처럼 조금씩 먹어야 숙녀답다고 하지만, 스칼렛은 남자들 앞에서 음식을 잘 못 먹는 척 내숭을 떨고 깨작거리는 게 고역스럽다. 맛있는 음식이 잔뜩 나오는 파티에 가서 양껏 먹지도 못하고 구경만 하라니, 얼마나 괴로운 일인가? 귀한 얼음으로 만든 아이스크림, 기름진 냄새와 연기를 풀풀 풍기는 바비큐 파티의 고기구이, 달콤한 초콜릿 케이크를 뻔히 앞에 두고서 어떻게 참고만 있으란 말인가? 여자의 식욕이 왜 숨겨야 할 부끄러운 일인가? 그녀의 유모는 파티장에서 배가 고파지는 바람에 음식을 주워 먹는 불상사가 일어나지 않도록 집에서 배를 미리 채워두라고 경고하지만, 스칼렛은 싫다고 고집을 부린다.

"싫어요. 오늘 난 재미있게 놀고, 실컷 먹을 거란 말예요."

얼마나 사랑스러운지! 스칼렛은 놀고 싶고, 먹고 싶다. 열여섯 살 소녀로서 당연한 욕망이다. 스칼렛은 그 욕망을 숨기지 않는다. 하지만 유모는 소녀의 자연스러운 욕망을 억압하려 한다.

"아가씨가 먹성이 너무 좋으면 남편을 못 구하기 십상이에요."

결혼을 못 하고 노처녀로 늙을 거라는 무시무시한 말에 스칼렛은 일단 한발 물러서지만, 그건 전략적 후퇴일 뿐이다. 스칼렛은 나중을 기약하며 대담하게 선언한다.

"두고 봐요. 언젠가 나는 무슨 말이든 행동이든 내가 하고 싶은 대로 다 할 테고, 남들이 좋아하든 말든 신경 쓰지 않겠어요."

그러고는 코르셋을 힘껏 조이고 초록빛 잔나뭇가지 무늬가 들어간 열두 폭의 무명 모슬린 드레스를 입고는, 그레이비에 담긴 햄부터 야금야금 먹는다. 햄은 그녀가 가장 좋아하는 음식이다. 스칼렛은 좋아하는 음식을 아껴 먹기보다는 가장 먼저 먹어치우는 사람이다.

그때만 해도 스칼렛은 꿈에도 몰랐다. 자기 마음대로 하고 싶어도 할 수 없는 미래가 닥쳐오리라는 것을.

전쟁의 폭풍이 남부를 휩쓴다. 오만하고 긍지 높은 남부인들은 북부를 파죽지세로 거꾸러뜨릴 거라고 자신했지만, 전황은 그들에게 불리하게만 돌아간다. 남부 동맹은 북부에 비해 병력도 생산력도 부족하며, 외국의 지원을 받을 수 있는 형편도 아니다. 항구를 모조리 봉쇄당해서 교역로가 끊긴 남부는 궁지에 몰린다. 병사도 민간인도 하나같이 식량난에 허덕인다. 스칼렛 오하라도 예외가 아니다.

예전의 호사스러운 생활은 끝났다. 바비큐 파티나 무도회는 더 이상 열리지 않고, 새 드레스, 향긋한 차와 커피, 화장품 따위의 사치품은 꿈도 못 꾼다. 소고기와 양고기 값이 천정부지로 치솟는다. 밀가루도 너무나 희귀해서 부드럽고 하얀 롤빵이나 와플, 비스킷은 식탁에 올릴 수도 없다. 예전에는 하인들이나 먹던 거칠고 조악한 옥수수빵이 그들의 주식이 되고, 나중에는 그나마도 감지덕지, 옥수수죽과 말린 콩으로만 끼니를 때우지 않으면 다행인 처지가 된다. 한때 스칼렛이 코르셋을 조인 채 억지로 목구멍에 밀어넣던 햄 맛은 이제 간절히 그리운 추억이 된다.

길고 길었던 전쟁은 마침내 남부의 패배로 끝이 나지만, '놀고 싶고, 먹고 싶다'며 유모에게 매달려 칭얼거렸던 소녀 시절은 두 번 다시 돌아오지 않는다. 그녀의 전쟁은 비로소 시작이다. 이제 스칼렛은 굶주림과 싸우고, 사랑하는 사람들을 잃은 아픔과 싸워야 한다. 그것도 열아홉 살 과부의 몸으로 혼자서 집안을 책임져야 하는 막중한 짐을 떠안은 채. 적들의 군홧발로 온통 파괴된 폐허에서 이를 악물고 생계 전선에 뛰어든 그녀는 숙녀다움이고 뭐고 따질 겨를조차 없다. 예전에 애써 지키려 노력했던 품위도, 기독교인으로서의 덕목도, 스칼렛은 다 제쳐두고서 악착같이 돈을 버는 데 집중한다.

얼마나 공교로운 일인가. 자신을 내내 억압했던 사회 규범에서 비로소 벗어났지만, 스칼렛은 여전히 자유롭지 못하다. 그녀는 오히려 더 큰 짐을 짊어졌다. 이제는 돈을 벌기 위해서라면 예의를 지키고 싶지 않은 사람들에게도 굴욕적으로 머리를 조아려야 하고, 혐오하는 남자하고도 어쩔 수 없이 결혼을 해야 한다.

"부자가 되고 나면 나는 원하지 않는 건 그 무엇도 참지 않고, 원하는 건 뭐든 다 하고, 마음에 안 드는 사람들에게는 예절 따위 지키지도 않을 거야. 다 나가 죽으라고 할 거야."

스칼렛은 이렇게 선언한다. 오로지 이 미래에 대한 상상만이 그녀가 현실을 버티게 하는 힘이 된다. 말이든 행동이든 하고 싶은 대로 하려면 돈이 있어야만 하는 냉엄한 현실이다.

남들의 시중을 받고 떠받들어지는 데에만 익숙했던 철부지 소녀가 대농장을 경영하고 식구들을 먹여 살리는 악바리 사업가가 된 건 실로 엄청난 변화이다. 하지만 사실 스칼렛의 본질은 변하지 않았다. 그녀는 예나 지금이나 삶을 사랑한다. 맛있는 걸 먹고, 좋은 옷을 입고, 따뜻하고 아늑한 집에서 살고 싶다는 인간의 기본적인 욕구에 충실하다. 자신의 욕구를 충족하기 위해 그녀는 언제나 최선을 다한다. 현실을 현실 그대로 받아들이고, 장애물이 나타나면 강인하게 맞서 싸우며 돌파해나간다. 그저 인간답게, 자유롭게 살기 위해.

하지만 예나 지금이나, 세상은 여자가 인간답고 자유롭게 살 수 있도록 가만히 내버려두지 않는다.

햄과 그레이비

그레이비gravy는 육즙에 소금과 후추를 비롯한 각종 양념과 부재료를 섞어 만든 소스이다. 흔히 '고깃국물'이라고 번역되지만, 설렁탕 같은 한국의 고깃국과는 전혀 다르다. 고기구이, 매시트포테이토, 옥수수죽, 빵 등에 끼얹어 풍미를 더하고 음식을 촉촉하게 적시는 역할을 한다.

우리에게 잘 알려진 그레이비는 돈가스 소스같이 먹음직스러운 갈색이 돌고, 밀가루나 전분을 넣어서 걸쭉한 질감을 띠는 진한 소스일 것이다. 하지만 《바람과 함께 사라지다》에서 스칼렛이 먹은 그레이비는 이런 고급스러운 그레이비와는 좀 다르다. 이건 고기를 굽고 난 냄비에 남은 기름이며 찌꺼기에 와인, 브랜디, 커피 따위를 부어 대강 먹을 만하게 끓여낸, 붉고 거무스름한 기름 섞인 물에 가깝다. 이 시절에는 고기를 구울 때 나온 부산물조차도 그냥 버리기 아까워서 이렇게 재활용하곤 했다. 우리가 삼겹살을 먹고 남은 기름이며 고깃점에 밥을 볶아 먹듯이 말이다.

남부에서는 레드아이red eye 그레이비라고 해서 특히 커피를 넣은 그레이비를 많이 먹었다. 햄을 구운 뒤 기름이 남은 프라이팬에 커피를 부으면 기름층과 커피층이 분리되는데, 이때 소스가 불그스름한 눈동자 같다고 해서 '붉은 눈'을 뜻하는 '레드아이'라는 이름이 붙었다는 설이 있다. 이 그레이비를 빵이나 비스킷(딱딱하고 달콤한 과자 말고, 흔히 KFC 패스트푸드점에서 사이드 메뉴로 파는 튀긴 빵)에 적셔 먹거나, 햄에 끼얹어 먹거나, 햄과 그레이비를 비스킷 사이에 넣어 샌드위치를 만들어 먹는 것이 보편적이다.

흑인 유모 '마미'는 스칼렛이 파티에 나가기 전 단장하는 시간에 잠시 짬을 내서 먹을 수 있도록 간편하고도 포만감을 주는 음식을 재빨리 준비했을 것이다. 버터 바른 참마, 메밀 팬케이크, 햄과 그레이비 모두 그런 종류의 간편한 음식이다. 특히 "그레이비에 햄 조각이 둥둥 떠 있었다"는 묘사를 보면, 그레이비를 햄에 정갈하게 곁들이고 말고 할 것도 없이 그냥 대충 그릇에 한꺼번에 퍼 담은 것으로 보인다. 우리로 치면 냉장고에 있는 나물 반찬을 접시에 따로 담지도 않고 그냥 밥에 얹어놓고, 고추장과 참기름을 대강 뿌려서 비벼 먹으라는 것과 비슷하다고나 할까. 물론 그 자체로는 맛없는 음식은 아니다. 하지만 모처럼 성대한 바비큐 파티에 가려는 참인데 겨우 이런 것으로 배를 채우라니, 스칼렛이 얼마나 속상했을지 충분히 이해가 된다.

거위 구이

{ Roast Goose }

언쇼 씨가 고기를 잘라서 접시마다 듬뿍 담아주었고 언쇼 부인은 재미난 이야기로 아이들을 웃겨주었습니다. 저는 캐서린 뒤에 서서 시중 들 준비를 하고 있었는데, 캐서린이 눈물한 방울 흘리지 않고 태연스럽게 자기 몫의 거위 날개를 써는 모습을 보니 속이 상했습니다.

'매정한 것. 오랜 소꿉친구가 고통을 당하고 있는데 저렇게 무신경할 수 있다니. 이 정도로 이기적인 애인 줄은 미처 몰랐네.'

그런데 캐서린이 고기 한 조각을 입으로 가져가다 말고 도로 내려놓았습니다. 어느새 불그스름하게 달아오른 뺨 위로 눈물이 흘러내리고 있었습니다. 캐서린은 포크를 바닥에 슬쩍 떨어트리고는 그것을 줍는 척 재빨리 식탁보 밑으로 몸을 수그려 표정을 감췄습니다.

_에밀리 브론테, 《폭풍의 언덕》

《폭풍의 언덕》의 두 주인공 캐서린과 히스클리프는 서로를 둘도 없이 아끼는 사이이다. 캐서린은 요크셔 지방의 농가를 소유한 신사의 딸이고, 히스클리프는 출신도 알 수 없는 가무잡잡한 피부의 고아로 캐서린 집에서 종살이를 하지만, 신분 차이는 두 사람의 유대감을 조금도 깨뜨리지 않는다. 오히려 소녀와 소년은 이 세상 누구보다도 서로가 닮았다고 생각한다. 분신 같은 존재라고 할까.

두 영혼의 쌍둥이는 저 넓은 들판으로, 숲으로, 강으로, 광활하고 자유로운 자연을 쏘다니며 두 마리의 야생 짐승처럼 뛰놀고 뒹굴면서 성장한다. 그런 둘의 사랑은 문명사회가 분류해놓은 사랑의 카테고리에 좀처럼 들어맞지 않는 성질이 있다. 그들은 연인이 되기에는 너무 친구처럼 남녀 간의 분별이 없고,

친구라고 하기에는 서로에 대한 소유욕이 지나치게 강하고, 오누이라고 하기에는 너무 격정적이다. 어른들은 그들에게 친구나 연인, 오누이 중 한 가지만 선택해 그에 맞춰 살라고 가르친다. 하지만 그들은 그 무엇도 되고 싶어하지 않으며, 동시에 그 모든 것이 되고 싶어한다. 왜냐하면 그들은 서로에게 자기 자신이기 때문이다. 캐서린은 말한다. "내가 바로 히스클리프야! 그는 언제나, 언제나 내 마음속에 있어. 그가 나의 기쁨이라서가 아니야. 나 자신도 내게 늘 기쁨이 되어주지 못하는걸. 다만 그는 내 존재 자체로서 내 안에 있는 거야."

정도는 달라도 누구나 어릴 때 이런 기이한 우정을 겪어보았을 것이다. 너무나 소중한 단짝 친구, 온종일 같이 붙어 다니고 수다를 떨어도 질리지 않는 친구, 세상 그 무엇이라도 함께할 수 있을 것 같고 서로가 없는 삶은 상상도 할 수 없는 친구. 아직 애인이 된다는 것이 무엇인지, 결혼할 사이와 그렇지 않은 사이가 무엇인지, 여자와 남자가 뭐가 다른지도 잘 모르는 나이에 가능한 유대감이 있다. 그런 관계에서는 누구 집이 더 크고 작은지, 누구네 부모님이 더 좋은 차를 끌고 다니는지도 중요하지 않다. 그런 요소를 전혀 고려하지 않고도 얼마든지 '영혼의 쌍둥이'가 될 수 있다.

그러다 점차 나이를 먹고 어른이 되면서 그런 쌍둥이 관계는 대개 흩어지고 만다. 계층, 돈, 직업, 성별 등에 따른 차이를 알게 되고, 그런 규범에 걸맞는 새로운 인간관계를 맺고, 한때 분신 같던 친구하고는 사이가 멀어지거나 연락이 끊기기도 한다. 그리고 유년 시절 그 격렬했던 사랑은 한때의 철없는 감정으로 남는다. 너무 어려서 잘 몰랐기 때문에, 또는 사춘기 호르몬 작용 때문에 혼란과 격정 속에서 날뛰던 것뿐이라고 생각하고 만다. 아이들의 작은 세계에서는 그 사랑이 전부인 줄 알지만, 어른이 되면 그런 사랑 따위는 덧없다고 느끼곤 한다.

그런데 그 사랑이 오히려 진짜라면 어떨까? 어른들 사회에서 규정한 부부간의 사랑, 형제간의 사랑, 부모 자식 간의 사랑, 친구 간의 사랑 등 그 어떤 규범적 사랑보다도, 그 모든 규범을 배우기 이전 두 아이가 나누는 미성숙한 사랑이야말로 더 강하고 진실한 것이라면? 그리고 그 아이들이 서로에 대한 사랑을 결코 잊지 못한다면?

캐서린과 히스클리프와 같은 아이들에게 가해지는 사회의 압박은 실로 어마어마하다. 세상은 아이들의 미성숙한 사랑을 너무나 미워하는 듯, 절대로 그들이 온전히 함께하도록 내버려두지 않는다. 캐서린은 지체 높은 숙녀이므로 좋은 옷을 입고 교양을 익히고 주변 사람들의 대접을 받아야 한다. 반면 히스클리프는 꾀죄죄한 옷차림으로 더럽고 힘든 농장 일을 해야 하고 교육이라고는 받지 못한 채 살아야 한다. 그런 것이 바로 19세기 영국 사회의 '규범'이니까. 두 사람은 서로를 같다고 여기지만, 주변 사람들은 그들의 다름을, 분별을, 격차를 끊임없이 상기시킨다. 특히 캐서린의 오빠는 이 집안의 가장으로서 누구보다 심하게 히스클리프를 멸시하며 무자비한 폭력을 휘두른다. 히스클리프는 구타당하거나 모욕당하거나, 아예 없는 사람 취급당하는 일상을 묵묵히 참고 견딘다. 그리고 캐서린은 그걸 눈앞에서 보면서도 어쩌지 못하는 무력한 처지이다. 자신만의 재산이 있는 것도 아니고, 집안을 통솔할 권한을 가진 것도 아니고, 오빠보다 힘이 센 것도 아니니까. 그녀는 다만 히스클리프가 당하는 고통을 자신이 당하는 고통처럼 느끼며 괴로워할 뿐이다. 이런 상황에서 좋은 옷, 맛있는 음식, 으리으리한 집이 주어진다 한들 캐서린이 행복할 수 있을까.

이 잔인한 규범이 가장 상징적으로 드러나는 장면이 바로 크리스마스 파티 장면이다. 크리스마스를 맞아 그들 저택에서는 맛깔스럽게 구운 거위 고기와 사과 소스, 파이, 과일을 한 상 가득 푸짐하게 차려놓고, 이웃집에 사는 도련님과 아가씨 들을 초대하고, 제일 좋은 옷을 한껏 차려입고 둘러앉아 웃고 떠들고 즐기며, 악단이 연주하는 흥겨운 음악에 맞춰 춤을 춘다. 그러나 이 온갖 색깔과 음악과 웃음과 삶이 흘러넘치는 곳에 히스클리프는 끼어들지 못한다. 집에서 키우는 개 한 마리에게도 특별 간식을 줄 만한 날이건만, 캐서린의 오빠는 몰인정하게도 히스클리프를 흠씬 두들겨 패서 다락방에 가두고는 고기는커녕 빵 한 조각 내주지 않는다.

어른들은 캐서린이 다락방에 갇힌 히스클리프 따위는 잊고 파티를 즐기기를 바랐을 것이다. 그녀가 천하고 야만스럽고 무식한, 그녀 신분에 어울리지 않는 친구 따위는 매몰차게 팽개치고, 자기 격에 맞는 친구들과 어울리며 안락하고 윤택한 삶을 누리기를 바랐을 것이다. 더 나아가 좋은 신랑감을 만나 결혼하기를 바랐을 것이다. 그러나 캐서린은 자신의 분신을 절대로 잊지 않았다. 잊을 수도 없었다. 자신이 기름 흐르는 고소한 거위 날갯죽지 한 점을 뜯어 먹는 동안 어둡고 외로운 곳에서 쫄쫄 굶고 있는 히스클리프의 고통을 결코 잊을 수 없었다. 여기서 캐서린이 오빠의 폭압과 천한 신분의 수렁에서 히스클리프를 구하는 방법은 딱 하나밖에 없다. 어린 여자로서 그녀가 힘을 얻을 수 있는 유일한 방법. 그건 부유하고 지체 높은 남자와 결혼해 귀부인이 되어서 그 힘으로 히스클리프를 구제하는 것이다.

때로 세상은 아이들에게 정말 잔인한 것 같다. 사랑하는 친구를 배신하고 다 같이 비참해질 수밖에 없는 선택을 강요한다는 점에서.

결국 캐서린은 번듯한 이웃 가문의 도련님과 결혼해 어엿한 귀부인이 되고, 히스클리프는 그 지방을 아예 떠나버린다. 그렇게 모든 갈등은 일단락되는 듯하다. 아이들은 어른이 되고, 서로 간의 차이와 이별을 받아들이고, '한때의 철없는 사랑'은 잊는 것처럼 보인다. 하지만 사실 캐서린과 히스클리프는 서로를 단 한순간도 잊지 못한다. 한 쌍의 야생마처럼 요크셔의 드넓은 황야를 뛰놀던 어린 시절을, 흙냄새와 바람 소리와 새소리 사이에서 나누던 자유로운 사랑을 결코 잊지 못한다. 성인이 되어서도 그들의 유년은 끊임없이 그들의 삶으로 되돌아온다. 심지어 삶을 건너 죽음의 영역에도 그들의 유년은 영향을 미친다.

《폭풍의 언덕》은 히스클리프를 잊지 못한 캐서린이 구천을 떠도는 유령이 되었다는 전설로 시작해, 결국 캐서린을 따라 죽은 히스클리프가 유령이 되어 지금까지도 그녀와 함께 황야를 떠돈다는 전설로 막을 내린다. 세상 사람들은 그 전설을 으스스하고 기이한 괴담쯤으로 여긴다. 하지만 그들은 이승에서 불가능했던 사랑을 죽어서야 비로소 이루었을 뿐이다. 두 사람에게 이 이야기는 지극히 합당한 사랑 이야기일 것이다.

거위 구이

거위는 유럽에서 흔히 먹는 가금류이다. 특히 거위 구이는 대표적 명절 요리로 유럽 배경의 소설 속 크리스마스 식탁에서 주인공 노릇을 톡톡히 한다. 거위 속에 채소며 과일 등을 채우고 마늘, 허브, 향신료 등으로 양념해서 통째로 오랫동안 구워내는데, 으레 사과를 졸여 만든 사과 소스를 곁들여서 먹는다.

거위 고기를 먹기 좋게끔 다듬는 데에는 손이 꽤 간다. 누린내를 빼고 내장을 손질하는 과정에 일정 이상의 노동력이 필요한 만큼, 이런 요리를 손님들에게 대접하는 것으로도 집안의 규모와 정성을 짐작할 수 있다. 게다가 거위나 오리는 닭에 비해 껍질층과 피하지방이 두껍기 때문에, 거위를 구우면 피하지방에서 기름이 녹아 나와 두터운 껍질층이 노릇하고 바삭바삭해진다. 노릇노릇한 껍질, 기름이 자르르 흐르는 살점은 보기만 해도 풍요로운 느낌을 준다. 호사스럽고 기름진 음식이 차려진 식탁 앞의 캐서린과, 매를 맞고 다락방에 갇혀 굶고 있는 히스클리프의 처지는 극명하게 대비될 수밖에 없다.

차가운 멧도요 요리

{ Cold Woodcock }

한 시간 뒤에 어느 요식업자가 보낸 심부름꾼이 웬 커다랗고 넓적한 상자를 들고 찾아왔다. 그는 같이 온 청년의 도움을 받아 상자를 끄르더니 우리의 소박한 하숙집 마호가니 식탁에 냉육 요리들로 이루어진 호사스러운 만찬을 뚝딱 차려냈다. 정말이지 놀라서 까무러칠 뻔했다. 차가운 멧도요 두 마리, 꿩 한 마리, 푸아그라 파이, 그리고 까마득히 오래 묵은 술 몇 병에 이르기까지 온갖 특급 진미를 펼쳐놓더니만, 음식을 이 주소로 배달하라는 지시를 받았으며 계산은 이미 끝났다는 말만 남기고 두 손님은 《아라비안 나이트》의 지니처럼 홀연히 사라져버렸다.

_아서 코넌 도일, 〈독신 귀족〉

'셜록 홈스' 시리즈에는 아이러니한 점이 있다. 이 소설은 무엇보다도 추리소설이고, 당연하게도 소설 속에 발생한 미스터리한 사건과 그것을 해결하는 탐정 홈스의 추리가 가장 중요한 핵심이다. 이 과정이 재미있지 않았다면 애초에 이 소설을 읽지도 않았을 것이다. 그런데 이상하게도, 정작 이야기를 읽으면서 내가 가장 애정을 두는 부분은 추리가 아니라 그걸 둘러싼 홈스와 왓슨의 소소한 일상이다. 홈스가 파이프 담배를 피우면서 걸치는 실내복 가운, 아침에 두 사람이 함께 신문을 읽으면서 티격태격 말다툼하는 장면, 하숙집 주인인 허드슨 부인이 차려주는 저녁식사, 그리고 홈스가 수사 중에 런던 지리를 상세히 일러줄 때마다 19세기 말 런던의 골목들과 상점들 하나하나가 내 눈앞에 생생히 되살아나는 듯한 순간들.

나처럼 이런 시시콜콜한 데에 집착하는 독자들이 있다는 걸 알면 홈스는 21세기 독자들이란 못써먹겠다며 탄식할지도 모른다. 그래도 어쩔 수 없는 일이다. 홈스와 왓슨 콤비가 해결하는 미스터리가 흥미진진하면 할수록 그 두 사람에게 애착이 생기고, 그들을 좋아할수록 그들의 삶과 세계도 사랑하게 되기 때문이다. 그리고 그런 애정이 커질수록 그들이 파헤치는 사건들을 더 많이, 끝없이 보고 싶어진다.

더군다나 이런 사소한 디테일들이 에피소드마다 반복되기 때문에 더더욱 애착이 커진다. 홈스가 도자기 파이프 담배를 피우며 사색하는 시간, 의뢰인을 맞아들여 두 손끝을 모으고 눈을 감은 채 이야기를 듣는 모습, 자신의 추리를 조금도 짐작하지 못하는 왓슨에게 "이 정도는 초보적인 추리"라고 무안을 주는 대사, 의뢰인이나 사건 피해자 또는 그 주변인들이 충격을 못 이기고 쓰러지면 브랜디를 입에 조금 흘려 넣어주어 깨어나게 하는 장면 등이 되풀이되면서 하나의 패턴을 이룬다. 이런 패턴은 이야기를 지루하게 하기는커녕 재미를 더욱 살려주는 양념 노릇을 한다. 중독적인 '훅송'을 들을 때 후렴구가 나오기를 기다리듯이, 나는 "초보적인 추리" "브랜디" "그 바이올린 좀 건네주게"라는 말이 나오기를 기다리고, 바로 그 부분이 나오는 순간 나도 모르게 미소를 짓는다. 그리고 책을 덮으면 이들 이야기가 영원히 계속될 듯하다. 마치 지금도 어디선가 그들의 일상이 반복되고 있을 것만 같고, 또 그러기를 바란다. 다행히 나 같은 사람이 한둘이 아닌 듯, 홈스와 왓슨 이야기는 지금까지도 영화나 드라마로 끊임없이 리메이크되어 불굴의 생명력을 얻고 있다.

　이렇게 반복되는 디테일 중 하나가 바로 홈스의 식탐이다. 깡마른 체격에 냉철하고 검소한 홈스의 이미지만 생각하면 그가 음식을 좋아할 성싶지 않지만, 의외로 홈스는 그 누구보다도 먹성이 좋다. 그는 아침에 늘 빵과 함께 달걀을 두세 개씩 양껏 먹어치우고, 7시에는 반드시 저녁을 먹고 싶어하며, 끼니를 놓치는 걸 싫어한다. 왓슨과 독자들이 사건의 진상이 궁금해 조급해하는 동안 홈스가 태평하기 그지없는 태도로 "샌드위치, 커피 한 잔과 함께 휴식 시간을 갖도록 하지"라든가 "그럼 이따가 저녁식사 때 다시 만나도록 하세"라면서 감질나게 하는 장면이 하나도 없는 '셜록 홈스' 시리즈는 상상할 수도 없다. 스스로 잘 챙겨 먹을 줄 모르는 듯한 몇몇 알코올의존증 탐정 캐릭터들과 달리, 홈스는 사건 수사에 필요한 두뇌 활동 및 육체 활동을 위해서는 영양분과 에너지를 충분히 섭취하지 않으면 안 된다는 것을 잘 아는 듯하다. 게다가 늘 좋은 식사를 차려주는 허드슨 부인을 칭찬하는 것을 잊지 않으며, 손님들에게 좋은 음식을 대접하기를 즐기기도 하니 음식을 진정으로 즐기고 식사 예절을 중요시하는 사람이라 하겠다. 스스로 요리를 할 줄도 안다. 《네 사람의 서명》에서 홈스는 왓슨에게 '가정부로서의 실력'을 보여주겠다면서 '굴, 뇌조 두 마리, 화이트와인'으로 맛있는 저녁을 준비해 손님들을 먹이고 후식으로 커피까지 내주는 센스를 발휘한다. 음식에 관심 없기로 악명 높은 영국 사람치고는 미식가라 할 만하다.

홈스가 좋아하는 식재료는 영국에서 사냥감으로 흔히 잡는 뇌조, 멧도요, 자고새, 들꿩 등인 듯하다.

오늘날 이런 들새들은 축산업 시스템으로 사육하고 판매하는 가축이 아니라서 쉽게 맛볼 수 없고, 더욱이 나 같은 한국 독자들에게는 생소하다. 그래서인지 홈스의 식탁에 곧잘 오르는 이 고기들은 그의 추리만큼이나 호기심을 자극한다.

《셜록 홈스의 모험》에 수록된 〈독신 귀족〉에서, 그는 특별히 귀한 손님을 대접할 일이 생기자 요식업자를 불러 '차가운 멧도요 두 마리, 꿩 한 마리, 푸아그라 파이'로 진수성찬을 차린다. 그리고 그 음식들 앞에 왓슨과 의뢰인, 범인, 독자들을 불러놓고 사건 진상과 추리 과정을 코스 요리처럼 줄줄이 공개한다. 그 부분을 읽으면서 나는 정말로 성대한 만찬을 먹는 것처럼 배부른 기분이었다.

홈스가 차갑게 식힌 요리들만 준비한 것은 그 당시 가열 조리 기구가 흔치 않았기 때문이었겠지만, 뜨거운 음식 위주인 한국 식문화에 익숙한 내게는 그 차가움마저도 음식과 추리의 맛을 동시에 북돋우는 특별한 비결처럼 느껴졌다. 〈독신 귀족〉을 아직 읽지 않았다면 꼭 읽어보시기를, 그리고 이미 읽었다면 부디 이 부분에 주목해 다시 읽어보시기를 바란다. 만족스러운 식사를 마친 기분이 들 것이다.

차가운 멧도요 요리

유럽에서 사냥은 전통적으로 신사들의 취미로 통한다. 친구들과 사냥을 나선 신사들은 서로 얼마나 많은 동물을 잡는지를 두고 경쟁한다. 유난히 맛이 좋거나, 희귀하거나, 잡기 까다로운 야생동물을 잡는 데에서도 즐거움을 찾는다. 이렇게 사냥한 신선한 고기를 요리사에게 맡겨 저녁거리 삼아 다 같이 식사하는 기쁨도 빠질 수 없는 요소이다. 야생 고기는 같은 종이어도 개체에 따라 서식 환경이나 섭취한 먹이가 다르기 때문에 그 맛 또한 차이가 난다. 사냥감을 요리해 먹는 과정이란 여러모로 예측할 수 없는 묘미가 있을 것이다.

멧도요는 영국에서 사냥꾼들에게 특히 인기 있는 새이다. 워낙 빠르고 교묘하게 날아서 잡기가 쉽지 않은 탓에 신비로운 이미지가 있고, "여름철을 달에서 보내고 오는 새"라는 전설도 전해진다. 부리가 길쭉하고 몸은 동글동글하고 다리는 짜리몽땅하고 눈은 정수리 쪽에 가서 붙은 우스꽝스러운 생김새 때문에, 신이 다른 동물들을 빚고 남은 재료로 만들었다는 전설도 있다. 멧도요는 그것을 잡은 사냥꾼에게도 영광스러운 트로피이지만, 요리사에게도 큰 영광으로 통한다고 한다. 멧도요처럼 작고 귀한 새는 그 한 마리의 맛을 온전히 느낄 수 있도록 머리와 다리, 뼈, 내장까지 정성껏 조리하는 것이 핵심인데, 이 복잡하고 까다로운 과정이 요리사의 자긍심과도 연결되는 것이다.

고기 맛도 좋지만 내장은 특히 놀라울 만큼 부드럽고 진한 맛이 난다. 영국에서는 내장을 토스트에 올려 먹는 레시피가 잘 알려져 있다. 오늘날에는 멧도요의 심장과 간, 그리고 푸아그라를 아주 촘촘한 체에 곱게 내려서 트뤼프와 코냑을 섞어 만드는데, 들어가는 재료 면에서나 조리법 면에서나 고급스러운 요리이다. 멧도요 개체에 따라 맛과 향이 조금씩 다르기 때문에 요리사는 타임, 월계수 잎, 정향, 주니퍼 베리(노간주나무 열매) 등의 향신료를 그때그때 재량껏 선택해서 사용한다. 어떤 종류의 와인이나 코냑이 소스에 어울릴지도 요리사의 판단에 달려 있다.

<독신 귀족>에 나오는 차가운 멧도요 요리가 정확히 어떤 요리인지는 알 수 없지만, 테린(잘게 다져 익힌 고기를 네모난 형태로 뭉쳐 굳힌 뒤 차갑게 식힌 요리)이 아니었을까 싶다. 멧도요 테린은 고기 부위 전체를 우유에 담가 잡내와 불순물을 제거한 뒤 질긴 힘줄을 하나하나 들어내 부드러운 부분만을 모아서 만든다. 저온으로 장시간 익혀서 부드러운 질감을 유지한다. 또한

특유의 향을 최대한 가둘 수 있게끔 단면 사이사이에 기포가 생기지 않도록 하는 것이 중요하다. 농축된 뼈 맛과 수분을 온전히 유지하기 위해 젤라틴을 넣은 육수를 부어서 같이 굳히기도 한다.

유럽에서 멧도요를 남획해 개체수가 줄어든 탓에 요즘에는 프랑스에서 사냥을 금지했다. 한국에서는 보기 어렵고 일본에서는 아주 드물게 스코틀랜드산을 수입해 조리하는 전문 레스토랑이 있다. 희귀한 재료이니만큼 가격도 아주 비싸다. 셜록 홈스가 살던 시절에는 멧도요가 이 정도로 귀한 고기는 아니었을 것이다. 하지만 손님들에게 대접하는 음식으로 손색없는 진미였음은 분명하다.

콘비프

{ Corned Beef }

"야 인마, 수수께끼를 낸 거잖아. 그것도 모르냐? 그나저나, 너 우리 집에서 얼마나 머무는 거야? 그냥 여기서 살아라. 나랑 같이 지내면 끝내주게 재밌을 거야. 지금은 방학이라 학교도 안 가니까. ……준비 됐냐? 좋았어. 따라와, 친구."
아래층으로 내려가니 차가운 옥수수빵, 차가운 콘비프, 버터와 버터밀크가 차려져 있더라. 나는 살면서 그만큼 맛있는 건 먹어본 적이 없어.

_마크 트웨인, 《허클베리 핀의 모험》

많은 사람이 그렇듯 나도 여행을 좋아한다. 내 근거지, 내 일, 쳇바퀴 같은 일상, 번잡스럽고 골치 아픈 생활을 모두 팽개치고 어디론가 훌쩍 떠나고 싶다. 목적지가 어디든 일단 비행기 티켓을 예매해놓으면 벌써부터 설렌다. 그 설렘만으로도 하루하루를 참아내기가 한결 수월하다. 얼마 뒤면 나는 이 모든 것을 떠난다고, 어딘가 다른 곳에서 무언가 다른 것을 보고 들으며 또 다른 내가 될 수 있으리라 생각하는 것이다.

하지만 사실 '또 다른 나'가 되기가 말처럼 쉽지 않다. 여행을 떠난다고 해서 내가 본래 책임져야 하는 것들이 사라지지는 않는다. 비우고 온 집에 도둑이 들진 않을까, 친구에게 맡겨놓은 강아지는 잘 지낼까, 남겨두고 온 업무는 나 대신 누군가가 잘 처리했을까, 여행 끝나고 돌아가면 마감 시한 내로 원고를 끝낼 수 있을까…… 이런저런 걱정을 머릿속에서 완전히 지워버릴 수가 없다. 공항에서, 호텔 프런트에서, 극장 티켓 박스에서 내 이름을 말하지 않아도 된다면, 내 이름을 아예 잊고 내가 나였던 것조차 없던 일로 할 수 있다면 얼마나 좋을까. 여행을 다니는 일주일 동안, 딱 그동안만이라도 서울에 있는 모두가 나를 잊고 나도 그들 모두를 잊을 수 있다면, 그러면 정말로 홀가분하고 재미있는 여행이 될 텐데.

내가 허클베리 핀, 일명 '허크'의 모험을 부러워하는 까닭은 바로 이런 소망 때문이다. 허크가 뗏목을 타고 강물 따라 드넓은 미국 남부를 유유히 돌아다니는 과정 자체도 참 재미있어 보이지만, 허클베리 핀이 허클베리 핀으로 남아 있었다면 이 모험의 재미는 절반쯤 무색해졌을 것이다. 그는 자신의 이름도, 삶도 모두 내버리고, 이렇다 할 여행 일정도 정하지 않고 집으로 돌아올 티켓 한 장 없이, 그야말로 모든 것을 팽개친 채 무작정 여행에 나섰다.

허크로서는 그럴 수밖에 없었다. 학교와 교회를 오

가며 쳇바퀴 돌리듯 사는 생활이 너무나 답답했던 데다, 그를 학대하는 알코올의존증인 아버지의 폭력을 더는 감당할 수 없었기 때문이다. 어른들에게 덜미를 잡히지 않고 교묘하게 도망칠 방법이 필요했다. 그래서 허크가 동원한 방법이 바로 위장 죽음이다. 누군가가 그를 도끼로 살해하고 시체를 강에 던져버린 것처럼 현장을 꾸며놓고는, 미시시피 강 하류로 배를 띄워서 훌쩍 떠나버린 것이다. 자신을 찾는 사람들의 소란을 뒤로 하고 나룻배에 드러누워 광활한 밤하늘을 올려다보며 정적 속에서 담배를 피워 문 순간 허크의 기분은 어땠을까. 얼마나 홀가분했을까. 이제 허클베리 핀은 공식적으로 죽은 사람이다. '허클베리 핀'이라는 존재를 허크가 죽여서 없애버렸다. 그러면 그는 누구일까? 그건 이제부터 생각하기 나름, 만들기 나름이다!

물론 허크의 도피 여행은 그다지 편안하지는 않았다. 가진 돈이 별로 없다거나 잠자리가 푹신하지 않다거나 하는 것은 문제도 아니다. 진짜 어려운 점은 그의 정체를 숨겨야 하는 데다, 탈출한 흑인 노예인

짐을 데리고 다녀야 하는 처지라서 여행 중 마주치는 사람들에게 항상 거짓말을 해야 한다는 점이다. 그런 걸 보면 '또 다른 나'가 되기란 참 번거로운 일인 것 같다. 사람들은 늘 누군가의 이름, 고향, 가족, 인생 내력을 궁금해하니, 그런 정보들을 매번 새로 지어내지 않을 수 없다. 그러려면 상상력도 필요할뿐더러 나름 지식도 있어야 하고 부지런도 떨어야 한다. 늘 가명을 쓰고 다른 사람인 척하는 스파이나 범죄자 들의 삶은 얼마나 고달플까. 하지만 허크의 단짝 친구이자 문학 소년인 톰 소여라면, 소설책에 나오는 멋진 스파이나 범죄자처럼 살아볼 기회를 절대로 놓치고 싶어하지 않을 것이다.

허크는 톰 소여와 달리 책 속 세상을 동경하는 편은 아니다. 그래도 상황이 상황이니만큼 톰 소여처럼 상상력을 총동원해 '또 다른 나'로 변신을 거듭한다. 허크는 강을 따라 내려가는 도중에 마을이나 인가를 방문해 한동안 머물곤 하는데, 그때마다 자신과 짐의 신원에 대해 거짓말을 늘어놓는다. 허크는 병든 어머니를 위해 삼촌 댁을 찾아온 여자아이가 되기도 하고, 늙은 농부 밑에서 중노동을 하다 못 견뎌서 도 망쳐 나온 고아 소년이 되기도 하고, 가족과 함께 흑 인 노예를 데리고 길을 떠났다가 사고를 당해 가족을 모두 잃고 노예와 단 둘만 남은 가엾은 백인 아이로 분하는가 하면, 심지어는 친구인 톰 소여의 행세까 지 한다. 허크의 거짓 사연에 속은 사람들은 그를 새 로운 이름으로 불러주고 그의 가짜 신원에 걸맞은 대 우를 해주며 함께 어울린다. 때로는 세러 윌리엄스라 는 이름으로, 때로는 조지 피터스나 아돌퍼스라는 이 름으로, 허크는 낯선 사람들과 친구, 동업자 또는 앙 숙이 되거나 하면서 이런저런 사건들을 겪다가, 다시 만날 기약 없이 헤어져 또다시 길을 떠난다. 언제나 새로운 사람이 되어 새로운 사람들과 새로운 관계를 맺는 여행이라니. 그건 마치 한 몸으로 여러 삶을 살 아보는 듯한 느낌이 아닐까.

허크가 살았던 새로운 삶 중에서 가장 인상 깊었던 부분은 그가 조지 잭슨이라는 이름으로 그레인저포 드 가문의 식객 노릇을 할 때였다. 그레인저포드 가 문은 켄터키 주 강가의 명문가이자 무관 집안이다.

허크는 그 집안 사람들에게 자신이 아칸소 주의 조그만 농장 출신이며 가족 대부분이 죽거나 행방불명되어 혈혈단신 배를 타고 여행하던 중 강물에 떨어지고 말았다고 둘러댄다. 그레인저포드 가 사람들은 너그럽게 허크를 받아들인다. 그들은 하나같이 점잖고 위엄과 기품이 넘치며, 가문의 숙적인 셰퍼드슨 가와의 결투에서 절대로 타협하는 법이 없는 호전적인 사람들이다. 가난하고 자유분방하게 살아왔던 시골뜨기 허크는 그들의 귀족적인 면모에 감탄하고, 그들의 멋진 저택과 윤택한 생활에 감탄하고, 흑인 하인이 한 사람씩 붙어서 시중을 들며 예절을 지켜 식사하는 호화로운 식탁에도 감탄한다. 하지만 무엇보다도 허크가 좋아한 것은 그곳에 도착한 첫날 맛보았던, 그리 대단치 않은 식사였다. 그레인저포드 가 사람들은 굶주려서 피골이 상접해 보이는 허크에게 부엌에 있던 차가운 콘비프와 옥수수빵, 버터, 버터밀크로 재빨리 간소한 식탁을 차려주는데, 이것이야말로 허크에게는 평생 먹어본 음식 중 가장 맛있는 진수성찬으로 느껴진다.

그레인저포드 가에서 허크를 가장 좋아한 사람은 그의 또래인 벅이라는 아이이다. 나는 《허클베리 핀의 모험》에서 그 캐릭터가 유난히 오래 기억에 남는다. 비극적인 최후를 맞기 때문이기도 하지만, 벅과 허크가 쌓은 우정이 더없이 진실해 보였기 때문이다. 벅은 어느 날 갑자기 자신의 집에 찾아온 낯선 또래 친구를 반가워한다. "너 여기 얼마나 있을 작정이냐? 언제까지라도 있어라. 우린 정말 기똥찬 시간을 보낼 수 있어"라고 말하는 벅의 마음이 어떤 건지 충분히 알 수 있었다. 나도 어렸을 때 우리 집에 친구가 놀러 오면 그 친구가 아예 눌러앉아주기를 바랐으니까. 몇 날 며칠이고 그 친구가 나랑 같이 자고, 먹고, 놀았으면 좋겠다고 생각했다. 콘비프든 뭐든, 친구가 좋아하는 음식이나 장난감은 무엇이든 내주면서 언제까지고 같이 있자고 말하고 싶었다. 벅도 마찬가지였을 것이다. 벅은 그 친구가 사실은 아버지의 학대에 시달리다 못해 도망친 허클베리 핀이라는 소년이라는 것도, 그가 흑인 노예의 탈출을 도와주고 있으며 결국에는 떠나야 하는 사람이라는 사실도 몰랐지만, 그

럼에도 '조지 잭슨'을 정말로 좋아하고 아끼고 잘해
주었다. 적어도 벅에게 '조지 잭슨'은 '허클베리 핀'만
큼이나 진짜였다.

하지만 친구 집에 놀러 온 아이들은 모두 제 집으
로 돌아가게 마련이듯, '훌쩍' 떠났던 허크의 여행도
결국엔 끝이 난다. 허크의 죽음이 허위로 밝혀지면서
그는 고향으로 돌아와 허클베리 핀으로서 본래의 일
상을 시작하지 않을 수 없었다. 하지만 허크는 그 뒤
로도 오랫동안 뗏목 여행에서 만났던 사람들과 추억
들을 잊지 못했을 것 같다. 그 시간 동안 허크는 조지
잭슨, 세러 윌리엄스, 아돌퍼스가 되어 허클베리 핀
으로서는 할 수 없었을 특별한 경험들을 했으니까.
그리고 그 경험을 함께한 사람들이 분명히 있었으니
까. 비록 다시는 못 만날 사람들이고 허클베리 핀 인
생에서 더는 인연이 없을 거라 해도, 그들과 허크가
공유하는 기억만큼은 엄연한 진짜이다.

여행은 가끔 우리에게 신비로운 경험을 선사한다.
여행 중에 우리 내면에서 너무나 중대한 변화가 일어
났어도, 여행에서 돌아오면 우리 그런 변화를 이해해

주는 사람이 주변에 아무도 없어서 본의 아니게 혼자
만의 소중한 비밀이 되어버리는 경험 말이다.

콘비프

'콘'이라는 말이 들어가서 옥수수와 소고기로 만든 음식이라
는 오해를 사곤 하지만, 사실 옥수수와는 아무런 관련이 없
다. 여기서 '콘corned'은 '소금에 절였다'는 뜻이다. 소금과 갖
은 향신료를 우린 물에 소고기의 허벅지 살이나 양지머리를
담가 열흘쯤 푹 절여뒀다가 채소와 함께 삶으면 콘비프가 된
다. 미국에서는 통조림으로 팔리는 대중적인 음식이다. 흔히
샌드위치에 끼워 먹거나, 감자와 함께 잘게 썰어 볶아서 달걀
을 곁들여 아침식사로 먹곤 한다.

콘비프는 아일랜드에서 유래한 음식으로 알려져 있다. 옛
날에는 소고기도, 소금도 아주 비쌌기 때문에 왕이나 먹는 사
치스러운 음식이었고, 16세기 후반까지도 부활절에나 먹는
귀한 음식으로 통했다. 그러다 영국에서 선원과 군인에게 보
급하는 보존식품으로 활용하면서 식민지인 아일랜드에 있는
소들을 무차별적으로 수탈해갔다. 가뜩이나 귀했던 소고기
는 이후 아일랜드 사람들에게는 그야말로 그림의 떡이 되었
다. 대기근으로 수많은 사람이 굶어 죽어가는 상황에서도 수

천, 수만 마리의 소를 영국과 캐나다로 수출해야 했으니 끔찍한 일이다.

아일랜드에서 유래한 음식인 콘비프를 아일랜드인들이 먹을 수 있게 된 것은 아이러니하게도 그들이 대기근을 피해 미국으로 대거 이주한 뒤였다. 본토에서는 구경하기 어려웠던 소고기를 싸게 구할 수 있던 아일랜드 이민자들은 비로소 본격적으로 콘비프를 만들어 먹었고, 그러자 미국의 다른 계층으로도 널리 퍼졌다. 특히 유대인들에게 인기를 얻어서 베이글이나 호밀빵에 콘비프를 끼워 먹는 레시피가 발달했다. 오늘날에는 이런 샌드위치가 뉴욕의 식당에서 흔히 파는 지극히 미국적인 음식이 된 반면, 정작 아일랜드인들은 콘비프를 그다지 즐겨 먹지 않는다고 하니 이것 또한 아이러니하다.

허클베리의 '핀'이라는 성은 아일랜드 계통이다. 또한 허크의 아버지는 추저분한 술주정뱅이로 묘사되는데, 여기에는 당시 아일랜드인에 대한 미국 사회의 고정관념이 고스란히 반영되어 있다. 《허클베리 핀의 모험》에서 직접적으로 언급되지는 않지만, 허크는 아일랜드 이민자의 아들이라고 봐도 무방할 것이다. 게다가 허크가 이곳저곳 떠돌아다니며 사연 팔이를 하고 음식을 얻어먹는 면모며, 무엇보다도 《허클베리 핀의 모험》이라는 길고도 흥미진진한 책을 쓴 걸 보면(이 책은 허크가 지난 여행을 되돌아보며 직접 기록한 여행기 형식이다), 음유시인의 나라로 수많은 작가를 배출한 아일랜드의 후손다운 문학적 재능도 엿보인다. 자타공인 '문학 소년'인 톰 소여보다도 오히려 더 진정한 작가에 가깝다고 할까.

허크가 세인트피터즈버그에서의 삶에 적응하지 못하고 자꾸 떠나고 싶어하는 데에는 미국 문명에 어울리지 못하고 겉돌았던 아일랜드 이주민 소년의 슬픔이 있었을 것이다. 탈출한 흑인 노예였던 짐과 허크는 둘 다 아웃사이더로서 동병상련의 처지였던 셈이다. 그렇게 생각하고 보면, 허크가 그레인저포드 가에서 얻어먹은 콘비프를 평생 먹어본 음식 중 가장 맛있었다고 회고하는 데에도 그럴 만한 이유가 있었겠구나 싶다. 대단히 호화롭거나 이색적인 음식보다는, 아일랜드인으로서 영혼을 달래주는 친근하고 소박한 음식이 더 기억에 남았을 것이다.

기숙학교로 보내곤 했다. 귀족 소년들은 학기 내내 학교에서 생활하면서 단체 활동을 몸에 익히고, 귀족으로서의 책임과 남성적 미덕, 고전 학문을 배웠다. 그들이 소속된 학교의 학풍과 기숙사 특성은 곧 그들 정체성의 일부이기도 했다. 오늘날 이런 학교들은 더는 귀족의 전유물이 아니지만, 비싼 등록금을 댈 수 있는 최상위층 집안 자제들만이 갈 수 있는 것은 여전하다.

여자 기숙학교도 따로 있었다. 하지만 옛날 여학교는 남학교와는 운영 취지도, 교육 내용도 달랐다. 남학교는 바람직한 사회 지배층을 배출하기 위한 제도인 반면, 여학교는 그런 남자들을 보조하는 신붓감을 길러내기 위한 제도였다. 남학생이 라틴어와 그리스어 고전, 역사와 과학을 배우는 동안 여학생은 바느질, 무용, 그림, 문학, 요리 같은 것을 배웠다. 부모들은 딸이 명문 여학교의 상류층 소녀들 사이에 섞여서 세련된 에티켓과 말씨를 배우길 바랐고, 딸이 그 학교의 졸업장을 받으면 좋은 가문의 번듯한 남자에게 시집갈 수 있을 만큼 훌륭한 숙녀라는 보증서를 받은 셈으로 여겼다. 물론 훌륭한 숙녀의 요건 중 가장 중요한 것은 순결이었다. 제대로 된 여자 기숙학교의 경영진이라면 그 학교에서 먹고 자고 공부하는 소녀들을 새장 속의 새처럼 고이 가둬두고, 자칫 바깥세상 남자들의 먹잇감이 되지 않도록 조심스럽게 관리해야 했다. 무슨 불상사라도 생겼다가는 그 여학생의 명예는 물론이고 학교의 평판까지 덩달아 실추되기 십상이었으니까. 그래서 여학교 기숙사 생활은 으레 매우 엄격한 규율에 따라 굴러갔다.

하지만 그런 규율이 꼭 지켜지지만은 않았다. 솔직히 규율이라는 건 언젠가 깨지기 위해 있는 것이 아니던가.

'세인트클레어' 시리즈를 비롯해 옛 여자 기숙학교를 배경으로 한 소녀 소설들의 주인공은 하나같이 규율을 어긴다. 말괄량이이거나 문제아 또는 반항아이거나, 지나치게 엉뚱하거나 오만하거나, 아니면 지나치게 순진한 학생이 말썽을 일으켜 학교가 발칵 뒤집어지는 것이 이런 소설의 주요 레퍼토리이다. 물론 말썽이라고 해봐야 대단치는 않다. 십 대 초반의 독자

들을 대상으로 쓴 이른바 '명랑 소설'인 데다 1940년
대 영국의 엘리트 기숙 여학교 같은 곳이 배경이므로
드라마 〈스킨스〉에서처럼 마약이나 섹스, 폭행, 자살
시도 등의 내용은 나오지 않는다. 다만 통금 시간을
어기거나, 선생님을 골탕 먹이거나, 급식에 나오는
밀가루나 레몬을 훔쳐서 얼굴에 팩을 하거나, 소다수
가게 점원 남자애와 연애편지를 주고받거나, 강령술
('분신사바' 같은 놀이)을 하거나, 소등 시간이 넘어
서까지 잠을 자지 않고 비밀 야식 파티를 벌이는 것
정도이다.

　그 모든 에피소드 중에서 내가 가장 좋아하는 것은
비밀 야식 파티이다. 야식이란 환상적이니까. 밤에는
뭘 먹어도 맛이 두 배가 된다. 친구와 같이 먹으면 네
배가 된다. 하물며 학교 기숙사에서, 불 꺼진 방 안에
서, 친구들과 같이, 선생님 몰래, 맛있는 음식들을, 엄
청나게 많이 먹는다면? 그건 세상 그 어떤 황제의 수
라상에 비할 수 없는 특급 진미라 할 만하다.

　《세인트클레어의 말괄량이 쌍둥이》는 세인트클레
어라는 명문 기숙 고등학교에 진학한 패트 오설리반

과 이사벨 오설리반 자매의 이야기이다. 굽슬굽슬한 짙은 갈색 머리카락과 커다란 푸른 눈을 가진 두 자매는 서로 똑같이 생긴 일란성 쌍둥이다. 둘은 처음에는 낯선 학교에 불만을 품고 둘이서만 뭉쳐 다니지만, 차차 교내 분위기에 적응하면서 다른 학생들과 친해지고 온갖 사고를 치면서 한 학년을 보낸다. 1학년 학생들 사이에 야식 파티가 열린 것도 오설리반 자매가 주도한 일이다.

1학년 담임선생님이 하루 휴가를 낸 기회를 틈타, 소녀들은 자정에 모여서 다 같이 맛있는 걸 실컷 먹자고 작당한다. 이 파티를 위해 모두가 십시일반으로 음식을 한 가지씩 가져온다. 초콜릿 케이크, 버터 쿠키, 코코아 우유, 민트 초콜릿, 잼이 든 스펀지 케이크, 초콜릿 바, 비스킷, 돼지고기 파이, 정어리 통조림, 파인애플 통조림, 샴페인…… 그리고 하이라이트는, 가장자리가 아몬드로 빙 둘러지고 꼭대기는 분홍색과 노란색 설탕 장미꽃으로 장식된 화려한 케이크이다. 다들 부모님에게 용돈을 받아 쓰는 처지이지만, 그럼에도 이 파티에 필요한 음식을 마련하기 위해 빠듯한 용돈을 쪼개는 것도 마다하지 않는다. 누군가는 어두운 기숙사실에 켜놓을 양초를 준비하고, 또 누군가는 몰래 학교에 들여온 귀한 음식들을 벽장 안에 보관하며, 또 누군가는 선생님이 갑자기 들이닥칠 사태를 대비해 망을 본다. 그리고 약속한 자정이 오기 전까지 각자 돌아가면서 불침번을 서면서 파티를 개시할 순간을 기다린다. 각자 음식을 조금씩 가져와 나눠 먹는 조촐한 포트럭 파티로 시작했던 것이 학생들의 진정한 협동 정신으로 말미암아 거창한 주지육림으로 발전한다.

사실 내게는 이들이 먹는 모든 음식이 맛있어 보이지는 않았다. 통조림 정어리라는 게 뭔지는 몰라도, 그걸 버터 바른 빵 사이에 끼워서 샌드위치를 만들어 먹는다니, 생각만 해도 비렸다. 하물며 정어리 샌드위치를 한 입 먹고, 돼지고기 파이를 한 입 먹은 다음, 코코아 우유를 한 모금 마시면 맛이 기가 막힌다는 패트 오설리반의 주장은 더더욱 얼토당토않게 들렸다. 아니, 그게 대체 무슨 괴상한 조합이란 말인가.

하지만 돼지고기 파이만큼은 궁금했다. 삼겹살과

고기만두와 피자, 그 사이 어디쯤의 맛이 나지 않을까? 코코아 우유보다는 칠성 사이다라든지 쿨피스와 먹으면 맛있지 않을까?

그런데 돼지고기 파이는 자신을 그토록 맛있게 먹어준 소녀들을 배신했다. 파이가 소녀들의 비밀 파티를 선생님에게 일러바치는 고발자 역할을 한 것이다. 파티가 절정에 이르러 배부르고 행복해진 소녀들이 부주의하게도 시끄럽게 떠들고 놀기 시작하자, 그 소리에 잠이 깬 선생님이 기숙사실에 들이닥친다. 소녀들은 빛의 속도로 후닥닥 움직여 어질러진 물건들을 치우고 침대로 돌아가서 자는 척하지만, 그들이 미처 치우지 못한 파티의 증거물이 떡하니 남아 있었다. 바닥에 널린 돼지고기 파이 껍질 부스러기들, 그리고 빈 샴페인 두 병.

침실 불을 켠 선생님은 그 증거들을 보고 사태를 즉각 알아차린다. 소녀들이 아무리 천연덕스럽게 이불을 뒤집어쓰고 깊이 잠든 연기를 해도 그들이 지금까지 무엇을 하고 있었는지는 뻔하다. 선생님도 여학생 시절에 딱 그런 야식 파티를 한 적이 있었기 때문이다. 오설리반 자매는 꿈에도 몰랐지만, 사실 그건 자매의 한 학년 선배들도, 그 선배들의 선배들이나 졸업생들도, 심지어 선생님들까지도 누구나 한 번쯤 해본 일탈이었다. 기숙사의 소등 규율을 어기고 비밀스럽게 벌이는 야식 파티는 사실상 이 학교의 유서 깊은 전통인 셈이다.

그래서 선생님은 너그럽게 눈감아주기로 한다. 보고도 못 본 척, 알고도 모르는 척, 선생님은 소녀들에게 잘 자라는 인사만 남기고 자리를 떠준다. 자신의 유년 시절의 추억을 돌이키면서.

이런 걸 보면, 아이가 어른이 되려면 반드시 어떤 규칙을 깨뜨려야 하는 것이 아닌가 싶다. 세인트클레어 학교에서는 밤에 음식을 먹지 않는 것이 규칙이지만, 학생들은 하나같이 그 규칙을 어긴다. 집을 떠나 처음으로 또래 아이들과 생활하는 여자아이들은 어른들에게 고분고분해지는 법을 배운다기보다는 다같이 힘을 합쳐 어른들의 규칙에 맞서는 법, 자신들의 전통을 스스로 만드는 법을 배운다. 그 과정을 거치며 성장하고 마침내 학교를 졸업한다. 그리고 그중 일부는 선생님이 되어 학교로 돌아가서, 자신의 어린 시절과 닮았으면서도 완전히 다른 여자아이들을 가르쳐야 하는 임무를 맡는다.

세상은 정확히 흑과 백으로 나눌 수 없을 때가 많다. 옛날 영국의 여학교들은 여자들을 참한 신붓감으로 길러내기 위한 보수적인 기관이긴 했지만, 한편으로는 남자들만이 누리던 교육의 특혜를 여성도 누릴 수 있는 발판이 되기도 했다. 게다가 학교는 여자들이 경제적으로 자립할 수 있는 기회를 주기도 했다. 학교교육을 받은 여자에게는 교사가 될 수 있는 자격을 주었기 때문이다. 졸업 후에 결혼을 하지 않고 학교에 남아 교사가 된 여학생의 문학적 사례를 들자면, 우리에게 잘 알려진 《제인 에어》와 우리나라 소설 〈B사감과 러브레터〉가 있다. 흔히 여학교 교사라고 하면 'B사감' 이미지를 떠올릴 때가 많지만, 여학교 교사라고 해서 반드시 어린 소녀들을 질투하고 억압하지는 않았다.

돼지고기 파이

중세 시대에서 유래한 영국 전통 요리로, 원래는 고기를 보존
하기 위한 일종의 통조림 같은 음식이었다. 원통형으로 만든
밀가루 반죽 안에 잘게 다져 뭉친 돼지고기 소를 넣고, 그 위
에 밀가루 반죽을 뚜껑 삼아 덮은 다음 오븐에 굽는다. 파
이가 다 구워지면 빵 껍질에 구멍을 뚫고 그 속에 뜨거운
기름 물이나 육수(오늘날에는 젤라틴)를 흘려 넣어 서늘한
곳에 두고 식히는데, 그러면 빵 껍질과 돼지고기 소 사이의
빈 공간이 굳은 기름으로 채워져 공기가 통하지 않으므로 고
기를 오래 두고 먹을 수 있다. 뜨겁게 데워 먹는 경우도 있지
만, 차갑게 식힌 그대로 먹는 것이 정석이다.

한국에서는 파이라고 하면 주로 과일이나 크림, 견과류를
넣은 달콤한 디저트 파이가 잘 알려져 있어서 서양 소설에서
고기 파이나 생선 파이 같은 음식이 등장하면 호기심을 느끼
는 독자가 많았다. 사실 영국 돼지고기 파이는 내가 '세인트
클레어' 시리즈를 읽으면서 상상했던 것만큼
맛있는 음식은 아니다. 하지만 냉장고도 전
자레인지도 쓸 수 없던 1940년대 여학교
학생들의 야식 파티에 오를 메인 디시로는
그만한 요리도 없었을 것이다.

거북 요리

{ Turtle Soup }

6월 17일. 거북 요리를 했다. 몸속에 알이 거의 육십 개나 들어 있었다. 거북 고기는 그때껏 내가 먹어본 어떤 음식보다도 맛있는 별미로 느껴졌다. 그 끔찍한 곳에 조난당한 이후로 염소와 새 외의 고기라고는 먹어보질 못했기 때문이다.

_대니얼 디포, 《로빈슨 크루소》

'세계 명작' 시리즈에 들어가는 소설들은 수백 년을 살아남을 만큼 훌륭한 작품들이지만, 또 그만큼 낡은 부분도 있다. 오늘날의 관점으로 보면 정치적으로 올바르지 못한 옛날 사람들의 사고방식이나 생활 습관이 그대로 녹아 있기 때문이다. 이런 소설 속 등장인물들이 흔히 먹고 마시고 입고 쓰는 것 중에는 현대에는 찾아보기 힘들어 더더욱 고풍스럽고 이국적으로 느껴지는 것들도 있지만, 사실 그런 물건이나 음식 들이 종적을 감춘 데에는 다 그럴 만한 합당한 이유가 있기 마련이다. 예컨대 거북으로 만든 물건이며 음식만 해도 그렇다.

오 헨리의 〈크리스마스 선물〉에서 짐이 아내의 비단 같은 머리카락을 장식하려고 샀던, 거북 등딱지로 만든 보석 박힌 빗은 정말 탐나는 아이템이다. 또한《톰 소여의 모험》에서 톰이 친구들과 강기슭에서 찾아낸, "서양 호두알보다 약간 작으면서 하얗고 완벽하게 둥근" 거북 알들로 만든 거북 알 프라이가 어떤 맛일지도 궁금하다. 하지만 이 당시 미국인들이 이렇게 거북을 가지고 예쁘고 맛있는 것들을 만들기를 지나치게 즐긴 나머지 오늘날 미국의 거북 종 상당수가 멸종 위기에 직면했다. 지금은 미국뿐 아니라 세계 여러 나라에서 야생 거북 포획을 법으로 금지하고 있다.

거북은 대체로 장수하는 대신 번식 속도가 느린 동물이다. 해안가에서 알을 깨고 나온 조그마한 바다거북 새끼들은 바다로 돌아가려고 사력을 다해 엉금엉금 기어가지만 그중 대부분이 새들에게 허무하게 잡아먹히는 장면은 자연 다큐멘터리에 심심찮게 등장하는 단골 소재이다. 그렇게 기껏 살아남아 성체가 되고 나니 인간에게 붙잡혀 수프거리가 된다고 생각해보라. 유감스럽게도 인간들은 동물을 사랑하면 잡아 죽이는 습성이 있다. 인간에게 너무 사랑받는 동물은 지구상에서 사라지기 십상이다.

그런데 애초에 서양에서 거북 요리를 처음 접하고 관심을 가진 것도 이국의 식문화에 대한 호기심 때문이었다는 점을 생각하면 재미있다. 대항해시대에 서인도 제도를 탐험하던 유럽 선원들은 카리브 해 사람들이 바다거북을 먹는 것을 보고 경탄했다. 수백 킬로그램에 달하는 바다거북을 시장에서 팔고 사고, 온갖 방식으로 그 고기를 요리해 먹고, 지방에서 나온 기름까지 알뜰하게 써먹는 광경이란 그들에게 신기한 구경거리였을 것이다. 그 목격담은 이런저런 신문이나 책, 여행기로 전해졌고, 특히 영국인들에게 큰 반향을 불러일으켰다.

18세기에는 바다거북을 요리하는 법이 담긴 요리책들도 나와서 인기를 모았다. 아직 바다거북이 유럽에 제대로 수입되지 않던 시절, 진짜 바다거북 고기를 구해 먹을 수 있는 영국인은 많지 않았는데도 독자들은 '서인도 제도 스타일 바다거북 수프' 같은 레시피에 열광해 마지않았다. 이국적인 향신료와 진귀한 양념을 가미해 거대한 파충류 고기를 끓여 먹는 과정을 세세하게 적어놓은 이야기 자체가 그들에게는 재미난 읽을거리였기 때문이다(그들도 여러분과 비슷한 독자들이었던 셈이다. 낯선 음식 이야기는 왜 이렇게 재미있는 걸까).

영국인이 바다거북 요리 이야기를 읽으면서 즐겼던 것은 아마도 서인도 제도 사람들의 삶 자체, 그리고 그런 먼 나라의 해안을 방문하는 탐험가들의 위험천만하고도 스릴 넘치는 경험에 대한 동경이었을 것이다. 1719년 《로빈슨 크루소》가 출간되었을 때, 방랑벽을 주체 못 하고 바다를 쏘다니다 무인도에 난파한 영국인 주인공이 거북을 잡아 요리해 먹는 장면을 보면서 영국 독자도 21세기의 한국 독자 못지않게, 아니, 그 이상으로 신기해했으리라. 텔레비전도 없고 인터넷도 없던 시절 그들에게는 《로빈슨 크루소》 같은 책이야말로 자연 다큐멘터리, 모험 영화였던 셈이다.

그러다 18세기 후반부터 점차 바다거북 교역이 활성화되어, 런던의 고급 레스토랑이나 술집, 부잣집의 만찬 식탁에서 바다거북 수프를 맛볼 수 있게 되었다. 바다거북은 손질하기가 매우 까다로운 동물이다.

칼로 등딱지와 뼈를 힘겹게 제거하고 내장을 걷어내고 나면 들쭉날쭉한 형태의 고깃점들이 남는다. 고기 양은 많지만 소 옆구리 살이라든지 돼지 삼겹살처럼 두툼하고 온전한 덩어리로 스테이크를 굽기는 쉽지 않다. 그래서 수프로 푹푹 끓이는 레시피가 가장 보편적으로 퍼진 것 같다. 그래도 바다거북 수프는 여전히 귀하고 비싼, 서민들이 접하기는 쉽지 않은 요리였다. 바다거북 수프를 실제로 맛본 사람들보다 그 맛이며 모양이며 식감에 대한 입소문만 전설처럼 전해 듣고 호기심을 품은 사람이 더 많았다. 그러다 급기야는 가짜 바다거북 수프가 나오기에 이르렀다. 값싼 송아지의 머리 고기와 발 고기로 바다거북 고기의 식감과 맛을 비슷하게 흉내 내 끓인 수프를 거북 등딱지에 담아, 거북 알 모양으로 만든 미트볼과 함께 접시에 담아 내는 우스꽝스러운 요리였다. 바다거북 수프에 대한 영국인들의 열광이 어느 정도였는지를 짐작할 수 있는 대목이다. 루이스 캐럴은《이상한 나라의 앨리스》에서 이 사회현상을 풍자해 '가짜 바다거북'을 등장시키기도 한다. 이 캐릭터는 송아지 머리와 발을 달고 거북 몸과 등딱지를 단 요상한 생물체인데, 심각한 우울증을 앓는 듯이 그려진다. 가짜 바다거북이 구슬프게 눈물을 흘리면서 '거북 수프'라는 노래를 부르는 부분은 이 소설의 하이라이트이다. "아름다운 수프, 진한 초록빛 수프/ 뜨거운 그릇에서 기다린다네!/ 저런 별미에 안 넘어갈 사람 누가 있을까?/ 저녁의 수프, 아름다운 수프!/ 저녁의 수프, 아름다운 수프!/ 아르으음다운 수우우우프!"

그런데 미국은 영국과 사정이 달랐다. 미국에는 바다거북보다 크기는 작지만 맛이 좋은 민물 거북이 흔했고 잡기도 쉬웠다. 그래서 건국 시절부터 거북을 사냥해 먹는 문화가 일찌감치 발달했다. 등딱지에 다이아몬드 무늬가 있어 흔히 '다이아몬드 등 거북'이라고 불리는 늪지대의 테라핀terrapin과, 강에 사는 악어거북이 특히 인기 있는 사냥감이었다. 강가나 늪에 나가 잡기도 했지만, 그냥 자기 집 뒷마당의 우물가 물웅덩이에 기어 다니는 것들을 잡을 수도 있었다. 한 마리 잡았다 하면 고기가 두세 근은 너끈히 나왔으니 그걸로 여러 명이서 한 끼 배불리 먹을 수 있었다. 또한 사람들을 잔뜩 모아놓고 거대한 거북 고기를 끓여 먹는 '거북 파티'도 유행했다. 식료품점에서는 거북 고기 통조림도 흔히 팔았다. 맛도 좋은 데다 구하기도 쉬운 거북 고기는 가난한 농부들과 서부 개척자들, 그리고 상류층 신사들의 클럽에서도 사랑받는 대중적인 음식이 되었다.

이렇게 인기를 구가했던 거북 요리가 20세기 들어 자취를 감추다시피 한 까닭은 갑자기 서양인들의 환경보호 의식이 함양되어서는 아니다. 무엇보다도 이백여 년 동안 그렇게 닥치는 대로 거북을 잡아먹는 결과 거북의 개체 수가 절대적으로 줄어들어서 잡기 어려워진 이유가 크다. 물론 거북 양식업자도 있으니 사 먹을 수도 있겠지만, 사냥한 거북 고기를 이웃들과 나누어 먹는 것은 그 자체로 하나의 문화였는데 그 문화를 존속하기 어려워진 것이다. 더구나 거북은 소나 돼지보다 사육하고 도축하는 과정이 훨씬 까다롭기 때문에 현대 축산업에 적합하지도 않다. 축산업자들이 효율적으로 내다 팔기 어려운 동물들은 사람들 식탁에서 빠르게 사라졌고, 그런 동물들은 먹는 용도가 아니라는 인식이 굳어졌다. "파충류를 어떻게 먹을 수 있어?" "그렇게 예쁘고 순한 거북들을 어떻게 먹는단 말이야?" 거북을 먹는 것은 어느새 야만스러운 식문화가 되었다. 이제 대부분의 서양인들은 거북 수프를 루이지애나 같은 일부 지역의 토속 음식이나, 동양의 몇몇 나라에서나 먹는 이국적이고 신비로운 요리쯤으로 생각하는 듯하다. 그러니 이들에게 거북 요리는 또다시 서양 문명의 손길이 덜 닿는 이국의 신비로운 음식으로 통하게 된 셈이다.

중국이나 우리나라에서 먹는 거북 수프는 바다거북도, 테라핀도, 악어거북도 아니다. 익히 알다시피 우리나라에는 자라탕이 있다. 용봉탕이라고도 부르는데 거북 수프와는 완전히 다른 음식이다. 레시피역시 영국인들의 요리책에 실린 것과는 사뭇 다르고, 문화적 배경도 판이하다. 한국에서 자라탕이 대중적 식단이었던 적은 한 번도 없고, '이국적' 진미로 각광받았는가 하면 그것도 아니다. 한국인들은 자라탕을 정력과 보신에 좋은 값비싼 보양식 정도로 생각할 뿐이다. 하지만 한국인 중에도 어쩌다 먹을 기회가 생긴다 해도 먹지 않을 사람이 많을 텐데, 나 역시 그렇다. 내가 자라를 못 먹는 데에는 여러 이유가 있지만, 미국인이나 영국인은 상상하지 못할 이유도 있다. "자라 같은 영물을 먹으면 벌받을 것 같다"는 이유.

나는 불교 신자가 아닌데도, 한국의 불교문화에서 비롯된 어떤 금기들이 내 머릿속에 제2의 본능처럼 강하게 자리 잡고 있는 것을 느낄 때면 참 신기하다. 이런 금기를 체득한 데에는 옛날 이야기책들 영향력이 큰 것 같다. 이를테면, 어떤 미국인이 '닌자 거북이' 시리즈에 나오는 도나텔로를 떠올리며 그런 사랑스러운 동물은 먹을 수 없다고 생각할 때, 나 같은 한국인은 《별주부전》에서 용왕의 심부름을 하던 자라를 떠올리며 그런 영물은 방생해야 마땅하다고 생각하는 것이다.

거북 요리

거북 수프 레시피는 지역과 요리사마다 조금씩 다르지만, 기본적으로는 송아지 육즙에 거북 고기와 각종 채소와 허브를 넣고 천천히 고아서, 버터와 밀가루로 국물을 걸쭉하게 만들고 마데이라 와인이나 셰리를 넣어 맛을 낸다. 미국 남부에서는 토마토를 많이 넣는다고 한다.

1769년 영국에서 출간한 《능숙한 영국 가정부》라는 요리책에서는 바다거북의 다양한 요리법을 친절하게 알려준다. 육두구 껍질과 허브와 안초비를 곁들인 거북 등심 구이도 있고, 지느러미 고기와 송로버섯과 곰보버섯을 뭉근히 끓인 스튜도 있다.

물론 로빈슨 크루소가 먹은 거북 요리는 이렇게 사치스럽지 않았을 것이다. 소금 간이야 바닷물로 한다고 쳐도 육두구, 허브, 안초비 같은 귀한 식료재는 꿈도 못 꿀 일이었다. 그래도 그에게는 난파선에서 구한 식료품들이 약간 있었고, 무인도에서 자생하는 동식물을 사냥하거나 채집할 수도 있었다. 나중에는 직접 가축을 치고 농사를 짓기까지 해서, 직접 짠 염소젖으로 만든 버터, 직접 경작한 쌀과 보리, 직접 기른 포도로 만든 포도주, 라임과 레몬까지 얻었다. 물론 이 모든 걸 얻기까지는 길고 험난한 시행착오가 있었지만, 그래도 조난 생활 끝 무렵에는 갖은 식재료를 활용해 제법 훌륭한 거북 요리를 만들어 먹을 수 있었을 것이다.

거북 고기는 게와 송아지 고기의 중간쯤 맛이 난다고 한다. 궁금하다면 빅토리아 시대 사람들처럼 송아지 머리 고기로 수프를 끓여보자. 어쩌면 비슷한 맛을 경험할 수 있을지도 모른다.

플렌스부르크 굴

{ Flensburg Oysters }

타타르인 웨이터는 커다란 엉덩이 아래로 프록코트 자락을
휘날리며 뛰어가더니 오분 뒤에 후다닥 돌아왔다. 껍데기 안
쪽 진주층이 드러나도록 까놓은 굴 접시를 쟁반에 받쳐 들고
손가락 사이에는 술병을 낀 채였다.

오블론스키는 빳빳하게 풀 먹인 냅킨을 아무렇게나 펴서 한
쪽 귀퉁이를 조끼에 꽂은 뒤, 식탁 위에 두 팔을 편한 자세로
올리고는 굴을 기세 좋게 먹기 시작했다.

"나쁘지 않군."

그는 진줏빛 껍데기에 붙은 미끈덩거리는 굴을 은제 포크로
떼어내 하나씩 집어삼키며 되뇌었다.

_레프 니콜라예비치 톨스토이, 《안나 카레니나》

인생에 대한 심오한 진리가 담겼다는 고전 소설《안나 카레니나》를 처음 읽었을 때 나는 솔직히 인생의 심오한 진리에는 그다지 관심이 없었다. 그보다는 허영심이 충족되는 기쁨이 더 컸다. 나는 톨스토이가 세세하게 펼쳐 보이는 19세기 말 러시아의 화려한 귀족 사회의 면면에 매혹되었던 것이다. 숙녀와 신사들의 무도회, 꽃꽂이처럼 겹겹이 만든 멋들어진 드레스, 사람들 사이에 오가는 세련된 대화와 미세한 긴장의 흐름, 낯설고 진기한 이름의 소품과 가구……나는 21세기 한국의 중산층 청년으로서는 결코 경험할 수 없을 호화스러운 삶을 가상 체험하는 데 흠뻑 빠져들었다. 그 책을 읽으면서 나는 때로는 아름답고 우수에 젖은 이지적인 귀부인 안나가 되어 한 청년을 매료시키기도 했고, 때로는 무도회장에 나가기 전 설레는 마음으로 단장하는 키티가 되기도 했다.

여성 인물들이 되는 재미만 있는 게 아니었다. 상류층 남자들의 삶을 가상 체험하는 것도 흥미진진했다. 사실 재미로 따지자면 여성 인물보다는 남성 인물들 생활이 훨씬 더 재미있어 보였다. 레빈의 고지식한 농경 일지라든지, 안나의 남편 카레닌의 위선적이고 판에 박힌 관료적 일상은 다소 따분해 보였지만, 브론스키나 오블론스키의 삶은 확실히 부러웠다. 그들은 성대한 만찬을 먹고, 도요새 사냥을 다니고, 남성 전용 클럽에서 토론과 도박을 하는가 하면, 경마의 기수가 되어 쏟아지는 응원 속에 전속력으로 말을 달리기도 했다. 매력적인 여자에게 구애도 하고, 이탈리아로 휴가를 떠나 한가로운 시간을 즐기고, 마음 내키는 대로 취미 삼아 예술이나 학문을 익히거나 사업을 벌였다. 성가시거나 더러운 일은 하인들이 다 처리해주었고, 돈 문제는 걱정할 필요도 없거나 적어도 마음만 먹으면 얼마든지 해결할 수 있는 수준이었다. 그리고 명예로 말할 것 같으면, 아내 몰래 프랑스인 가정교사와 바람을 피우거나, 남의 아내를 유혹해 뜨거운 정사를 즐겨도 별문제 없이 사회적으로 신망을 얻으며 살았다. 그들은 그 정도의 구설수에 오르더라도 잃을 것이 없었다. 무슨 대단히 나쁜 짓을 저지를 만큼 절박할 것도 없었다. 그 남자들은 인간으로서의 욕망뿐 아니라 나름의 품위를 추구하며 살 권리와 기쁨을 누렸다. 삶을 즐긴다는 건 저런 거구나 싶었다.

특히 안나의 오빠인 오블론스키는 누구보다도 쾌락을 중시하는 인물이다. 그는 안락하고 즐겁게 살고 싶다는 것 외에 딱히 추상적인 야망이나 이상이 없다. 몸이 원하는 대로 행동하고 생각은 나중에 한다. 일할 때도 놀 때도 즐겁게 하며, 무슨 일에도 진지하지 않지만 그렇다고 거짓되지도 않은 사람. 편을 가르지 않고 누구에게나 사근사근 붙임성이 좋고, 정치 사상이든 종교 문제이든 별다른 주관 없이 무난하게 대세를 따르는 오블론스키는 주변에 늘 사람이 많다. 그의 경박함이 때로는 짜증스럽게 느껴지기도 하지만 그렇게 선량하고 쾌활한 사람을 오래 미워하기는 어려운 법이다. 더군다나 그는 사람들과 맛있는 걸 먹기를 무척 좋아하고, 사람들에게 맛있는 것을 베풀기도 좋아한다. 파티를 여는 재주가 뛰어난 오블론스키는 손님에게 어떤 음식을 대접해야 할지, 어떤 화제를 꺼내야 할지 본능적으로 알아차리는 감각이 있다.

《안나 카레니나》에는 군침이 돌만큼 맛깔스러운 식사 묘사가 많은데, 그중 절반은 오블론스키가 등장하는 장면이다. 특히 초반에 모스크바의 한 호텔 레스토랑에서 오블론스키와 레빈이 저녁식사를 하는 장면은 무척 인상적이다. 오블론스키는 시골에서 올라온 오랜 친구 레빈을 으리으리한 레스토랑으로 데려가서 하얀 식탁보가 깔린 테이블 앞 벨벳 의자에 앉아, 굴, 야채 수프, 진한 소스를 끼얹은 가자미, 로스트비프, 사철쑥을 곁들인 닭 요리, 과일 샐러드, 와인과 치즈를 주문한다. 그날의 하이라이트는 굴이다. 싱싱한 플렌스부르크산 굴이 준비되어 있다는 웨이터의 말에 오블론스키는 반색하면서 굴이 언제 들어왔냐, 얼마나 싱싱하냐 묻고는, 생굴 스물네 개를 시키려다가 "아니야, 그걸로는 모자랄 것 같아"라면서 서른여섯 개를 시키더니, 나머지 메뉴를 하나하나 세심히 고른다. "테이블 와인은 뉴이로 주게. 아니야, 클래식한 샤블리가 낫겠군. 레빈, 자네는 뭐가 좋겠나?" 술과 음식 종류, 양, 상대방의 기호를 고려하며 고심하는 오블론스키를 보면 그가 다른 일들, 이를테면 정치나 종교나 업무, 부부간의 신의나 재무 관리 등에는 비록 진지하지 않더라도 먹는 문제만큼은 더없이 진지하다는 것을 알 수 있다. 자고로 맛있는 음식이란 먹는 것도 즐겁지만 메뉴판을 들여다보면서 하나하나 고르는 과정도 즐거운 법이다. 오블론스키는 그 즐거움을 누리는 데 소홀하지 않다. "뭐니 뭐니 해도 맛있는 것은 인생의 낙이라고." 이렇게 말하는 오블론스키는 인생 사는 법을 누구보다 잘 아는 듯 보인다.

메뉴에서 굴을 고른 것도 오블론스키의 인생철학을 대변한다고 할 수 있다. 1870년대 러시아에서 굴은 매우 귀한 음식이었다. 러시아뿐만 아니라 전 유럽에서 굴은 바다의 진미로 각광받았고 또 그만큼 비쌌다. 유럽에서는 프랑스를 비롯한 몇몇 서유럽 나라에서 굴을 생산했지만 애호가들의 소비량을 감당하기에는 부족했고, 하물며 그게 러시아 같은 먼 나라까지 유통될 때는 값이 더더욱 비싸졌다. 독일의 플렌스부르크 지역의 양식업체에서 생산하는 굴을 모스크바에서, 그것도 신선한 상태로 맛볼 기회는 날이면 날마다 오는 것이 아니었다. 그렇기 때문에 오블론스키는 식당에 굴이 입수되었다는 말을 듣고 원래 그가 구상하던 저녁 메뉴 계획을 전면적으로 변경하면서까지 굴을 먹어야겠다고 생각한 것이다. 그것도 서른여섯 개나. 맛있고 귀한 것을 먹을 수 있다면 돈이 아무리 들어도 그 기회를 놓치지 않는 사람이 오블론스키이다.

우리나라야 굴이 워낙 많이 나는 나라여서(오늘날 한국은 전세계 굴 생산량 2위를 달리고 있다) 굴을 국이나 죽, 심지어는 라면에 풍덩풍덩 빠뜨려 먹는가 하면 계란 물을 입혀 전을 부쳐 먹을 정도로 친숙한 식재료로 취급한다. 생굴을 먹을 때조차도 초장의 맵고 시고 단맛으로 굴 본연의 맛을 덮는 걸 아쉬워하지 않는다. 하지만 서양에서는 오늘날까지도 굴이 값비싼 식재료이고, 굴을 보물처럼 조심조심 다루면서 그 맛을 최대한 음미하는 식문화가 발달했다. 얼음 깔린 우아한 쟁반 위에 껍데기를 반만 까놓은 생굴을 늘어놓고 레몬 조각들을 곁들여서, 굴 껍데기 안쪽 무지갯빛 진주층과 탐스러운 우윳빛 속살이 보이게끔 플레이팅해 일단 눈을 즐겁게 한다. 은제 포크로 속살을 껍데기에서 분리한 다음 껍데기째로 입가에 가져가, 그 안에 고인 즙과 함께 속살을 호로록 입속으로 빨아들이고, 굴을 천천히 씹으면서 그 특유의 식감, 청량한 바다 향, 풍부한 즙의 진한 맛을 음미한다. 때로는 레몬즙이나 토마토 소스, 오일이나 캐비어 등의 양념을 쳐서 하나씩 다른 느낌으로 즐긴다. 그리고 으레 샴페인이나 화이트와인을 마셔 입 안에 남은 향긋한 풍미를 마지막까지 즐기고 비린 맛은 씻어낸다. 그야말로 "어떻게 하면 굴을 맛있게 먹었다고 소문이 날까"를 연구한 사람들의 방법 같다. 이런 문화는 오늘날 고층 빌딩에서 야경을 바라보며 굴을 먹는 호화로운 굴 전문 식당인 오이스터 바oyster bar를 탄생시켰다.

실용적인 관점에서 보자면, 사람이 음식을 먹는 것은 몸에 영양과 에너지를 공급해서 제 기능을 하도록 하는 활동이다. 하지만 이런 식으로 굴을 먹는 것은 '실용'과는 거리가 멀다. 굴 맛이 주는 쾌락에 온 시간과 정성을 집중함으로써 생활인으로서의 기능은 멈추고 있으니까. 그래서 레빈은 오블론스키에게 이렇게 지적한다. "시골 사람들은 일을 하기 위해서 끼니를 빨리 때우려고 해. 그런데 지금 우리는 어떻게 하면 오래 먹을 수 있나 궁리하고 있군. 그러려고 굴을 먹는 거고……." 맞는 말이다. 오블론스키가 굴을 먹는 장면이 유난히 방탕해 보이는 것도 바로 그런 이유 때문일 것이다. 단순히 굴이 값비싼 음식이기 때문도, 굴의 물컹한 식감과 껍데기를 입에 가져가는 자세가 에로틱한 연상을 불러일으키기 때문도, 카사노바가 아침마다 굴을 강장제 삼아 오십 개씩 먹어서 정력을 보충했다는 유명한 일화 때문만도 아니라, 레빈에게 "그게 바로 인간 문명의 목적 아니겠어? 모든 것에서 즐거움을 취하는 것 말이야"라고 받아치는 오블론스키의 쾌락주의적 가치관이 그의 식습관에 고스란히 드러나기 때문이다.

그런데 정작 이 소설 주인공인 안나는 무언가를 먹는 장면이 거의 나오지 않는다. 유복한 귀부인인 안나가 금욕적인 생활을 할 리는 없는데도, 톨스토이는 안나가 음식을 탐하는 모습을 사실상 한 번도 보여주지 않는다.

안나는 비단 음식뿐만 아니라 무엇에도 제 오빠인 오블론스키처럼 즐겁게 탐닉하지 않는 것 같다. 연애도 마찬가지이다. 오블론스키는 여러 애인들과 틈틈이 잠자리를 가지면서 즐거워하지만, 안나는 브론스키 외에 다른 남자는 만나지도 않거니와 브론스키를 만나면서 그리 행복해하지도 않는다. 물론 브론스키와의 만남은 그녀가 이전의 단조로운 결혼 생활에서는 느낄 수 없었던 사랑의 기쁨을 안겨주긴 한다. 하지만 우리 모두가 알다시피 사랑은 늘 기쁘지만은 않다. 고통스럽기도 하다.

오블론스키도, 안나도 배우자를 속이고 간통을 저지른다는 점에서는 같다. 하지만 그 의미는 각자에게 전혀 다르게 다가온다. 오블론스키는 아내를 버릴 생각이 전혀 없고, 늘 가정으로 되돌아와 남편으로서의 역할을 즐겁게 수행한다. 사실 그런 역할을 지치지 않고 '즐겁게' 해내기 위해 끊임없이 외도를 하고 '인생의 낙'을 추구하는 것이라고 할 수 있다. 그는 자신이 사는 세상에 아무런 불만이 없는 것처럼 보인다. 반면 안나는 자신의 남편과 가정을, 아니, 남편이라는 존재와 가정이라는 세계 자체를 벗어나고 싶어한다. 그녀는 아내이자 어머니로서만 살아야 하는 인생이 아닌 무언가 다른 인생을 원한다. 브론스키에 대한 안나의 사랑은 바로 이런 의미일 것이다. '인생의 낙'이 아닌, 자신만의 '인생'.

안나가 비극적 최후를 맞는 것은 그런 열망에 대한 벌일지도 모른다. 사람들은 안나를 부도덕한 탕녀라고 손가락질하지만, 사실 부부간의 지조라는 도덕률을 거스르는 사람은 안나 외에도 수없이 많다. 그럼에도 안나만이 유독 세간의 비난과 외면을 한 몸에 받으며 고립될 수밖에 없었던 것은 그녀가 한 남자의 아내로서도, 한 남자의 정부로서도 만족하지 않고 끊임없이 다른 삶을 원했기 때문이다. 그 열망이 안나 자신은 물론이고 주변 사람들마저 고통스럽게 할지라도.

"난 아무것도 증명하고 싶지 않아. 다만 살고 싶을 뿐이야. 나를 제외한 누구에게도 악한 짓을 하지 않으면서 살고 싶어. 내겐 그럴 권리가 있잖아. 그렇지 않아?"

마지막까지 유일하게 안나를 찾아주는 충직한 친구에게 그녀는 이렇게 말한다. 굴과 샴페인을 즐기는 것이 인생의 전부라고 말하는 오블론스키의 인생철학과는 사뭇 대조적이다.

플렌스부르크 굴

플렌스부르크는 덴마크 국경과 맞닿은 독일 북부의 도시로, 1859년부터 1879년까지 이곳에 위치한 한 회사에서 독일 북해 연안의 굴 양식장을 임대하고 있었다. 이 양식장에서 나는 굴을 '플렌스부르크 굴'이라고 불렀다. 이와 더불어 벨기에의 오스텐더 지역에서 나는 굴, 이른바 '오스텐더 굴'도 러시아에서 소량 수입했는데, 두 종류 모두《안나 카레니나》에 언급된다.

플렌스부르크 굴과 오스텐더 굴은 유럽 굴ostrea edulis에 속했으리라고 추정된다. 유럽 굴은 예로부터 유럽에 자생하는 종으로 우리에게 익숙한 종류의 굴과는 모양도, 맛도 다르다. 껍데기가 조개처럼 동글납작하게 생겼고 밝은 바탕에 초록빛이 돈다. 속살은 육질이 굵고 단단한 편이라서 씹는 즐거움이 있고, 동전을 입에 넣은 듯한 강렬한 금속성 맛과 미네랄의 향취가 느껴진다.

하지만 유럽 굴은 인기가 많았던 나머지 무분별하게 남획되어서 19세기 말에는 거의 멸종 상태였다. 오늘날에는 우리에게 익숙한 참굴crassostrea gigas을 유럽의 많은 지역에서 양식하지만,《안나 카레니나》의 배경인 1870년대 러시아에서 참굴은 유럽 굴만큼이나 희귀한 종이었을 것이다. 오블론스키가 굴에 환장할 만도 했다.

바닷가재 샐러드

{ Lobster Salad }

"오, 그랬군요. 실례했습니다. 유별나게 물이 좋은 바닷가재
네요, 그렇죠?"

튜더가 지극히 태연자약하게, 그러면서도 귀족다운 태도로
진지하게 관심을 내비치며 말했다.

그 즉시 에이미는 마음을 가다듬고 바구니를 과감하게 의자
위에 올려놓고는 소리 내어 웃으며 말했다.

"이 가재로 만들 샐러드가 얼마나 맛있을지, 한번 드셔보고
싶지 않나요? 곧 그 샐러드를 먹게 될 매력적인 숙녀들과도
함께하실 수 있다면 좋을 텐데 말에요."

_루이자 메이 올컷, 《작은 아씨들》

사람들을 집에 초대해 식사를 대접하는 것은 특별한 일이다. 내가 좋아하는 사람들을 나의 공간으로 불러들여서, 내가 잘하고 또 좋아하는 것들로 그들을 즐겁게 해주는 일. 오로지 그것을 위해 시간과 정성을 쏟는 일.

아무리 작은 규모라도 일단 제대로 손님치레를 하자면 신경 써야 할 것이 많다. 사람들에게 연락해 날짜를 잡고 음식 재료를 장만하고 집 안을 정돈하는 준비 과정은 물론이고, 당일에는 요리를 하고 식사를 내면서 동시에 손님들을 챙기고 대화를 이끄는 멀티태스킹을 해야 하고, 손님들이 떠나면 뒷정리도 남아 있다. 물론 다른 사람들이 도와준다면 고맙겠지만 결국 집주인만이 할 수 있고 또 해야 하는 일들이 있는 법이다. 하지만 그 모든 일거리를 감수하고서 사람들에게 맛있는 음식과 즐거운 시간을 선사했을 때에만 느낄 수 있는 뿌듯한 행복감이 있다. 더없이 이타적인 마음에서 비롯되는 행복 말이다.

파티의 호스트 노릇에는 재능도 필요하다. 초대객 명단을 짤 때에는 사람들 사이의 궁합을 고려해야 하고, 집 안을 꾸미고 테이블을 세팅하는 데에는 미적 감각이 필요하며, 음악이나 보드게임 같은 오락거리로 사람들을 즐겁게 해주려면 풍류도 어느 정도는 알아야 한다. 메뉴를 고르고 음식 준비를 할 때는 미식가로서의 자질은 물론이거니와 손님들이 무엇을 못먹고 무엇을 잘 먹는지, 얼마나 많은 양이 필요할지, 한정된 예산에서 얼마나 좋은 재료를 장만할 수 있을지도 두루두루 살필 수 있어야 한다. 이 정도면 종합 예술의 경지라 할 만하다. 누구나 할 수 있지만, 누구나 잘할 수 있는 일은 분명 아니다.

《작은 아씨들》의 에이미는 이 종합 예술에 뛰어난 재능을 갖고 있다. 매사추세츠에 사는 마치 가의 막내딸 에이미는 열두 살 때부터 이미 천부적인 그림 실력을 뽐냈고 악기 연주, 프랑스어, 뜨개질에도 재주가 있었으며, 재치 있는 말솜씨와 사랑스러운 행동으로 또래 아이들에게서 인기 만점이었다. 그러다 열다섯 살쯤 되자 에이미는 교양과 품위를 두루 갖춘 숙녀의 태를 보인다. 에이미가 여름 방학 전에 미술반 친구들을 점심식사에 초대하겠다고 결심하고 어머니와 가족들에게 양해를 구했을 때, 그 모임이 성공적으로 치러지리라는 것은 예상된 일이었다. 에이미와 함께 대화하고, 에이미가 대접하는 식사를 먹고, 에이미가 그린 그림들을 구경하고, 에이미의 풍경화 속에 나오는 강가에 나가 뱃놀이를 하고 스케치를 하며 노는 것을 싫어할 친구는 없을 테니까. 에이미의 걱정거리는 단 하나, 집안 형편이 넉넉하지 않아서 성에 찰 만큼 멋진 파티를 꾸리기가 어렵다는 것이었다.

에이미의 집안은 한때 유복했지만 이제는 가세가 기울었다. 아버지는 가난한 교회 목사였고, 에이미의 세 언니들은 저마다 가정교사 일이나 문필업, 바느질로 돈을 벌거나 어머니의 집안일을 거들면서 가족 생계를 꾸려갔다. 이런 상황에서 에이미의 부자 친구들에게 부끄럽지 않을 만한 거창한 식사를 차리기 위해 부모님과 언니들에게 협조해달라고 요구하는 것은 당연히 무리였다. 마음 같아서는 같은 반의 친구 열네 명을 전부 초대해 그들이 평소에 먹는 호사스러운 음식들을 버젓이 대접하고 싶었지만 그럴 만한 돈이 없었다. 그 인원을 태울 마차를 임대하는 비용도 문제였다. 그들의 으리으리한 저택에 비해 초라하기 그지없는 마치 가 응접실의 인테리어도 신경 쓰였다. 그럼에도 에이미는 한 학기 동안 자신에게 잘 대해준 친구들에게 고마운 마음에서라도 어떻게든 좋은 기억을 만들어주고 싶었다. 그래서 가족들에게 폐를 덜 끼치고 자신이 모은 용돈으로 감당할 수 있는 한도 내에서 최대한 풍성한 식탁을 계획하고 또 계획한다. 그 결과 결정한 메뉴는 소 혀 냉채, 바닷가재 샐러드, 닭 요리, 프랑스 초콜릿, 아이스크림, 케이크였다.

21세기의 우리가 듣기에는 무척 화려한 상차림인 것 같다. 소 혀 냉채는 특히 생소해서 무슨 고급 프랑스 요리처럼 들리기도 한다. 하지만 당시에는 소의 안심이나 등심 같은 질 좋고 말끔한 부위가 너무 비싸서 내장이나 머리, 발 같은 싸구려 잡육 부위들을 활용한 요리가 보편화되어 있었고, 그런 잡육 중에서도 그나마 맛이 좋다고 여기는 것이 소 혀였다. 에이미는 소 혀 정도면 저렴한 비용으로 격식을 차릴 수 있으리라 생각했던 것이다.

바닷가재도 마찬가지이다. 오늘날에는 바닷가재, 그러니까 랍스터가 고급 식재료에 속하지만 19세기 초까지만 해도 미국에서는 극빈층이나 교도소에서나 먹는 음식으로 취급했다. 그도 그럴 것이, 매사추세츠 주와 메인 주의 바다에서는 바닷가재가 널리다 못해 해안가에 떠밀려 와 무릎 높이까지 쌓일 정도였다. 사람들은 아무리 맛이 좋아도 흔하고 값싼 음식에는 그다지 열광하지 않는 법이다. 하물며 그 음식이 곤충처럼 징그럽게 생겼다면 말할 것도 없다. 그 시절 미국인들에게 바닷가재는 빈곤과 불결의 상징이었고, 찢어지게 가난하지 않다면 바닷가재 따위는 거름이나 낚싯밥 정도로 쓰는 바다 곤충 같은 거라고 생각했던 것이다. 하지만 철도가 미국 곳곳에 놓이면서 이전까지는 동부 해안의 해산물을 접하기 어려웠던 내륙 지방 사람들이 바닷가재라는 새로운 식품에 흥미를 느끼기 시작했다. 게다가 바닷가재를 산 채로 삶으면 맛도 훨씬 좋고 모양도 먹음직스럽다는 사실이 알려지면서 요식업계에서는 이 저렴하고도 매력적인 식재료를 다양한 요리로 적극 개발해 이국적인 음식이라는 이미지를 덧씌워 홍보했다.《작은 아씨들》의 배경인 1860년대에 이르러 바닷가재는 레스토랑 샐러드 바에서 흔히 볼 수 있는 인기 있는 먹거리가 되었다. 하지만 바닷가재가 신분 상승을 거쳐 고급 해산물계의 제왕 자리에까지 등극한 것은 그로부터 백여 년은 더 지난 뒤의 일이다. 그 당시까지 바닷가재는 호화롭다고 할 만한 식재료는 전혀 아니었다. 오늘날 한국으로 치면 냉동 새우쯤 된다고 할까.

나는 어렸을 때《작은 아씨들》을 읽으면서 에이미가 준비한 음식들이 대단히 귀족적인 요리인 줄 알았다. 그런데 사실 에이미는 그렇게까지 큰 허영을 부린 것이 아니었다. 그냥 현실적으로 무난하고 모양이 빠지지 않는 메뉴 선정을 했을 뿐이다. 만약《작은 아씨들》배경이 2020년 서울이었다면 에이미의 점심 메뉴는 대충 이런 식이었을 것이다. 불고기 김밥, 칵테일 새우로 만든 감바스 알 아히요, 연어 통조림을 넣은 양상추 샐러드, 홍대 앞 유명 베이커리에서 사온 식사 빵과 저렴한 종류의 구움과자 몇 가지……비용이 많이 들지 않으면서도 친구들이 사진을 찍어 인스타그램에 올릴 수 있을 정도로 세련되고 구색은 갖춘 식탁. 에이미는 이만큼 융통성과 요령이 좋은 사람이었다.

하지만 주최자가 아무리 융통성과 요령이 좋아도, 사람이 많이 모이는 행사라는 건 어떻게든 어그러질 수 있는 법이다. 이 시대에는 인스타그램은커녕 스마트폰도, 지하철도, 인터넷 쇼핑도 없었으니 더더욱 그랬다. 이를테면 날씨가 너무 나쁘면 손님들이 이동할 수 없으니 행사를 취소해야 했다. 그런데 휴대폰이 없으니 행사 취소 통보도, 행사에 참석하겠다거나 못 하겠다는 연락도 주고받을 수 없어서 그냥 무작정 음식을 준비해놓고 날씨가 좋기를 기도하는 수밖에 없다. 그리고 유감스럽게도 에이미의 점심 파티 당일 오전에는 하늘이 찌뿌드드했고 비가 오다 말다

하는 어정쩡한 날씨였다. 이런 불확실한 상황에서 음식은 마음처럼 맛있게 만들어지지 않았다. 언니들도 좀처럼 도움이 되질 않고, 케이크와 아이스크림은 생각보다 비싸서 계획 외의 지출까지 감행해야 했으니, 에이미는 무척이나 초조했을 것이다. 일이 안 되려면 정말 별별 것들이 다 꼬이는 법인지, 하다못해 그날 메뉴의 하이라이트 중 하나인 바닷가재도 계획대로 구해지지 않아서 에이미가 직접 장을 보러 시내까지 헐레벌떡 다녀와야 했다. 이런 일은 부잣집에서라면 하녀들에게 맡길 법한 잔심부름이었다. 게다가 앞서 말했듯이 바닷가재는 당시에 썩 보기 아름다운 물건은 아니었다. 에이미 같은 세련된 아가씨가 커다랗고 시뻘건 바닷가재를 담은 바구니를 팔꿈치에 끼고 시장에서 걸어 나오는 모습은, 우리 시대로 치자면 루부탱 구두를 신고 머리를 곱게 드라이한 아가씨가 김치 통이나 간고등어가 든 검정 봉지를 들고 버스를 타는 모습 같은 것이었다. 누구에게도 들키고 싶지 않은 것이 당연했다.

　하지만 행운의 여신은 도무지 에이미 편을 들어주

지 않았다. 장을 보고 집으로 돌아가는 합승 마차에서 하필이면 어느 상류 가문의 젊은 신사와 마주친 것이다. 누구보다도 잘 보이고 싶은 상대 말이다.

만약 내가 에이미라면 이쯤에서 폭발했을 것 같다. 서럽고, 불안하고, 왜 세상이 이렇게 내 마음처럼 굴러가주지 않는가 싶어서 분하고, 도움이 되어주지 않는 주변인들에게 짜증이 솟구쳤을 것이다. 엉엉 울어버리거나, 파티 따위 다 그만두겠다고 팽개치거나, 충동적으로 어디론가 도망쳤을지도 모른다. 꾸역꾸역 파티를 진행하더라도 우울감과 짜증을 얼굴에서 숨기지 못해 사람들을 불쾌하게 했을지도 모른다. 정말이지 그랬을 것 같다.

하지만 에이미는 자신의 궁상맞은 모습을 목격한 남자 앞에서 움츠러들지 않고, 오히려 당당하게 "이 가재가 들어간 샐러드, 맛있겠지요? 매력적인 아가씨들과 함께 먹으려고요"라고 재치 있는 말을 던져서 그 순간의 민망함을 날려버렸다. 그런 다음에는 일진이 이렇게까지 풀리지 않는데도 패닉에 빠지지 않고 침착하게 준비를 착착 진행했다. 집 안의 낡고 초

라한 부분들은 자신이 직접 만든 미술품들과 이런저
런 장식품으로 가리고, 이집 저집에서 유리잔이며 은
식기며 예쁜 도자기 그릇을 빌려다 상을 차렸다. 그
리고 마침내 도착한 단 한 명의 손님, 초대객 중에서
약속을 지킨 유일한 친구를 아주 친절하게 접대했다.
신경질 따위는 조금도 내지 않고 차분하고 성실하게,
그 한 명에게라도 즐거운 시간을 선사하기 위해 끝까
지 최선을 다했다.

　사실 식사 초대에서 가장 중요한 것은 결국 그런
마음가짐일 것이다. 단 한 명의 손님이라도 반갑게
맞이하고 성의껏 대접하는 것. 더구나 에이미의 경우
에는 호스트로서 이렇게나 뛰어난 재능이 있으니, 바
닷가재나 소 혀 냉채 같은 건 다 생략하고 자기 어머
니의 제안대로 케이크, 샌드위치, 과일, 커피만으로
간소한 점심을 준비했더라도 남부끄럽지 않게 즐거
운 자리를 꾸릴 수 있었을 것이다. 제아무리 우아한
귀족이 대저택 만찬실에서 샹들리에 아래 최고급 풀
코스 식사를 차린다 해도 에이미 같은 마음가짐과 재
능이 없다면 그 만찬은 아무에게도 좋은 기억으로 남

지 못할 것이다.

경험이 없는 에이미는 아직 그 사실을 잘 몰랐다. 하지만 훗날 언젠가는 깨달았을 것이다. 그날 자신이 치렀던 점심 행사가 아주 실패한 것은 아니었다는 사실을.

바닷가재 샐러드

바닷가재는 꽃게처럼 단맛이 돌고 새우보다 탱글탱글한 식감의 해산물이다. 전통적인 미국 북부식 바닷가재 샐러드는 기본적으로 잘게 썰거나 다진 바닷가재 살에 마요네즈를 버무리고 소금과 후추로 밑간한 것이다. 여기에 취향에 따라 레몬즙, 셀러리, 양파, 오이 등을 추가한다. 이렇게 만든 샐러드는 그냥 먹기도 하지만 빵 사이에 끼워서 샌드위치로도 즐겨 먹는다.

포토푀

{ Pot-au-feu }

사흘째 빨지 못한 식탁보가 덮인 둥근 식탁 앞에 앉아 저녁
을 먹으려 할 때 맞은편의 남편이 수프 그릇의 뚜껑을 열고
는 반색하며 "아, 맛있는 포토푀! 이만큼 좋은 것도 없지"라
고 말할 때면, 그녀는 고급스러운 만찬, 반짝거리는 은식기
들, 고대의 인물들과 요정의 숲 한복판을 날아다니는 기기묘
묘한 새들이 수놓인 태피스트리로 장식된 벽을 떠올렸으며,
또 멋들어진 접시에 올려진 풍미 가득한 요리와, 송어의 분홍
빛 살점이나 뇌조의 날개 부위를 먹으며 스핑크스 같은 미소
를 짓고 있는 자신에게 남자들이 속삭이는 신사적인 말들을
상상하기도 했다.

_기 드 모파상, 〈목걸이〉

세상에는 허영심을 품은 여자가 벌을 받아 비참해지는 내용의 소설이 많은 것 같다. 아무래도 사람들이 여자의 허영심을 죄악으로 여기는 경향이 있기 때문일 것이다. 기 드 모파상의 〈목걸이〉도 그런 소설이다.

가난한 공무원의 아내인 마틸드는 자신의 미모를 꾸밀 옷이나 장신구 하나 갖추지 못하는 초라한 생활에 불만을 느끼며 화려한 상류 사회의 삶을 동경한다. 그러다 모처럼 멋진 무도회에 초대를 받아서 친구에게 빌린 다이아몬드 목걸이를 걸고 드레스를 사 입고 무도회장에 나가는데, 그 짧은 행복의 대가는 너무나 컸다. 집으로 돌아오는 길에 그만 목걸이를 잃어버리는 바람에 어마어마한 빚을 떠안게 된 것이다. 마틸드는 남편과 함께 그 빚을 갚기 위해 닥치는

대로 일을 하며 십 년이라는 세월 동안 온갖 고생을
다 하고, 한때 빛났던 미모도 잃고 우악스러운 '아줌
마'로 변해버린다. 그런데 뒤늦게 그 다이아몬드 목
걸이가 진짜가 아니라 값싼 모조품이었다는 잔인한
진실을 알게 된다.

 허영이란 무엇일까? 사전에서 찾아보면 "자기 지
식이나 경제적 능력, 분수에 어울리지 않게 겉만 화
려하게 꾸미는 것"이라고 나온다. 공부를 하지도 않
았으면서 지적인 사람인 척하거나, 일을 하지도 않으
면서 호화로운 생활만 추구한다면 확실히 꼴불견이
긴 하겠다. 그런데 '분수에 어울리지 않는다'는 것은
무엇일까? 분수는 자신의 신분에 따르는 한계를 뜻
한다. 분수에 맞게 살라는 말은, 자신의 노력과 무관
하게 태어나면서부터 정해져 있는 지위에 만족할 줄
알라는 말이다. 그런데, 왜 그래야 하는 걸까?

 요즘은 그래도 여자들이 공부도 하고 취직도 해서
제 힘으로 지위를 높일 길이 (어느 정도는) 열려 있
지만 마틸드가 살았던 시대에는 여자의 사회적 지위
란 오로지 남편의 지위에 달려 있었다. 부유하고 지

체 높은 남자와 결혼하면 부유하고 지체 높은 여자
로 살 수 있고, 가난한 하류층 남자와 결혼한 여자는
덩달아 가난한 하층민으로 살 수밖에 없었다. 그리고
어떤 남자와 결혼하느냐는 으레 여자가 어떤 가문에
서 태어났느냐에 따라 결정되었다. 간혹 가게에서 속
옷 파는 여자가 멋진 신사와 결혼한다든지, 하녀가
자기가 모시는 주인 나리와 결혼한다든지 하는 이례
적인 일도 벌어졌지만 그런 파격적인 신분 상승은 어
디까지나 예외였다. 여자들은 타고난 자질, 취향, 노
력으로 얻은 지식이나 능력과 무관하게 그저 남자들
에 의해 인생 행로를 결정당했던 것이다.

  사람으로서 그런 '분수'에 어떻게 만족할 수 있겠
는가. 불만이 생기는 것은 너무나 당연하다. 더욱이
마틸드처럼 주어진 지위에 걸맞지 않게 빼어난 외모,
우아한 몸가짐, 세련된 감각을 지닌 여자라면 더 그
렇다. 그녀의 옷도, 집도, 주변 환경도 그녀의 진정한
가치를 대변해주지 못한다. 그녀는 상류층 사교계에
서 잘 처신할 재능이 있고 남자들의 선망을 한 몸에
받을 매력이 있지만 빛을 보지 못하고 있다. 남편이

빛을 보게 해줄 능력이 없기 때문이다.

능력 없는 남자가 아름답고 우아한 아내를 얻었는데 운 좋게도 그 아내가 자기 가치를 스스로 인지하지 못한다면, 그래서 별 불만 없이 남편이 주는 것들이 전부인 줄 알고 산다면, 그 남자는 행복할 것이다. 하지만 그 아름답고 우아한 아내가 어느 정도의 욕망과 상식과 자의식과 의사 표현 능력을 갖추었다면 남자는 불행해진다. 아내를 행복하게 해주지 못하는 자신의 무능력을 하루하루 실감하며 살아야 하니까.

마틸드의 남편은 불행했을 것이다. 마틸드는 요정의 숲과 신비로운 새와 고대의 인물들이 수놓인 태피스트리로 장식된 식당에서 분홍빛 송어와 들꿩 고기를 은식기로 즐기며 우아한 대화를 주고받는 만찬을 꿈꾸는 사람이다. 하지만 그 남자는 평범하디 평범한 포토푀 한 냄비보다 맛있는 음식을 상상할 줄 모르는 단순한 사람이다. 우리나라로 치면, 저녁에 아내가 차려준 따뜻한 된장찌개 한 뚝배기가 삶의 낙인 남자라고 할까.

하지만 〈목걸이〉에서 남편의 불행은 잘 보이지 않

는다. 기 드 모파상이 공들여 그려내는 것은 남편이 아니라 어디까지나 주인공인 마틸드의 불행이다. 아름답고 우아한 그녀가 자신의 가치에 걸맞는 삶을 꿈꾸다 오히려 더 낮은 신분으로 굴러 떨어져, 온갖 노동을 하면서 본연의 아름다움과 우아함을 잃고 '주제 파악'을 하게 되는 과정이야말로 이 소설의 핵심이다.

학교에서는 흔히 〈목걸이〉를 청소년 권장 소설로 적극 추천한다. 허영심이 불러온 파국을 보여주고 "인생의 참된 가치"에 대한 교훈을 주기 때문이라나. 헛된 것에 집착하지 말고 인생에서 진정으로 소중한 것을 추구하라는 경각심을 일깨운다고 하는데, 글쎄, 그래서 〈목걸이〉에서 말하는 인생의 참된 가치는 과연 무엇일까? 노동의 소중함? 겸손의 미덕? 포토푀한 냄비의 행복?

내가 보기에 〈목걸이〉에서 그런 긍정적인 가치 따위는 전혀 찾아볼 수 없다. 이 소설에 어떤 교훈이랄게 있다면, 그건 "인생은 시궁창"이라는 메시지일 것이다. 부당한 처지에 순종하지 않으면 더욱 부당한 운명을 맞이하게 된다는 메시지 말이다.

포토푀

고기와 채소를 푹 끓여 만든 프랑스식 스튜이다. 포토푀는 '불 위의 냄비'라는 뜻인데, 벽난로의 불 위에 무쇠솥을 걸어두고 끓이던 전통적인 조리 방식에서 비롯된 이름으로 추측된다. 오늘날 굳어진 레시피로는 주로 국거리 소고기와 당근이나 순무 같은 뿌리 채소와 양파 및 파를 넣고, 파슬리, 셀러리, 월계수 잎 같은 향채와 향신료로 풍미를 낸다. 골수나 쇠꼬리 같은 부위를 넣어서 국물이 젤라틴으로 끈끈해지도록 하는 점이나, 오랜 시간 고면서 육수에 뜨는 기름을 걷어낸다는 점에서 우리나라의 곰국과 비슷하다. 저렴한 재료로 만들 수 있는 건강하고 든든한 가정식으로, 예로부터 프랑스 서민들은 겨울철에 한 냄비 따끈하게 끓여놓고 가족과 함께 나눠 먹곤 했다. <목걸이>의 마틸드는 지긋지긋했겠지만 말이다.

순록 스튜

{ Caribou Stew }

이윽고 풀 더미에 불길이 화르륵 피어오르면서 이끼가 서서히 타들어갔다. 불이 완전히 붙기를 기다리는 동안 미약스는 땅속에서 죽은 풀이 수만 년 동안 쌓이고 쌓여서 만들어진 토탄을 캐낼 수 있었다.

토탄이 점차 붉게 타오르면서 물이 끓었다. 한 시간이 지나 미약스는 순록 스튜를 완성했다.

"드디어 다 됐네!"

미약스는 맛있는 고기를 한입 베어 물고 육즙을 빨아 먹은 다음, 한참을 씹은 뒤에야 삼켰다.

_진 크레이그헤드 조지, 《줄리와 늑대》

이누이트 고아 소녀 미약스는 어른들의 강요로 불과 열세 살 나이에 같은 부족 소년과 결혼한다. 하지만 남편의 폭력과 위협을 견디다 못해 드넓은 툰드라 빙원으로 무작정 도망쳐 나온다. 샌프란시스코에 사는 백인 펜팔 친구에게 찾아갈 생각이지만, 미약스는 그 먼 곳까지 갈 여비는커녕 식량조차 충분하지 않다. 나침반도 없이 하염없이 걸어가던 미약스는 이내 길을 잃고 식량도 떨어지고 만다. 어렸을 때 아버지 어깨너머로 짐승 사냥법을 배우긴 했지만 실제로 해본 적은 없고, 차디찬 북극을 날고 기는 눈치 빠른 새들과 작은 들짐승들은 미약스 같은 초보 사냥꾼에게 순순히 붙잡혀주지 않는다.

굶주려 죽을 위기에 몰린 미약스는 한 가지 묘책을 생각해낸다. 그녀의 캠프 근처에 서식하는 늑대 무리에게 먹을 것을 달라고 부탁해보자는 것. 늑대들의 성품이 온화하고 친절하다는 사실을 아는 미약스는 그들 우두머리에게 고기를 조금만 나눠달라는 뜻을 어떻게든 전해보기로 작정하고, 늑대들을 가까운 거리에서 지켜보며 그들의 습성과 의사소통 방법을 익힌다…….

1973년 뉴베리상을 수상한 현대 미국 아동문학의 걸작인 《줄리와 늑대》는 바로 이 장면으로 시작한다. 미약스가 툰드라 한복판에서 늑대들에게 고기를 얻어내려고 안간힘을 쓰는 장면. 어렸을 때 나는 이 책을 펼치고 첫 장부터 푹 빠져들 수밖에 없었다. 여자아이가 가족을 잃거나 가출해서 미아가 되는 이야기는 얼마든지 많다. 하지만 이 여자아이가 헤매는 곳은 뉴욕이나 런던, 유럽의 어느 시골 마을이 아니라 저 신비의 땅 툰드라이다. 또한 굶주린 아이가 먹을 것을 간절히 찾아다니는 이야기는 얼마든지 많다. 하지만 미약스는 여느 아이들처럼 성냥이라든지 우유 같은 것을 팔거나 인정에 호소해 끼니를 때우려 하지 않는다. 이 아이는 '늑대'에게 동냥하려고 들었다!

늘대 가족의 한 식구가 되어 그들이 먹는 밥을 같이 먹기. 미약스는 그 목적을 위해 늘대들의 인사법을 배우고, 늘대들에게 말을 걸고, 이름을 지어주고, 노래를 부르고, 새끼 늘대들과 놀이를 하면서 그들과 친해진다. 어른 늘대들이 사냥 가는 타이밍을 엿보고, 사냥에서 돌아와 새끼들에게 먹이를 주는 모습을 눈여겨본다. 그러다 마침내 세 끼쯤 먹을 만큼의 순록 고기를 얻어내는 데 성공한다. 미약스는 그걸 물에 넣고 끓여서 뜨끈한 스튜를 만든다.

나는 미약스의 순록 스튜에 매혹되었다. 스튜라는 요리 자체도 낯설거니와, 순록 고기는커녕 그 비슷한 걸 구경도 해본 적 없었으니 그 맛은 상상도 가지 않았다. 더구나 고기도 그냥 고기가 아니다. 늘대들은 배 속에서 부드럽게 소화시킨 고기를 게워내서 젖 떼는 새끼들에게 이유식 삼아 먹이는데, 미약스는 바로 그 이유식을 받아다 스튜를 만든 것이다. 그런 다음에는 늘대들이 순록을 사냥해서 배불리 뜯어 먹고 남겨놓은 사체에서 고깃점을 구하기도 한다. 이때 미약스는 순록 사체 앞에 꿇어앉아 옛 이누피아트족(알

래스카 북부 원주민) 풍습대로 순록 영혼에 감사 기도를 하고, 따뜻한 피가 흐르는 간장을 즉석에서 날것으로 먹으며 '맛있는 과자'라고 부른다.

이 장면은 전혀 징그럽거나 무섭게 느껴지지 않았다. 이 책에서 미약스와 같은 이누이트들의 식문화는 텔레비전 다큐멘터리나 할리우드 영화에서 종종 나오듯 오지의 야만인들 사이에서 행해지는 '이색적'이고 '진기'하고 '미개'하고 '엽기적'인 풍습으로 묘사되지 않는다. 오히려 지극히 자연스럽고 건강하고 즐거운 일상으로 그려진다. 나는 그 장면들을 보면서 순록의 생 간장을 서양의 달콤한 과자보다도 맛있는 별미처럼 느꼈다. 늑대들이 배 속에 담고 있다 토해낸 순록 고기는 그 어떤 햄버거 패티보다 맛깔스러울 것 같았다. 그걸로 끓인 스튜에서 떠오른 노르스름한 기름 덩이는, 미약스의 말마따나 백인들의 가게에서 파는 그 어떤 버터보다도 진하고 고소할 것 같았다. 자연에서 직접 얻어낸 고기, 자연이 조미료를 치고 데우고 분쇄하고 기름을 짜낸 고기이니 맛있는 게 당연하다고 생각했다.

이런 걸 보면 문학은 참 대단하다. 평생을 도시에서 살아온 내가 순록의 누린내와 피 냄새를 맡고 미끈미끈한 날 간장과 걸쭉한 토사물을 눈으로 본다면 아마 비위가 상해 손도 대지 못할 것이다. 그런데 책을 읽는 동안 나는 평생을 알래스카에서 순록이며 바다표범이며 고래의 날고기를 먹으며 살아온 이누피아트족 소녀의 사고방식과 입맛에 아무 어려움 없이 동화될 수 있었다.

아니, 사실 동화되었다고 하기에는 어폐가 있다. 동경이라고 해야 더 적합한 표현일 것 같다. 내가 평생을 도시에서만 살았기에 결코 경험할 수 없었고 앞으로도 경험하지 못할 맛과 행복이 이 지구 어디엔가 있다는 것을 이 책을 통해 알았고, 나는 그 맛과 행복을 누리는 사람들을 부러워했던 것이다.

내가 먹는 고기는 결코 미약스가 먹는 고기와 같을 수 없다. 내게 고기라는 건 슈퍼마켓이나 정육점의 점원이 카운터 너머로 건네주는, 랩에 포장된 상품에 불과했으니까. 그것이 원래는 살아 움직이는 동물이었으며 그 동물을 키우고 먹이고 도축하고 운송한 사람들이 어디엔가 있다는 사실은 알았지만, 머리로만 알 뿐 잘 와닿지는 않았다. 그 동물이 어떻게 생겼는지, 어떤 삶을 살았고 또 어떻게 죽었는지, 정확히 어느 부위의 고기가 어떻게 잘려서 포장되는지 한 번도 본 적이 없다. 어른들도 그런 건 구체적으로 설명해주지 않으려 했다. 어른들도 잘 알지 못하거니와, 안다고 해도 별로 유쾌한 일이 아니기 때문이었을 것이다.

동물을 잡아먹는 과정은 이누이트들에게는 자연스럽고 심지어 신성하기까지 한 일이지만, 나 같은 도시 사람에게는 불쾌한 일로 여겨진다. 그건 우리가 동물을 사육하고 도축하고 먹는 방식이 이누이트들의 사냥보다 훨씬 더 잔인하기 때문일 것이다. 이를테면 특정 동물들을 오로지 편리하게 잡아먹기 위한 목적으로 격리시키고, 우리 손에 의존하지 않으면 살아남을 수 없게끔 길들여놓고, 대대적으로 번식시킨 다음 필요 없는 개체들은 대대적으로 죽이고, 수지타산을 맞추기 위해 그들을 가혹한 환경에서 고통스럽게 살게 하다가 마침내 도륙하고, 전염병이 번지기라도 하면 한꺼번에 생매장하는 것. 우리가 지금 같은 편리한 식생활을 유지하려면 그런 잔인한 방법들이 필요하다. 그런데 한편으로는, 우리가 지금과 같은 편안한 삶을 살기 위해서는 그런 과정을 해당 직업군의 사람들에게 맡겨놓고 나 몰라라 해야 한다. 무지는 현대인의 삶에 필수이다. 우리는 식탁 위에 올라온 갈비, 삼겹살, 치킨을 먹으면서 그것들이 음식이 되기 전, 한 마리의 소, 돼지, 닭으로 살았을 생애를 알지 못하고 알고 싶어하지도 않는다. 즉, 당연하게도 그 소, 돼지, 닭 들이 죽음으로써 우리 식탁에 올라왔다는 것, 그 음식들이 어떤 동물들의 사체라는 사실 역시 별로 의식하지 않는다. 도시에서 고기를 먹으면서 우리는 삶과 죽음을 잊는다. 그리고 그 방법을 아이들에게 가르친다.

그 무지와 무관심과 망각에는 반드시 대가가 따른다. 이 고기가 국내산인지 오스트레일리아산인지 미국산인지, 구제역이나 조류독감이나 광우병에 걸린 동물의 고기는 아닌지, 방사능에 오염되거나 유전자가 조작된 음식일지 모른다는 불안감을 느낄 수밖에 없다. 우리는 고기를 사 먹을 때마다 공포를 사 먹는 셈이다. 자연이 우리와 우리 아이들을 위협할지 모른다는 공포 말이다.

물론 이누이트들도 자연에서 죽음의 공포를 느낄 것이다. 미약스도 그런 공포를 느낀다. 이를테면 그녀는 툰드라 한복판에서 길을 잃고 굶어 죽거나 얼어 죽을 수도 있다. 회색 곰의 공격을 받아 절명할 수도 있다. 호수 얼음에 발을 잘못 디뎌 빠져 죽을 수도 있다. 그러면 미약스의 몸은 다른 툰드라 동물들의 먹잇감이 될 것이다. 멧새, 오소리, 곰, 물고기, 여우, 늑대 등이 미약스의 고기를 먹을 것이고, 미약스는 그 동물들을 해치거나 죽이지 않고 푸짐한 영양분이 될 것이다. 마찬가지로 미약스가 먹는 순록 고기는 미약스를 해치거나 죽이지 않는다. 그 고기들이 어디에서 어떻게 왔는지는 너무나 자명하다. 그 동물들은 독립적이고 자유롭게 살던 어버이에게서 태어나 역시 독립적이고 자유로운 삶을 살았다. 깨끗한 풀을 먹고 맑은 물을 마시고 청명한 북극의 대기를 호흡하며 지내다가 늑대들에게 쫓겨 죽었다는 것을 미약스는 잘 안다. 그렇기에 미약스는 자연이 그녀에게 내어준 이 유식을 달게, 맛있게, 아무런 불안도 두려움도 없이 받아먹는다. 우리와 달리 그녀의 삶과 죽음은 그녀가 먹는 동물의 삶과 죽음과 단절되지 않고 긴밀히 맞닿아 있다. 미약스가 먹는 것은 바로 그런 삶과 죽음의 연속성이다. 미약스는 모든 생명체가 공평하게 살고 죽을 것을 한시도 잊지 않는다.

이런 연속성은 미약스가 얻은 순록 고기뿐만 아니라 그것을 다듬고 조리하고 처리하는 과정에서도 나타난다. 미약스는 땅속에서 파낸 수천 년 묵은 토탄과 순록 똥을 연료 삼아 불을 지피고, 일견 척박하기만 할 것 같은 북극 땅에서 다양한 식물과 이끼를 채취해 요리에 활용한다. 차차 스스로 사냥할 수 있게 된 미약스는 잡은 동물 힘줄로 실을 만들고 가죽을 옷감 삼아 겉옷을 만든다. 끌로 조각한 뼈는 장식품으로 만들어 일상에 아름다움을 더한다. 미약스는 동물 사체 중 어느 부분도 낭비하지 않고 알뜰히 활용한다. 그러니 미약스가 죽은 동물의 혼령에 감사 기도를 올리는 것은 어리석은 미신이 아니라 지극히 온

당한 행동이다. 모든 동물의 죽음이 얼마나 존귀한지 알기에 그 삶도 경건히 기리지 않을 수 없는 것이다. 미약스는 이 진실을 늑대들을 통해 배운다. 늑대들의 보호와 가르침 속에서 성장한 미약스는 마침내 오롯이 혼자 힘으로 음식을 구하고, 옷을 지어 입고, 집을 짓고 살 줄 아는 한 명의 인간이 된다. 독립적이고 자유롭고 강인한 인간.

나는 《줄리와 늑대》에 나오는 음식들을 너무나 좋아했고 어른이 된 지금도 동경하지만, 순록의 간장이나 늑대 배에서 나온 토사물을 먹어본 적은 없다. 앞으로도 그럴 수 있을 것 같지는 않다. 웬만해서는 도시적인 입맛을 버리지 못할 것 같아서이기도 하지만, 무엇보다도 미약스가 살던 툰드라에 갈 수 있을 가능성이 점점 줄어들고 있기 때문이다.

근 십 년 사이에 기후변화로 북극의 얼음이 녹으면서 툰드라의 생태계는 급격히 파괴되고 있다. 《줄리와 늑대》의 배경인 배로 시(현 우트키오야비크)의 2017년 11월 기온은 1979년에 비해 평균 섭씨 5.5도나 높아졌고, 빙해의 13퍼센트가 녹아 사라졌다. 여름이 길어지면서 파리 떼가 들끓고 가마우지, 상어, 바다거북 등 새로운 동물들이 나타나는 한편, 본래 북극에 살던 북극곰과 바다표범과 순록 수는 갈수록 줄고 있다. 당연하게도, 이런 동물들을 사냥해 주식으로 삼고 그 가죽으로 방수복을 지어 입으며 살아온 이누피아트족 사람들 역시 곤경에 빠졌다. 게다가 얼음 땅이 녹고 그 밑의 바다가 입을 벌리면서 사람들은 당장 어디로 이동하기도 위험해진 상태이다. 이 추세대로라면, 늑대와 함께 툰드라를 도보 여행한 미약스의 이야기는 조만간 먼 옛날의 신화나 다름없게 될지도 모른다.

순록 스튜

이누피아트족을 비롯한 이누이트 요리의 핵심은 바다표범 기름이다. 그들은 바다표범 기름으로 고기를 발효시키고, 이 기름을 소스 삼아 말린 고기를 찍어 먹고, 채소나 생선 등을 이 기름에 무쳐서 보존하며, 바다표범 기름과 야생 열매 등을 섞어 아이스크림을 만들기도 한다. 한식에서 흔히 장맛이 가장 중요하다고 하듯이, 이누이트들은 "훌륭한 요리사는 질 좋은 바다표범 기름을 쓴다"고 말하기도 한다.

이누이트들이 바다표범 기름을 얻는 방법은 간단하다. 바다표범의 방광을 매달아서 약 이주일 동안 기름이 빠져 나오게 두는 것이다. 하지만 《줄리와 늑대》의 미약스는 그런 일을 할 여력도 없고, 가출할 때 바다표범 기름을 가지고 나오지도 못했다. 소금이나 후추 역시 그녀 가방 안에는 들어 있지 않았다. 미약스는 오로지 늑대들의 소화효소로 버무려진 고기, 북극 얼음을 녹인 물, 그리고 북극 땅에 자라는 이끼만으로 국을 끓였다. 간단한 레시피이지만 세상에서 가장 어려운 레시피이기도 하다. 우리가 그런 재료를 도대체 어떻게 구할 수 있겠는가?

오늘날의 이누피아트족 사람들은 현대식 식료품을 가게에서 구입할 수 있으므로, 순록 고기에 양파, 토마토 소스, 감자, 당근을 넣고 소금과 후추, 월계수 잎을 넣어 스튜를 끓여 먹는다고 한다. 때로는 거기에 쌀이나 파스타를 넣어서 국밥처럼 만들기도 한다. 그 정도 레시피라면 우리도 따라 해볼 수 있을 것 같다(순록 고기는 어떻게 구해야 할지 여전히 모르겠지만).

TV 저녁식사
{ TV Dinner }

그들은 거실 텔레비전 앞에 앉아서 각자의 식사를 무릎 위에 올려놓은 채 저녁을 먹었다. 메뉴는 'TV 저녁식사'였다. 흐늘거리는 알루미늄 용기 안에 나누어진 칸마다 소고기 스튜, 삶은 감자, 완두콩이 담겨 있었다.

(……)

"엄마, 저는 부엌에서 책 읽으면서 저녁 먹으면 안 돼요?"
마틸다의 말에 아버지가 매섭게 눈을 흘기며 딱딱거렸다.
"안 되지! 저녁식사는 가족 모임이라고. 식사가 끝나기 전에는 아무도 식탁을 떠나서는 안 돼!"

_로알드 달, 《마틸다》

책을 좋아하는 여자아이들은 칭찬을 받을 때도 있지만 수난을 당할 때도 많은 것 같다. 요즘은 그렇지 않기를 바라지만, 내가 어렸을 때는 여자애가 너무 똑똑하면 못쓴다든지, 책 좀 읽었답시고 잘난 척하지 말라든지, 여자애가 공부 따위 해봤자 뭐에 써먹느냐고 하는 어른이 아주 많았다. 설령 그렇게까지 대놓고 타박하지 않더라도 여자아이들의 지적 호기심이나 성취는 마치 존재하지 않거나 별 의미가 없는 것처럼 무시하기 일쑤였다.

이런 경험이 있는 여자아이라면 《마틸다》를 보며 "이건 내 이야기야!"라고 느낄 것이다. 마틸다 웜우드는 다섯 살도 안 된 나이에 디킨스의 소설을 읽는 신동이지만, 마틸다의 부모는 딸의 재능을 지원하기는커녕 알아주지도 않는다. 웜우드 부부는 자식이라는

이 성가신 골칫덩이가 어서 자라서 눈앞에서 사라져
주기만을 바라는 게으르고 부정직하고 무책임한 부
모이다. 그들은 마틸다를 멍청하고 버르장머리 없는
계집애라고 생각하며 "여자애는 자고로 조용히 놀아
야지 좋알대서는 안 된다"고 타박을 주는가 하면 책
좀 그만 읽으라고 윽박을 지르기도 한다. 이런 부모
밑에서 자라는 마틸다에게 위안거리는 오로지 책뿐
이다. 마틸다는 도서관의 책들을 게걸스럽게 읽어나
가면서 부모가 가르쳐주지 않는 것들을 배우고 가족
안에서는 가질 수 없는 기쁨과 행복을 누린다. 마틸
다가 누리는 이런 아름다움을 이해하지 못하는 부모
는 책을 찢어버리기까지 하지만, 그들이 아무리 마틸
다를 괴롭히고 책을 짓밟으려 해도 그 신성한 기쁨의
전당을 완전히 빼앗을 수는 없다.

　마틸다는 어린 독서가들의 심정과 사고방식을 거
의 완벽하게 대변하는 것 같다. 이를테면 어렸을 때
나는 종종 내 수준에는 너무 어려운 책들을 이해하지
못하면서 읽곤 했는데, 마틸다도 꼭 그렇다. 그녀는
헤밍웨이의 《노인과 바다》를 탐독하고는 "이해할 수

없는 부분도 많지만 그래도 이 책이 마음에 들어요. 헤밍웨이의 이야기를 읽다 보면 꼭 그 사건을 그곳에서 직접 보고 있는 것만 같아요"라고 소감을 밝힌다. 반드시 책 속 모든 문장을 이해하지 않더라도 감동받을 수 있다는 것을, 알 수 없는 단어와 문장 들이 다가와 낯선 세상을 펼쳐 보이는 신비를 마틸다는 정확히 알고 있다.

또한 책 한 권과 따뜻한 음료를 가지고 의자에 앉아 시간을 보낼 때의 행복에 대해서도 이야기한다. 마틸다는 아무도 없는 빈집에서 자기 방에 혼자 틀어박혀 책을 읽는 오후를 가장 좋아하는데, 그럴 때면 핫초콜릿이나 코코아 믹스, 보브릴(소고기 추출물을 뜨거운 물에 타 먹는 영국식 인스턴트 음료) 한 잔을 타서 옆에 두고 마시곤 한다. 아쉽게도 마틸다는 아직 어려서 부엌 안의 물건들이 손에 닿지 않기 때문에 그 이상으로 맛있는 걸 만들 수는 없지만, 할 수만 있다면 그날의 책이나 기분에 따라 적합한 음식도 준비했을 것이다. 좋아하는 책을 읽으며 좋아하는 음료를 마시는 것도 참 좋지만, 좋아하는 책을 읽으며 좋아하는 음식을 먹는 건 더더욱 좋으니까. 맛있는 음식은 책의 재미를 돋워주고, 재미있는 책은 음식의 맛을 돋워주는 법이다. 책장을 넘기고, 포크를 입에 가져가고, 입에 든 맛있는 것을 삼키는 동작을 반복하노라면, 그 상호작용으로 이루어진 세계 안에서 언제까지고 행복할 수 있을 것 같은 느낌마저 든다.

하지만 웜우드 부부가 그런 행복을 용납할 리 없다. 그들은 책을 읽으며 식사하고 싶어하는 마틸다에게 "식사는 하나의 가족 모임"이라는 이유로 퇴짜를 놓는다. 혼자만의 재미를 위해 단체 활동에서 빠지면 밉상이라는 소리이다. 하지만 그들 가족 식사가 정말 가족이 함께하는 단란한 시간이었냐고 하면 그런 것도 아니다. 웜우드 부부는 냉동 인스턴트식품을 데워다 놓고는, 아이들의 관심사나 생각에는 아무 관심도 없이, 대화다운 대화도 나누지 않고 텔레비전만 보거나 자기 이야기만 떠들면서 음식을 먹는다. 애초에 그들은 아이들이 말을 걸거나 존재감을 드러내는 것 자체를 원하지 않는다. 그러면서도 마틸다가 책 읽으며 식사하고 싶다고 하자 '개인플레이'를 한다며 화내는 걸 보면, 단지 마틸다가 행복해지는 것에 심술이 나서 그런다고 생각할 수밖에 없다.

어른들은 아이들이 자기밖에 모른다며 혼을 내곤 하지만, 사실 어른들이야말로 지독히 자기중심적인 생활을 아이에게 강요할 때가 많은 것 같다.

웜우드 부부가 마틸다에게 차려주는 인스턴트 저녁식사는 알루미늄 식판 용기에 소고기 스튜, 삶은 감자, 완두콩 같은 여러 종류의 음식이 든 것이다. 1950년대에 '스완슨 앤드 선스'라는 미국 식품 회사에서 출시한 이 식품은 텔레비전을 보면서 간편하게 먹을 수 있다고 해서 이른바 'TV 저녁식사'라는 이름이 붙었다. 우리나라의 편의점 도시락과도 비슷하다. 용기가 알루미늄 재질인 까닭은 당시 서양에서는 전자레인지보다 오븐이 더 흔한 조리 기구였기 때문이다(나중에는 플라스틱으로도 나왔다). 냉동된 제품을 218도로 예열한 오븐에 넣고 이십오 분쯤 익히면 완성되었다고 한다. 전자레인지로 몇 분만 돌리면 조리가 끝나는 요즘의 편의점 도시락에 비하면 그것도 긴 시간인 것 같지만, 당시에는 가히 혁명적으로 간편하고 현대적인 발명품이었다. 마치 텔레비전처럼.

TV 저녁식사는 세계적으로 큰 인기를 끌었고 아류도 수두룩이 나왔지만 건강에 나쁘다는 인식도 뒤따랐다. 텔레비전에만 시선을 박은 채 인스턴트 음식을 먹는 것이 한심하고 궁상스럽다는 이미지도 생겼다. 신선한 식재료로 그때그때 제대로 된 음식을 요리해 먹는 것이 가장 건강에 좋다는 것이야《마틸다》의 배경인 1980년대 영국에서도 익히 알려진 상식이었다. 웜우드 부부가 TV 저녁식사에 든 소금과 트랜스 지방 양이나, 식재료들을 보존하기 위해 경화유로 범벅하던 제조 공정에 대해서는 몰랐을 수 있지만, 자식들의 건강에 조금이라도 신경을 썼다면 매일같이 그런 인스턴트 음식으로 끼니를 때우지는 않았을 것이다.

지금은 그래도 식품 회사들이 건강하고 깨끗한 음식을 만들려고 신경을 쓰는 편인 것 같다. 더는 TV 저녁식사라는 이름은 쓰지 않지만 그 형식의 결점들을 개선한 다양한 인스턴트 식사가 나오고 있다. TV 저녁식사의 고향인 미국이나《마틸다》의 배경인 영국에서는 채식, 글루텐프리, 저지방, 저칼로리, 저염식 등의 다양한 선택지도 생겼다. 하지만 불량 식품 같은 옛날의 TV 저녁식사를 그리워하는 사람도 많은 모양이다. 특별히 맛이 좋아서라기보다는 레트로한 감성, 기내식과 비슷한 아기자기한 플레이팅, 유년 시절의 향수 때문일 것이다.

게다가 《마틸다》를 읽은 한국 독자들에게 TV 저녁식사는 또 다른 매력으로 다가온다. 한국 부모들도 자식에게 획일적인 입맛을 강요하기로는 웜우드 부부 뺨치지만, 대체로 밥과 반찬을 강요당한 한국의 '마틸다'들에게는 칠면조, 스튜, 미트로프 같은 양식이 들어간 인스턴트 음식이 그림의 떡일 수밖에 없기 때문이다. 마틸다도 책벌레였으니 한국 책벌레 소녀들의 마음을 십분 이해하지 않을까 싶다. 책이란 읽는 사람의 처지나 환경에 따라 얼마든지 다른 맥락으로 볼 수도 있고, 우리가 이렇게나 다름에도 같은 '마틸다'로서 동지 의식을 느낄 수도 있다.

어른이 되어서 좋은 점을 두 가지 꼽자면, 부엌에서 무엇이든 내 마음대로 꺼내 먹고 요리할 수 있다는 것과 식사하면서 어떤 책이든 내 마음대로 볼 수 있다는 점이다. 어른들이 못 먹게 했던 커피나 술을 마시면서 책을 읽을 수도 있고, 내 입맛대로 만든 크림소스 파스타를 먹으며 책을 읽을 수도 있다. 그리고 밀가루와 지방이 듬뿍 든 냉동식품도, 뭐, 먹으라거나 먹지 말라거나 강요하는 사람이 없으니 얼마든지 내키는 대로 먹을 수도 있다. 'TV 저녁식사'도 그 구색으로 보나 간편함으로 보나 책을 읽으면서 먹기엔 참 좋은 메뉴일 것 같다.

《마틸다》의 결말에서 부모를 떠나 새로운 삶을 꾸린 마틸다가 '독서 저녁식사'를 먹으면서 행복하게 살았겠거니 상상하면 나도 덩달아 기분이 좋다. 여자애가 책 따위 읽어서 뭐 하냐는 말을 듣고 자란 여자들이 어른이 되어 좋아하는 책을 실컷 사 읽으며 맛있는 걸 먹는다고 생각하면 또 그만큼 기분 좋은 일도 없다. 지금 나는 좋아하는 일본식 오픈 키친 레스토랑에서 꽁치 알리오 올리오와 맥주를 즐기며 이 글을 쓰고 있는데, 이 잔으로 수많은 '마틸다'의 작은 승리에 축배를 들겠다. 여러분도 나와 함께 건배하

자. 우연찮게 우리가 지금 이 한 권의 책 앞에 모였으니 말이다.

TV 저녁식사

스완슨 앤드 선스에서 TV 저녁식사를 처음 출시한 것은 1954년이었다. 추수감사절에 팔고 남은 칠면조의 재고를 어떻게 처리할까 골머리를 앓던 대표가 기내식에서 아이디어를 얻어 개발했다고 한다. 최초의 TV 저녁식사에는 텔레비전처럼 생긴 사각형 알루미늄 식판에 칠면조, 버터에 볶은 콩, 고구마를 넣었다.  이게 인기를 얻자 이후 치킨, 스테이크, 미트로프 등의 다양한 메뉴를 내놓고, 1960년대에는 브라우니나 아이스크림 같은 디저트도 추가했다. 또한 저녁식사만이 아니라 팬케이크나 소시지가 든 아침식사도 출시했다.

‡ Dessert ‡

디저트와 그 밖의 음식들

클라레 컵

{ Claret Cup }

그로부터 사흘 뒤 일요일 저녁, 두 사람은 같은 발코니의 작은 테이블 앞에 앉았다. 사려 깊은 웨이터가 얼음과 작은 잔에 담긴 클라레 컵을 내왔다.

마담 보몽은 매일 만찬에 입고 나오는 예의 그 아름다운 이브닝드레스 차림이었다. 그녀는 무언가 생각에 잠긴 듯했다. 테이블에 얹은 그녀의 손 옆에는 작은 비즈 손가방이 놓여 있었다. 얼음을 먹고 나서 그녀는 손가방을 열어 1달러 지폐 한 장을 꺼냈다.

_오 헨리, 〈아르카디아의 단기 투숙객들〉

⌣

《허클베리 핀의 모험》이 유랑 여행의 로망을 보여준
다면, 오 헨리의 〈아르카디아의 단기 투숙객들〉이라
는 단편소설은 호텔 바캉스, 이른바 '호캉스'의 로망
을 보여준다. 이 소설에는 지구상에서 가장 완벽한
호텔이 등장한다. 이름하여 '로터스 호텔'.

　'로터스lotus'는 '연꽃'이라는 뜻이다. 연꽃의 열매
인 연밥을 먹으면 모든 걱정 근심을 잊고 행복한 몽
상에 빠진다는 전설이 있다.《오디세이》에서 바다를
표류하던 오디세우스 일행은 연밥이 주식인 어느 해
안 나라에 당도하는데, 그곳 주민들이 대접한 연밥을
먹고는 본래 목표를 깡그리 잊고 그곳에 눌러앉아 허
송세월하고 싶은 유혹에 사로잡힌다. 떠나고 싶지 않
다고 버티는 일행을 오디세우스가 억지로 끌어내 배
에 태우고 그곳을 빠져나오는 것이 그 에피소드의 줄

거리이다.

로터스 호텔은 바로 그 연밥 먹는 사람들의 나라 같은 곳이다. 이 호텔은 뉴욕이라는 번잡하고 시끌벅적한 대도시에 마치 신기루처럼 홀연히 들어선 곳으로, 너무나 쾌적하고 황홀해서 한번 체크인하면 영영 떠나고 싶지 않다고 한다. 검은 오크 재목을 댄 방들은 널찍하고 서늘하다. 호텔에 조성된 짙푸른 관목들과 인공 산들바람은 애디론댁 산맥에서 휴가를 보내는 듯한 상쾌한 기분을 선사한다. 놋쇠 단추가 달린 제복을 입은 안내원과 엘리베이터를 타고 꿈결처럼 허공으로 올라가노라면 알프스 산등성이에서 즐기는 하이킹 따위는 귀찮고 고된 일로 느껴질 것이다. 호텔 식당에서는 손님에게 연밥을 제공하지 않지만, 대신 미국의 유명 휴양지들 뺨치게 맛있는 송어와 해산물, 사슴 고기 요리를 내놓는다. 아직 많이 알려지지 않아서 늘 적당히 한산한 데다 품격과 안목을 갖춘 손님만 찾아오는 호텔이기에, 투숙객들은 식당에서 불쾌한 사람과 부대낄 염려 없이 늘 기분 좋게 식사를 즐긴다.

이런 호텔이 또 있을까. '그랜드 부다페스트 호텔'은 저리 가라 할 수준이다. 지금 서울에 이런 호텔이 있다면 아마 SNS에 순식간에 퍼져 예약이 빗발쳤을 테고, 인스타그램에 올릴 사진을 부지런히 찍는 관광객들로 조용할 새가 없을 것이다. 본래의 한산하고 아늑한 분위기도, 정중하고 사려 깊은 종업원들의 배려도 무참히 사라지고 말았으리라. 하지만 누구를 탓할 수 있을까. 멋진 곳에서 행복한 시간을 보내고 싶은 마음이야 사람이라면 누구나 똑같은데. 호화 호텔에 묵을 여유가 없는 사람도 일단 로터스 호텔 같은 곳이 있다는 걸 알면 한 번쯤 그런 데에서 우아한 휴가를 보내고 싶게 마련이다.

〈아르카디아의 단기 투숙객들〉의 주인공도 그런 사람이다. 그녀는 백화점 양말 매장에서 일하는 점원으로 빠듯한 급료로 하숙비를 충당하는 형편이지만, 단 일주일만이라도 귀부인처럼 여유롭고 호사스러운 생활을 해보고 싶어한다. 아침마다 억지로 침대에서 빠져나와 출근하는 대신 마음껏 늦잠을 자고, 평소에는 엄두도 내지 못한 값비싼 음식을 먹고, 아름다운 드레스를 입은 채 호텔 종업원들의 시중을 받고 싶었던 것이다. 그래서 그녀는 적은 급료를 쪼개 저축을 해서 그 돈으로 로터스 호텔에서 여름휴가를 보내기로 한다. 제법 멋진 드레스도 할부로 구입한다. 그러고는 '마담 보몽'이라는 고상한 가명을 숙박부에 적고 상류층의 신비로운 귀부인인 양 벨보이들의 시중을 받아 체크인한다.

로터스 호텔 사람들 모두가 그녀를 '마담 보몽'이라고 부르며 공손히 대접한다. 그녀가 아름다운 드레스 차림으로 만찬에 나타날 때마다 종업원들도 손님들도 하나같이 감탄한다. 그녀는 비좁은 하숙방 생활 따위는 잊어버리고, 그리스 신화에 나오는 '아르카디아' 같은 낙원에서, 《오디세이》에 나오는 연밥을 먹은 것처럼 행복한 몽상에 빠져 지낸다. 심지어는 한 남자 투숙객과 인사를 트고 로맨틱한 대화를 나누기까지 한다. 패링턴 씨는 잘생긴 용모에 말쑥하게 차려입은 신사로, 점잖고도 세련된 매너로 그녀에게 접근한다. 그녀는 호화 여객선, 폴린스키 백작, 바덴바덴이나 칸 같은 휴양지에 대해 막연히 책이나 잡지에

서 읽은 이야기들을 늘어놓으면서, 정말로 귀부인이
된 것처럼 패링턴 씨와 우아하게 담소를 나눈다.

일주일이 꿈결처럼 흘러간다. 그녀가 원했던 완벽
한 휴가도 어느덧 막바지에 이른다. 언제까지고 '마
담 보봉'으로 패링턴 씨와 어울릴 수 있다면 좋겠지
만, 꿈은 꿈이고, 아무리 아쉬워도 꿈속 남자에게 작
별을 고해야 한다. 그래서 그녀는 발코니의 작은 테
이블에 패링턴 씨와 마주 앉아, 시원한 클라레 컵 한
잔을 마시며 애틋한 마지막 데이트를 나눈다. 상큼한
레몬 향기, 가슴을 서늘하게 적시는 탄산, 입 안을 감
싸는 쌉쌀한 와인과 달콤한 설탕이 뒤섞인 취기가 두
사람만의 오붓한 여름밤을 더욱 설레게 한다.

하지만 정말로 꿈같은 일은 그다음에 벌어진다. 그
데이트가 마지막이 아니었던 것이다. 어떻게 그럴 수
있었을까?

이 부분은 가장 중요한 대목이니 밝히지 않겠다.
사실 이미 너무 많은 줄거리를 밝혀서 여러분이 소설
을 읽을 때 김이 새지 않을까 걱정되기도 한다. 하지
만 〈아르카디아의 단기 투숙객들〉은 내용을 다 알더

라도 몇 번이고 다시 읽고 싶은 기분 좋은 소설이다. 다가오는 여름 휴가에는 이 단편이 포함된 오 헨리 선집을 들고 어딘가 멋진 호텔에서 여유로운 휴식을 즐기며 마담 보봉처럼 설레는 우연이 찾아오기를 기대해도 좋을 것 같다. 물론 여행지에서 마음에 쏙 드는 데이트 상대를 만나기란, 더구나 그 상대와의 로맨틱한 만남이 여행이 끝난 뒤에도 이어지기란 정말 흔치 않은 기적 같은 일이지만, 설령 그런 기적이 벌어지지 않는다 해도 이 책과 함께라면 많이 아쉽지는 않을 것이다.

클라레 컵

'클라레claret'는 원래 영국에서 프랑스의 보르도산 와인을 뜻하는 단어였지만, 19세기에 이르러서는 쌉싸름하고 짙은 빛깔의 레드와인을 통틀어 클라레라고 불렀다. 그리고 여기서 '컵cup'은 음료를 담는 잔이 아니라 펀치 종류의 술을 뜻한다. '클라레 컵'은 영국식 펀치의 일종으로, 보르도산 와인을 비

롯한 레드와인에 탄산수, 레몬, 설탕을 넣고 취향에 따라 셰리
나 리큐어, 과일, 향신료를 첨가해서 차게 마시는 술이다. 스페
인의 상그리아와 비슷하다.

클라레 컵은 19세기 영국에서 크게 유행해 사교 모임에서
즐겨 마셨고, 특히 여름철에 인기가 있었다. 케이크, 샌드위치,
과일과 함께 차, 커피, 클라레 컵을 준비하면 훌륭한 오후의 파
티를 꾸릴 수 있었다. 미국에서도 널리 사랑받았지만, 20세기
에 들어서서 유행이 끝나며 영국에서도, 미국에서도 자취를 감
추었다. 오늘날 영국에서 흔히 마시는 펀치는 클라레 컵의 뒤
를 이은 '핌스 컵Pimm's cup'이다. 핌스 컵은 레드와인 대신 스위
트 베르무트를 베이스로 한다.

19세기에 클라레 컵을 만들 때는 흔히 음료 위에 보리지
borage 꽃을 장식으로 띄웠다. 예쁜 푸른 빛깔과 산뜻한 맛과 향
때문에 와인을 넣은 펀치와 잘 어울려 19세기의 바텐더들에게
사랑받은 꽃이었다. 우울을 날려주는 효과도 있다고 하니
한여름 밤의 꿈같은 데이트에 근심 걱정을 잊게 할
'연밥'으로 손색이 없겠다. 국내에서 보리지 꽃은
다른 식용 꽃에 비해 귀한 편이지만 인터넷을 통
해 구할 수 있으니, 꿈결 같은 고풍스러
운 클라레 컵을 만들고 싶다면 한 번쯤
시도해볼 수 있겠다.

나무딸기 주스
{ Raspberry Cordial }

다이애나는 자기 잔에 주스를 따르고는 그 새빨간 빛깔을 바라보며 감탄하더니, 조심스럽게 한 모금을 마셨다.

"대단히 맛있는 나무딸기 주스네요, 앤. 나무딸기 주스가 이렇게 맛있는 줄은 몰랐어요."

"좋아해주시니 저도 무척 기쁘네요. 마음껏 드세요. 저는 잠깐 부엌에 불 좀 살피고 올게요. 집을 돌보려면 신경 써야 할일이 참 많아요, 그렇죠?"

앤이 부엌에 다녀오니 다이애나는 주스를 두 잔째 마시고 있었다. 한 잔 더 마시라고 권하자 다이애나는 사양하지 않고 또다시 잔에 넘칠 듯 그득히 주스를 따랐다.

_루시 모드 몽고메리, 《빨간 머리 앤》

어른이 하면 괜찮지만 아이가 하면 안 되는 악행이 몇 가지 있다. 이를테면 술, 그리고 섹스. 음주와 섹스는 어른들이 곧잘 하는 일인데도 아이들에게는 철저히 금지되어 있다. 적어도 한국에서는 그렇다. 아이들은 판단력과 자기 통제력이 부족하므로 술과 섹스에 따르는 위험에서 자신을 보호할 능력이 없기 때문이라고 한다. 나는 그런 통념에 전적으로 반대하지는 않는다. 다만 따지고 보면 사기나 절도, 폭언이나 폭행 등이 훨씬 더 부도덕한 일일 텐데도, 아이들이 술을 마시거나 섹스하는 것을 그 무엇보다 타락한 비행 청소년의 지표처럼 여기는 것을 보면 좀 의아하다. 어째서 그렇게들 생각하는 걸까? 어른끼리는 멀쩡히 잘만 하는 행동을 아이들이 따라 하는 건 용서 못 할 악덕으로 치부하는 이유는 무엇일까? 어쩌면 어른들이 자기들의 행동, 그러니까 음주라든지 섹스라든지 하는 것을 스스로 무척 부끄러워해서 그런 건 아닐까. 사실 그와 관련해서는 도무지 판단력과 자기 통제력을 유지하지 못하는 한심한 어른이 너무나 많으니까 말이다.

어른들 사정이야 어찌 됐건, 금지된 것은 금지되어 있다는 이유만으로 아이들에게 강렬한 유혹을 불러일으키는 것 같다. 만약 술이 금지되어 있지 않다면 아이들이 술맛을 그렇게 궁금해할까? 섹스가 금지되어 있지 않다면 아이들이 성에 대해 그렇게까지 큰 호기심을 느낄까? 적어도 '몰래' 그런 것들을 탐하고 싶다는 욕구를 느끼지는 않을 것 같다. 금지된 놀이를 즐기려면 규칙을 은밀히 위반해야 하고, 당연하게도 은밀한 즐거움은 그 속성상 건강할 수도, 정직할 수도 없다. 어른들은 그것을 알기에 더더욱 아이들에게 그 즐거움을 금지하고 싶어하고, 그렇기 때문에 아이들은 더더욱 그 즐거움을 경험하고 싶어하는 악순환이 이어진다.

내가 어렸을 때 접하던 아동용 소설책에는 아이들

이 술이나 성을 탐하는 장면은 거의 나오지 않았다. 아이들이 서로 속이거나 쌈박질하거나 무언가 훔치는 장면은 나와도, 어른들만의 쾌락을 아이들이 탐하는 장면은 암묵적인 금기였던 것이다. 하지만 사실 아이들의 세계에서 어른들의 쾌락을 탐하는 건 빼놓을 수 없는 부분이다. 솔직히 말하자면, 어렸을 때 나와 친구들이 하던 대화나 놀이의 절반 이상은 그런 주제였던 것 같다. 그 정도가 얼마나 심하냐에 따라 우리 사이에서도 '발랑 까진 애'와 '범생이'는 구분했지만, 연애든 화장이든 커피든 맥주든 클럽이든, 그 비슷한 무언가에 막연한 호기심을 느낀 건 다들 비슷했다. 그렇다고 어른들 세계에 끼어서 어른들과 함께 그런 행동을 하고 싶은 것은 아니다. 술 마시는 법을 어른에게서 '배우는' 것만큼 따분한 일도 없다. 어디까지나 우리끼리, 같은 나이대의 친구들끼리 어른들의 향락을 맛보는 것, 그것이야말로 진정한 묘미이다. 그러니 아이들 세계를 제대로 그린 소설이라면 아이들이 그런 은밀한 즐거움을 좇는 장면도 나오는 게 당연하다. 비록 아주 부드럽게 순화한 형태일지라도.

《빨간 머리 앤》은 아름답고 청량한 캐나다의 자연을 배경으로 상상력 풍부한 열한 살 고아 소녀 앤의 일대기를 그린다. 앤은 마릴라 아주머니와 매슈 아저씨 집에 입양되어, 처음으로 자신을 아껴주는 가정과 절친한 친구를 만나고 학교에 다니며 공부를 하고 이웃들과 어울리며 자라난다.《빨간 머리 앤》은 지극히 순수한 소녀의 성장담이고, 소녀가 성장하는 과정에서는 금기와 관련된 일을 겪기 마련이다. 앤도 어김없이 그런 과정을 겪는다. 단짝 친구 다이애나에게 술을 먹여 취하게 한 사건이 바로 그것이다.

앤이 일부러 그런 것은 아니다. 앤은 늘 엉뚱하고 덤벙거리는 탓에 예측 불허의 사고를 치곤 하는데, 이번에도 그런 사고였을 뿐이다. 집에 놀러 온 다이애나에게 나무딸기 주스, 즉 라즈베리 코디얼raspberry cordial을 대접하려다 그만 혼동해서 커런트 와인currant wine을 먹이고 만 것이다.

앤이 충분히 헷갈릴 만도 했다. 라즈베리 코디얼은 라즈베리를 설탕물로 절여 즙을 짜낸 농축액으로, 보통 물이나 탄산수로 희석해서 마시는 진한 액체이다. 그리고 커런트 와인은 까치밥나무 열매라고도 하는 빨간 열매로 빚은 과실주이다. 라즈베리 코디얼과 커런트 와인은 우리나라로 치면 오디즙과 복분자주 정도가 될 것이다. 둘 다 빨갛고 진한 액체이고 향도 새콤달콤하니, 알코올 특유의 맛을 경험한 적이 없는 아이들로서는 구분하기 어려울 수밖에.

내가 읽은 《빨간 머리 앤》 판본에서는 '딸기 주스'와 '포도주'라고 번역되어 있었는데, 사실 딸기 주스와 포도주는 맛도 색깔도 꽤 달라서 앤이 이 두 가지를 헷갈렸다는 게 그다지 마음에 와닿지는 않았다. 나는 앤이 워낙 조심성이 없어서 그랬나 하고 생각했다. 그런데 어른이 되어 딸기 주스와 포도주의 정체를 알고 나니, 앤이 정말 무고했다는 걸 실감할 수 있었다. 애초에 마릴라 아주머니가 앤에게 주스 보관 위치를 잘못 알려줬다는 점을 고려하면 앤이 아무리 신중한 아이였어도 헷갈릴 수밖에 없었을 것이다.

하지만 다이애나의 엄마인 배리 아주머니에게는 그런 변명이 통하지 않았다. 그 아주머니는 앤이 자신의 딸을 인사불성이 되도록 취하게 만들고 술맛에 눈을 뜨게 한 '발랑 까진' 아이라고만 생각했다. 앤은 다이애나 집에 찾아가 눈물을 흘리며 진심으로 사죄하지만, 배리 아주머니는 자신의 딸과 다시는 놀지 말라는 불호령을 내리고 앤을 매몰차게 쫓아낸다. 심지어 마릴라 아주머니가 직접 해명해도 배리 아주머니는 들으려 하지 않는다. 그녀는 한번 미운털이 박힌 아이에게 좀처럼 마음을 풀지 못하는 냉정하고 꽉막힌 사람이다. 결국 앤은 난생처음 만난 소중한 친구와 가슴 아픈 이별을 하고(다행히 나중에는 모든 오해가 풀리지만), 배리 부인은 앤에게 '빼빼 마르고 못생겼다'고 악담한 린드 부인과 더불어 수많은 독자에게 악당 캐릭터로 자리매김한다.

그런데 내가 어른이 되어서 보니 배리 부인 입장이 아주 이해가 안 되는 바는 아니다. 동의할 수는 없어도, 이해는 된다. 이때 앤은 학교에서 같은 반 남자아이를 때려 구설수에 오른 데다, 담임선생님에게 앙심을 품고 학교 출석을 거부하고 있었다. 게다가 고아 출신으로 전통적인 양아버지와 양어머니 밑에서 자라는 것도 아니고 독신 남매 둘이 사는 집에 입양되었다. 배리 부인 같은 보수적인 어른들이 보기에 앤은 '애미 애비도 없는' '근본 없이 자란' '버릇없고 행실 나쁜' 문제아로 보였을 것이다. 이런 아이들은 속마음이 순수해도 이런저런 말썽에 휘말리게 마련이고, 이런 말썽쟁이가 자기 딸과 친하게 지내는 것은 엄마로서 걱정스러운 상황일 수밖에 없었으리라.

반면 다이애나 같은 평범한 소녀들이 보기에 앤은 자유롭고 독특하고 매혹적인 친구였을 것이다. 나를 비롯한 수많은 독자에게 앤이 그렇게 느껴졌듯이 말이다. 나는 그날 앤의 초록 지붕 집에서 열리는 티타임에 초대받았던 다이애나가 어떤 기분이었을까 상상하곤 한다. 나와는 달리 학교에 다니지 않는 아이. 나와는 달리 답답한 부모님 울타리에 갇혀 살지 않는 아이. 나와는 달리 자기를 괴롭히는 남자아이에게 싸움을 걸 줄도 알고, 선생님의 불합리한 처사에 항의할 줄도 아는 용감한 아이. 그런 아이의 집이 모처럼 비었다고 한다. 그 집 어른들은 밤이 되고 나서야 돌아올 테고, 그때까지 그 애 집 안팎 모든 공간과 모든 물건이 우리 차지란다. 무엇을 어떻게 하고 놀아도 누구 하나 간섭할 사람도 없고, 혼낼 사람도 없다. 얼마나 짜릿한 일인가? 얼마나 신나는 일탈인가? 그런 상황에서 동경해 마지않는 친구가 따라준, 투명한 유리잔에 찰랑찰랑하게 차오른 새빨간 술은 또 얼마나 맛있겠는가. 비록 따라준 사람이나 마신 사람이나 술인 줄 몰랐다고는 해도, 그 순간 목구멍을 뜨겁게 태우고 머리를 감싼 달콤한 취기는 다이애나가 난생처음 맛보는 행복한 쾌감이었을 것이다.

《빨간 머리 앤》의 이 에피소드를 보면 내가 십 대 시절 어른들 몰래 친구들과 사소하고도 중대한 일탈을 즐기던 기억이 떠오른다. 어른 없는 집에서 같이 고데기로 머리를 지졌던 기억, 어른 없는 한적한 공원 벤치에서 좋아하는 남자애와 어깨를 맞대고 앉아 있던 기억, 어른 없는 학교 뒷담에서 주민등록증 검사를 하지 않기로 소문난 슈퍼마켓에 술 사러 갈 사람을 정하려고 가위바위보를 하던 기억들. 우리는 앤처럼 천진하지도 않았고, 다이애나처럼 맛있게 술을 마시지도 않았다. 이렇게 쓰고 아린 술을 어른들은 뭐가 좋다고 마시는 걸까 싶으면서도, 소주 맛을 알아야 인생을 안다는 말을 이해라도 하는 것처럼 거드름을 피웠을 뿐이다. 술뿐만이 아니라 무엇이든 대체로 '첫 경험'은 기대에 비해 실망스러웠다. 어른들 몰래 애써 얻어내느라 들인 공에 비하면 별로 재미있지도 않았다. 설령 재미있었다 해도, 그 후폭풍으로 앤과 다이애나처럼 고통스러운 이별을 감당해야 하는 경우도 많았다. 그때의 기억들을 떠올려보면 나는 배리 부인처럼 아이들에게 몰인정하고 편견에 사로잡힌 어른은 되지 말아야겠다는 생각이 든다.

나무딸기 주스

사실 《빨간 머리 앤》에 나무딸기 주스는 나오지 않는다. 다이애나가 마신 건 어디까지나 와인이었으니까. 하지만 석 잔을 마시는 내내 "이 나무딸기 주스는 정말 맛있어요! 이렇게 맛있는 나무딸기 주스는 처음 마셔봐요!"라는 말을 반복하는 바람에, 독자들 뇌리에 그 술 이름이 나무딸기 주스인 것처럼 각인된 것 같다. 만약 나무딸기 주스라는 라벨이 붙은 술이 있다면 술맛이 실제보다 두 배로 더 감미롭게 느껴질 것 같다. 나 같은 사람을 위해 어느 바에서든 이런 이름의 칵테일을 만들어준다면 좋겠다. 아, 물론 다이애나처럼 정말로 속으면 곤란하니까 메뉴에 알코올 음료라는 경고를 꼭 붙여야겠지만.

레몬 젤리
{ Lemon Jelly }

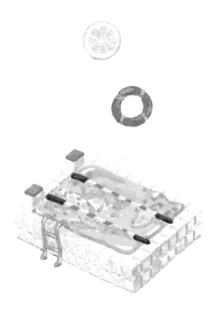

10월 17일, 키다리 아저씨에게.

체육관 수영장을 레몬 젤리로 가득 채우고 그 안에서 헤엄을
치려 한다면, 몸이 과연 뜰까요, 가라앉을까요?

친구들과 디저트로 레몬 젤리를 먹다가 그런 의문에 빠졌어
요. 삼십 분 동안 열띤 토론을 벌였는데도 여태 결론이 안 나
네요. 샐리는 헤엄을 칠 수 있을 거라지만, 저는 세계 최고의
수영 선수라도 틀림없이 가라앉을 거라고 생각해요. 레몬 젤
리에 빠져 죽는다면 우습겠죠?

_진 웹스터, 《키다리 아저씨》

《키다리 아저씨》는 책 전체가 사랑스럽기 그지없지만 그중에서도 가장 사랑스러운 부분을 꼽으라면 나는 망설임 없이 이 부분을 꼽겠다. 주디가 친구들과 후식으로 레몬 젤리를 먹다가, 만약 물 대신 레몬 젤리로 꽉 찬 수영장에 사람이 들어간다면 과연 그 위에 떠서 수영을 할 수 있을까 없을까 하는 주제로 격한 토론을 벌였다는 이야기.

이 이미지는 무척 강렬하게 내 머릿속에 남아 있다. 커다랗고 깨끗하고 채광 좋은 수영장, 그리고 그 안에 들어찬 레몬 빛 투명한 젤리. 물보다 맑고 보석보다 반짝이는 젤리는 햇빛이 고스란히 투과해 수영장 밑바닥까지 선명하게 내려다보일 것이다. 거기에 뛰어들면 마치 보석 바다에 뛰어드는 기분일 테고, 머리까지 젤리에 담근 순간 코와 입으로 달콤하고 상

큼한 냄새와 맛이 밀려들면 레몬 낙원에 들어온 기
분일 것이다. 젤리란 그렇게 낙원의 음식 같은 것이
다. 과일보다도 더욱 순수한 과일 같은. 가장 달콤하
고 아무런 불순물도 없는 신선한 과일 즙만 짜내서,
그 즙을 굳혀 만든 과일의 결정체. 액체도 아니고 고
체도 아닌, 잘 연마된 토파즈처럼 매끄럽게 각이 져
있지만 일단 입 안에 들어오면 부드럽게 녹아내리는
환상적인 질감. 그 안에 온몸을 담그고 수영할 수 있
다면 얼마나 행복할까? 그런데 만약 뜨지 못하고 가
라앉는다면? 글쎄, 그러면 그냥 먹어버리면 되지 않
을까? 다 못 먹으면? 그럼 그냥 죽지 뭐! 레몬 젤리에
휩싸여 그걸 먹다 지쳐 죽는다면 그리 나쁜 죽음은
아닐 것이다……

　물론 이건 상상 속의 일이고, 실제로 그런 실험을
한다면 썩 행복한 경험은 아닐지도 모른다. 하지만
바로 그렇기 때문에 상상을 하는 것이다. 상상 속 레
몬 젤리 수영장은 실제보다도 더 완벽하고, 그 완벽
함을 떠올리면 기분이 좋아지니까.

　'키다리 아저씨' 역시 그런 존재인 것 같다. 상상

속의 완벽한 존재. 그는 고아원에서 천덕꾸러기로 지내던 주디 애벗에게 어느 날 갑자기 엄청난 행운을 안겨준다. 이름도 얼굴도 모르는 정체불명의 부자 후원자인 그는 주디에게 대학에 들어가 작가가 될 수 있게 지원해주고, 대학 등록금과 기숙사비에 용돈까지 후하게 내주겠다고 한다. 그런 행운의 대가로 주디가 해야 하는 일은 간단하다. 후원자에게 매달 감사 편지를 쓰는 것. 그는 주디에게 답장을 쓰지 않을 테지만, 주디 쪽에서는 글쓰기 연습 삼아서라도 꼬박꼬박 편지를 써야 한다.

이보다 완벽한 후원자가 있을까? 돈을 주고, 내가 좋아하는 일을 할 수 있게 도와주고, 내가 잘 지낼 수 있게 지켜주지만, 절대로 내 앞에 모습을 드러내지도 않고 이래라저래라 간섭하지도 않고 심지어 말을 걸지도 않는 사람이라니!

우리는 누군가 능력 있는 사람이 짠 하고 나타나 우리가 처한 어려움을 해결해주기를 바라지만, 세상에 공짜는 없다는 말처럼, 은혜를 베풀어준 사람과의 관계에서는 항상 그만큼의 불편함이 따른다. 그 사람에게 너무 큰 빚을 졌다는 심리적 부담감 때문에 껄끄러워지기도 하고, 심지어 그 사람이 미워지기도 한다. 게다가 주디처럼 삶 전체를 누군가의 도움에 의탁하면 그 사람 말을 거역하기가 어려워진다는 것도 문제이다. 자칫하다간 이른바 '갑질'에 시달릴 수 있는 것이다. 연인 관계에서도 마찬가지이다. 신데렐라를 가난과 학대에서 구해준 백마 탄 왕자님은 상상 속에서는 완벽하지만, 현실에서는 그리 달갑지만은 않을 것이다. 그는 그녀를 구해준 대가로 잠자리를 청할 것이고, 그 다음에는 밥을 차려달라거나 애를 낳아달라거나 시집살이를 요구할 테니까. 우리를 도와준 사람을 사랑하기란 생각보다 쉽지 않다. 더구나 도움을 줬다고 해서 좋은 사람이라는 보장도 없기에 더욱 위험할 수 있다.

그러나 키다리 아저씨는 얼마든지 사랑할 수 있다. 그가 우리 눈앞에 나타나지 않으니까. 주디는 그의 나이도, 외모도, 성격도, 이름조차도 모른 채로 편지를 한 통씩 써나간다. 자신의 삶을 지켜봐주고 응원해주는 어떤 상상 속 수호천사 같은 친구에게 수다를 떨듯이. 하지만 그 사람이 가상의 존재가 아닌 현실에서 돈을 보내주는 살아 있는 남성이라는 사실을 주디도, 그걸 읽는 우리도 모두 알고 있다. 바로 여기에서 로맨틱한 긴장이 발생한다. 이로써 문학 역사상 가장 낭만적인 연애편지 소설이라 할 만한 책이 탄생한 것이다. 《키다리 아저씨》에서 소녀는 대학 수업을 듣고 책을 읽고 글을 쓰며 작가로서의 미래를 꿈꾼다. 친구들과 어울리며 말썽을 피우고 요리를 하고 농장에서 방학을 보내며, 자유롭고 생기 넘치는 대학생의 일상을 마음껏 펼치고 또 마음껏 이야기한다. 그리고 그 소녀를 사랑하는 남자는 그녀가 그 모든 것을 할 수 있게 '뒤에서' 도와주면서 그녀의 이야기를 묵묵히 '들어'주기까지 한다. 그야말로 상상 속 레몬 젤리 같은 완벽한 남자가 아닌가!

물론 키다리 아저씨가 끝까지 그녀의 등 뒤에만 머무르지는 않는다. 주디의 매력에 굴복한 그는 결국 내성적인 은둔 생활을 깨고 그녀 앞에 나서서 정체를 밝히고야 만다. 주디는 그가 전부터 자신이 좋아해왔던 남자였음을 깨닫고, 둘 사이는 해피 엔딩으로 막을 내린다. 하지만 나는 정체를 밝힌 남자보다는 수수께끼의 키다리 아저씨를 훨씬 더 사랑한다. 그가 수수께끼로 남아 있는 동안에만 주디의 사랑스러운 편지를 읽을 수 있었으니까 말이다.

레몬 젤리

그래서, 과연 레몬 젤리 위에 사람이 뜰 수 있을까? 젤리 밀도가 사람 밀도보다 높으면 가능하다고 한다. 평균적으로 인체의 밀도는 물과 비슷한 세제곱센티미터당 1그램 정도이다. 보통 사람 몸은 물보다 밀도가 약간 낮고, 숨을 들이쉬면 몸 부피가 늘어나 밀도가 더욱 줄어들기 때문에 수면 위에 뜰 수 있다. 그러면 젤리는? 미국 슈퍼마켓에서 쉽게 구할 수 있는 컵 젤리인 '프루젤' 밀도는 세제곱센티미터당 0.16그램이라고 한다. 그러니 주디의 예측대로 아무리 수영을 잘하는 선수라도 가라앉을 수밖에 없겠다. 하지만 젤리를 더 뻑뻑하게 만든다면 가능할지도 모른다.

먹는 젤리는 아니지만, 입욕제형 '액체 괴물'이 시중에 나와 있으니 욕조 안의 목욕물을 젤리 형태로 바꿔볼 수는 있다. 또한 레몬 향이 나는 젤리형 샤워 젤 같은 것도 있으니, 목욕할 때 이런 것들로 '키다리 아저씨 놀이'를 해볼 수도 있겠다.

월귤

{ Lingonberry }

순식간에 월귤나무 숲에 다다른 호호 아줌마는 양동이를 수풀 밑에 내려놓았습니다. 그리고 앞치마 주머니에서 찻잔을 꺼내들고는 월귤을 따서 찻잔에 담기 시작했어요.

찻잔에 월귤이 꽉 차면 양동이에 쏟아붓고, 빈 잔에 다시 월귤을 담아 모았습니다. 그런 다음 또 붓고, 또 붓고…… 그렇게 양동이는 월귤로 수북이 채워졌고, 어느새 한 잔만 더 부으면 양동이가 꽉 찰 정도가 되었습니다. 그런데 아뿔사, 마지막 월귤 한 알을 딴 순간 호호 아줌마가 찻숟가락만큼 작아지고 말았어요!

_알프 프로이센,《호호 아줌마가 작아졌어요》

서양 소설을 우리말로 번역하다 보면 과일이나 채소 이름 번역이 너무나 어려울 때가 있다. 식물이야 학명이 통일되어 있으니 그대로 옮기면 된다고 생각할 수도 있다. 하지만 소설책이 과학책도 아니고, 우리가 사과나 포도, 딸기를 부르듯이 소설 속 등장인물이 일상적으로 부르는 친근한 과일 이름을 어렵고 낯선 단어로 옮길 수야 없는 노릇이다. 소설 장면들의 분위기와 맥락까지도 독자에게 잘 전달하는 것이 번역가의 일이니까. 그런데 미국이나 유럽에서는 흔해도 우리나라에는 흔치 않은 과일의 경우 부를 말이 마땅치 않을 때가 있다. 예컨대 각종 베리류, 즉 크랜베리, 블루베리, 링곤베리, 블랙베리, 라즈베리, 구스베리처럼.

　물론 한국어로 번역할 것 없이 그냥 링곤베리나

구스베리라고 번역하면 간편하기야 하다. 하지만 그런 식으로 쉽게 가다 보면 책에 한국어는 토씨만 남고 온통 영어 표현이 가득한 '보그체'가 펼쳐질 것이다("우리는 링곤베리를 따 모은 바스켓을 들고 코티지에 들어가서 런치를 즐겼어요" 같은 문장으로 가득한 책을 상상해보길). 그런 사태를 막으려고 안간힘을 쓰는 것도 번역가의 일이고, 이 일에는 정답이 없기에 더욱 어렵다.

북유럽의 숲, 영국의 황야, 미국의 농장 등이 배경으로 나오는 번역서를 보다 보면 '월귤越橘'이라는 과일이 자주 나온다. 손필드 저택에서 도망쳐 나온 제인 에어는 돈 한 푼 없이 낯선 지역에서 방황하다가 '히스 수풀' 사이에 '검은 옥구슬들'처럼 반짝이는 '월귤나무 열매'를 따 먹는다.《폭풍의 언덕》에서 캐서린의 딸은 풀밭에서 린턴과 대화를 나누다 심심해지자 월귤을 따 모아서 유모에게 나눠주며 손장난을 친다.《바람과 함께 사라지다》의 신사 숙녀 들은 말린 월귤에 사탕수수 엿물로 단맛을 낸 후식을 즐기고,《초원의 집》에서는 월귤로 파이를 굽거나 거위 구이에 발라 먹을 젤리를 만들고, '호호 아줌마'는 남편이 팬케이크에 발라 먹을 잼을 만들려고 숲에서 월귤을 따서 양동이에 담는다. 호호 아줌마의 월귤 에피소드는 특히나 강렬하다. 그녀는 월귤을 따서 찻잔에 담다가 찻잔이 꽉 차면 그걸 양동이에 쏟아 붓는 식으로 채집을 한다. 그러던 중 몸이 찻숟가락만큼 작아져서 기껏 따 모은 월귤을 집으로 가져갈 수 없었지만, 특유의 지혜와 재치로 여우, 늑대, 곰의 도움을 받아 무사히 양동이를 들고 집으로 돌아간다는 이야기이다.

그런데 도대체 이 월귤이라는 게 무엇일까? 어렸을 때 나는 월귤이라는 이름에 '귤'이 들어가므로 귤과 비슷한 과일일 거라고 상상했다. 맛도 새콤하다고 하니 분명 금귤 같은 것이라고 생각했다. 이런 오해를 한 독자가 나만은 아닐 것이다.

하지만 사실 월귤은 링곤베리를 뜻한다. 링곤베리는 키 작은 나무에 맺히는 빨갛고 조그마한 열매이다. 귤하고는 전혀 다르고 차라리 블루베리에 가깝다. 사실 블루베리와 링곤베리, 그리고 크랜베리는 모두 산앵두나무속vaccinium에 속하는 나무 열매들로 비슷비슷하게 생겼다. 색깔이 빨갛거나 파랗거나, 신맛과 떫은맛이 더하거나 덜하거나의 차이가 있을 뿐이다. 이 열매들은 북유럽 지역에서 흔히 자생하는데 맛도 좋아서 노르웨이, 핀란드, 스웨덴 등지에서 이를 활용한 레시피가 많이 전래된다. 특히 링곤베리로는 잼을 만들어 팬케이크나 미트볼, 순록 고기, 엘크 고기에 곁들여 먹기도 하고, 시럽이나 주스로 만들기도 한다. 비타민과 항산화 물질이 풍부해서 건강식품과 다이어트 식품으로 각광받으며 최근에 한국에서도 인기를 모으고 있다. 특히 '이케아' 가구점이 들어오면서 이케아의 링곤베리 잼이 덩달아 유명해졌는데, 이런 이야기는 너무 광고 같으니까 이쯤 해두겠다.

문제는 월귤이 우리나라에서는 거의 잊혔다는 것이다. 월귤은 한국에서도 자생하고 어엿한 한국어 이름도 있지만, 복분자나 오미자, 오디, 산딸기 같은 여타 열매들에 비해 오늘날 실생활에서는 거의 활용하지 않는다. 그래서 월귤이라는 단어 자체도 거의 사

어死語가 되었다. 링곤베리라는 수입 단어보다 월귤
이라는 국산 단어가 오히려 더 낯설게 들린다.

　게다가 블루베리나 크랜베리 같은 열매들은 아예
이렇다 할 번역어가 따로 없어서 혼란이 더욱 가중된
다. 영한사전 편찬자들은 블루베리나 크랜베리의 한
국어 뜻풀이를 '월귤의 일종'이라든지 '월귤의 사촌'
이라고 기재하고, 그걸 본 번역가들이 책에다 블루베
리나 크랜베리를 '월귤'이라고 뭉뚱그려 표기하는 경
우가 많다. 결과적으로 한국어 번역서에 월귤이 나오
면 그게 원문에서 링곤베리인지, 블루베리인지, 크랜
베리인지 알 수가 없다. 엄연히 색깔도, 맛도 다를 뿐
만 아니라 우리에게도 잘 알려진 과일들이 책 속에서
'월귤'이라는 신비로운 단어를 입고 우리가 전혀 모
르는 과일인 것처럼 등장하니 어처구니가 없는 일이
다. 외국 문물이 우리나라에 들어오는 속도보다 번역
어가 생기는 속도가 더뎌서 생기는 우스꽝스러운 현
상이라 하겠다.

　그래서 나는 번역서를 읽다가 월귤이라는 단어가
나오면 이게 대체 무슨 과일일까 고민한다. 원문을

확인하지 않고는 그게 정확히 무슨 열매인지 알 수 없다. 가령 '호호 아줌마'가 팬케이크에 바를 잼을 만들려고 숲에서 딴 월귤의 정체는 블루베리이다. 나는 배경이 북유럽이니까 당연히 이케아에서 자주 보던 링곤베리일 줄 알았는데, 이 글을 쓰려고 원문을 확인하니 블루베리였다. 더 정확히 말하자면 유럽 블루베리로, 우리에게 익숙한 미국산 블루베리와는 조금 다르다. 빌베리bilberry라고도 부르는데, 이 역시 혼란을 가중시키는 것 같다(헷갈리지요? 저도 헷갈립니다).

"아, 이렇게 헷갈리게 하지 말고 그냥 크랜베리, 블루베리, 링곤베리, 블랙베리, 라즈베리, 구스베리라고 쓰란 말이야!" 하고 소리치고 싶다. 그런데 정말 그래도 될까? 적절한 번역어를 고민하지 않는 것은 번역가로서 직무 태만이 아닐까? 애초에 이런 혼란이 빚어진 원인도 나 같은 번역가들이 번역어를 정립하는데 소홀한 탓이라고 생각하면 고민은 더욱 깊어진다.

월귤

사전적으로는 링곤베리lingonberry를 뜻하는 단어이지만, 한국어로 번역된 책에서는 흔히 링곤베리를 비롯한 진달랫과ericaceae 산앵두나무속에 속하는 나무들의 열매를 아울러 지칭하는 말로 쓰인다. 블루베리, 크랜베리, 빌베리, 링곤베리, 허클베리 등이 여기에 속한다. 이 분류에 속하는 한국 토종 베리도 있는데, '산앵두나무vaccinium koreanum'가 그것이다. 책을 읽다가 월귤이라는 단어가 나오면 색깔이 빨갛거나 푸르스름한 베리류이겠거니 생각하면 맞을 것이다.

라임 오렌지

{ Laranja Lima }

"설마 네 라임 오렌지나무를 잊은 건 아니지? 밍기뉴라던 녀석 말이야. 또⋯⋯."

"슈르르까요."

"그래."

"이제는 달라요, 뽀르뚜가. 슈르르까는 꽃도 피울 줄 모르는 단순한 오렌지나무일 뿐이에요⋯⋯. 사실이 그렇잖아요. 하지만 아저씨는 아니에요. 내 친구죠. 그래서 제가 우리 차 타고 드라이브하자고 한 거예요. 이 차는 곧 아저씨만의 차가 될 거예요. 저는 작별 인사를 하러 온 거니까요."

_ J. M. 바스콘셀로스, 《나의 라임 오렌지나무》

문학평론가 고故 황현산 선생이 작고하기 몇 해 전
트위터에 《나의 라임 오렌지나무》에 나오는 뽀르뚜
가는 제제의 상상 속 인물이라는 글을 올린 적이 있
다. 그 말은 트위터에서 꽤 큰 파장을 몰고 왔다. 많
은 사람이 깜짝 놀랐고, 도저히 인정할 수 없다며 화
를 내는 사람도 적지 않았다. 어떤 책이든 그렇겠지
만, 특히 어린 시절에 읽은 책은 우리에게 나름의 소
중하고 개인적인 의미를 남기는 것 같다. 그 의미를
정면으로 부정하는 해석을 보면 화가 나기도 한다.

선생의 말에 충격을 받은 것은 나도 마찬가지였다.
인정하고 싶지 않은 마음도 들었다. 그런데 책을 다
시 읽어보니 그 말이 옳다는 것을 알아차리지 않을
수 없었다.

제제는 가정 폭력의 희생자이다. 불과 다섯 살밖에

되지 않는 작은 몸으로 아버지, 형, 누나에게 일상적으로 구타를 당한다. 아동 학대가 끔찍한 이유 중 하나는 아이에게 방어할 능력이 전혀 없으며 가해자는 그 사실을 알고 학대한다는 것이다. 아이들은 물리적 측면에서만이 아니라 정신적으로도 무방비하다. 그래서 너는 못된 아이라고, 네 몸속에 악마가 들어 있다고, 너는 맞아도 싼 쓰레기라고 하는 말을 들으면 정말로 그런 줄 안다. 자신은 사랑받을 가치가 없고, 어른들을 괴롭히는 나쁜 아이이고, 어른들 사정을 이해해야 한다고 믿는다. 그래서 이런 아이들은 으레 어른들의 고달픈 생활과 슬픔을 헤아리려고 노력하고 어른들이나 할 법한 걱정을 하곤 한다. 그리고 어른들은 그런 아이를 두고 조숙하다고 말한다. 칭찬이라도 하는 것처럼.

하지만 아이가 아무리 조숙해지려고 애써도 가해자들은 온갖 구실로 아이를 때릴 것이다. 아무리 사랑받으려고 노력해도 사랑은 돌아오지 않을 것이다. 더구나 제제처럼 아버지를 필두로 그 손위 형제들이 조직적인 폭력을 휘두르는 경우에는, 이 집에서, 나아가 이 세상에서 자신이 보호받을 곳은 어디에도 없다는 절박감에 휩싸이게 마련이다. 그들은 제제를 정말로 죽일 것처럼 때린다. 그 공포와 고통은 아이가 감당할 수 있는 수준이 아니다. 그렇기 때문에 환상이 필요해진다.

제제가 맨 처음 만든 환상은 가슴속에 사는 새이다. 아버지가 실직하고 생활이 어려워지면서 식구들은 제제를 때리기 시작한다. 그러자 제제는 마음속으로 노래를 부르는 연습을 하면서 위안을 삼고, 자기 안에 새 한 마리가 깃들어 있어서 그 새가 노래하는 거라고 상상한다. 그러다 가족과 새 집으로 이사를 간 제제는 뒤뜰에 있는 라임 오렌지나무가 자신에게 말을 건다는 상상에 사로잡힌다. 누나와 형들이 뒤뜰의 나무 중에서 멋진 나무를 죄다 차지하는 동안 언제나처럼 손위 형제들보다 뒤처진 제제는 조그맣고 별 볼 일 없는 라임 오렌지나무 한 그루밖에 가질 수 없다. 그래서 처음에는 화가 났지만 이내 그 나무가 오로지 자신하고만 대화를 나눌 수 있는 특별한 마법의 나무라는 환상에 빠지면서 자신이 가진 것에 만족한다.

　이렇듯 제제는 자신이 처한 괴로운 현실을 견디기 위해 환상을 품는다. 가슴속의 새가 있으면 욕을 먹어도 견딜 수 있다. 자신만의 라임 오렌지나무가 있으니 아버지에게 벌을 받아 매를 맞고 무서운 집 안에 갇히더라도 견딜 수 있다. 제제의 마음을 알아주고, 제제를 걱정해주고, 제제와 같은 꿈을 꾸는 친구가 늘 곁에 있으니까. 제제는 그 친구에게 밍기뉴라는 이름을 붙이고 애지중지한다.

　하지만 학대가 점점 더 심해지면서 제제에게는 더 큰 환상이 필요해진다. 유리 파편이 발에 깊이 박혀 피가 멈추지 않는데, 어른들에게 보였다가는 또 말썽을 부렸다고 호되게 맞을 것 같아서 제제는 그냥 등굣길에 나선다. 상처보다도 가족의 구타가 더 두려워서 제제는 소리 내어 울지도 못하고 억지로 고통을 참는다. 이럴 때에는 밍기뉴도 도움이 되지 않는다. 이런 순간에 필요한 존재는 제제를 구해주고, 지켜주고, 병원이나 학교에 데려가주거나 학교에 가지 않고 쉬어도 된다고 허락해줄 수 있는 아버지 같은 존재이다. 진짜 아버지보다 더 아버지 같은 사람. 그래서 제제는 뽀르뚜가라는 어른 남자를 상상해낸다.

제제의 환상은 너무나 아름답고 완벽하다. 어린 시절 이 책을 읽으면서 나는 제제와 마찬가지로 뽀르뚜가를 사랑했다. 사랑하지 않을 수 없었다. 강하고 돈 많은 어른. 나를 따뜻하게 달래주고, 맛있는 것을 사주고, 커피에 빵을 적셔 먹는 법을 알려주고, 영화관에 데려가주고, 내가 얼마나 착하고 똑똑한 아이인지 알아주고, 친구처럼 대해주고, 아낌없이 사랑해주는 어른. 이런 어른이 곁에 있으면 세상을 비관하지 않을 수 있다. 만약 아버지가 징 박힌 혁대로 제제를 기절할 때까지 때린다 해도, 뽀르뚜가가 있다면 내일을 기대하고 누군가를 사랑하는 힘을 잃지 않을 수 있을 것이다. 자신을 학대하는 가족을 더는 사랑할 수 없더라도, 뽀르뚜가라는 진짜 아버지가 있다고 생각하면 그들과 함께 사는 생활을 견딜 수는 있을 것이다. 뽀르뚜가가 그들과 함께 살라고 말해준다면 말이다. 제제는 훗날 뽀르뚜가와 함께 포르투갈의 아름다운 뜨라스 우스 몬테스 지역으로 떠날 거라고 상상하며,

그 미래를 위해 돈을 모으는 동안 지금의 힘겨운 현실을 버텨야 한다고 생각한다. 지금 당장은 뽀르뚜가가 자신을 구해줄 수 없으니까.

왜 지금 당장은 구해줄 수 없을까? 뽀르뚜가가 환상이기 때문이다. 환상 속 사람이기에 그는 제제의 집에 찾아올 수도 없고 제제를 데려갈 수도 없다. 그래서 제제는 뽀르뚜가가 자신의 현실에 영향을 미치지 못하는 온갖 이유를 생각한다. 뽀르뚜가와의 우정을 둘만의 비밀로 지키고 싶어서, 그와의 오붓한 관계에 다른 아이들이 끼어드는 게 싫어서, 뽀르뚜가가 제제를 입양하는 것은 "옳은 일이 아니기 때문에".

제제뿐만이 아니라 사람은 누구든 감당할 수 없는 고통스러운 현실에 직면하면 그 현실을 견디기 위한 환상을 품는다. 물론 정도의 차이는 있다. 가령 애인이 바람을 피웠다는 것을 알았을 때, 그 애인과 헤어지는 아픔을 차마 감당할 수 없어서 그 바람기가 언젠가는 잦아들 거라고 애써 생각하는 것도 일종의 환상이다. 또는 어머니가 돌아가셔서 너무나 마음이 아픈 나머지 어머니를 떠나보낼 수 없을 때, 어머니 유령이 집에 찾아온 환각을 보는 것 역시도 환상이다. 고통이 크면 클수록 환상은 더욱 생생하고 정교해지곤 한다. 너무나 생생하고 정교해서 그 환상을 깨뜨리는 것이 현실 자체만큼이나 고통스러울 정도로.

하지만 환상은 결국엔 깨지기 마련이다. 다행히도 현실의 문제들이 해결되어서 더는 환상이 필요 없는 경우도 있다. 하지만 현실의 힘이 너무 세서 환상을 부숴버리는 경우가 더 많은 것 같다. 도로 확장 공사로 라임 오렌지나무가 베이는 것을 제제의 환상으로는 막을 수 없는 것이다.

제제는 뽀르뚜가에 대한 환상을 잃고 나서 무시무시한 열병에 시달린다. 거의 죽을 지경으로 아파하며 뽀르뚜가를 되돌려달라고 외치는 모습은 너무나 안타깝고 슬퍼서 몇 번이고 다시 읽어도 눈물이 난다. 사람들은 아이가 환상을 잃는 과정을 철이 드는 과정이라고 한다. 환상에서 벗어나면서 비로소 어른이 되어간다고 한다. 맞는 말이다. 그런데 그건 현실에서 도피하던 아이가 도피 행각을 그만두고 현실을 긍정한다는 뜻이 아니다. 오히려 환상은 우리가 어떻게든 현실에 머물러 있기 위한 절박한 방법이다. 그 방법을 잃어버리면 우리는 더 이상 현실을 긍정할 수 없다. 현실에서 긍정할 요소가 아무것도 없음을, 처음부터 그런 건 있지도 않았다는 사실을 깨닫는 것이다.

《나의 라임 오렌지나무》의 후반부가 그토록 가슴 아픈 것은 그런 이유 때문일 것이다. 제제가 상상 속 아버지인 뽀르뚜가를 잃었다고 해서 진짜 아버지를 용서하고 사랑하게 되는 것이 아니다. 환상이 무너졌어도 여전히 제제에게 진짜 아버지는 오로지 뽀르뚜가뿐이다. 다만 확실한 것은 제제가 사랑하고 신뢰할 수 있는 아버지라는 존재는 이제 이 세상에 없다는 것, 현실의 아버지가 이제 와서 아무리 눈물을 흘리며 제제에게 미안해해도 제제가 받은 상처는 다시 돌이킬 수 없고, 때는 이미 너무 늦었다는 사실이다. 마지막에 제제는 현실의 아버지를 향해 마음속으로 비정한 생각을 한다. "저 사람은 어째서 나를 무릎에 앉힌 거지? 저 사람은 우리 아빠가 아니야. 우리 아빠는 죽었어." 그리고 1990년대 한국에 나온 어린이용

《나의 라임 오렌지나무》해적판들은 제제의 이런 솔직한 생각들이나 제제가 당한 적나라한 폭력들을 삭제하고 순화해서 출간했다. 어른들은 제제의 상상 속 세계만을 강조하고, 사랑스러운 동심을 운운하며 "더 이상 말썽을 피우지 않는 철든 아이가 되었다"고 했다. 제제의 가족들이 온몸이 멍투성이가 되도록 제제를 때려놓고 "별로 좋은 일이 아니라는" 이유로 병원에 데려가지도 않고 쉬쉬하며 숨겼듯이, 한국의 어른들도 어린이 독자들에게 보기 좋은 부분만 보여주고 불편한 부분은 숨겼던 셈이다.

삭막한 현실을 받아들인 제제에게 남은 것은 환상 속 밍기뉴와 뽀르뚜가가 가르쳐준 사랑의 기억이다. 이 책의 마지막 장에서 "나의 사랑하는 뽀르뚜가, 제게 사랑을 가르쳐주신 분은 바로 당신이었습니다"라고 고백하는 마흔여덟 살의 제제는 무자비한 학대와 폭력으로 얼룩진 유년 시절에도 불구하고 사랑할 줄 아는 어른으로 자란 것 같다. 그건 제제가 품었던 환상 속 사랑 덕분이었을 것이다. 즉, 그런 상황에서도 자기 마음속의 사랑을 지키고자 한 아이의 선량하고도 강인한 희망 덕분이었다.

우리는 그 희망이 우리 안에서 언제까지고 지속하기를 바란다. 뽀르뚜가가 진짜라고 믿고 싶은 우리의 마음을 이 책의 저자인 바스콘셀로스는 너무나 잘 알고 있었을 것이다. 《나의 라임 오렌지나무》는 그의 유년 시절을 바탕으로 쓴 자전소설이니까. 그래서인지 저자는 우리 같은 독자들의 환상을 지켜주려고 노력하는 듯, 뽀르뚜가가 환상이라는 단언은 끝내 하지 않는다. 제제가 동생 루이스의 환상을 지켜주려고 노력하듯이.

라임 오렌지

오렌지의 일종이다. '라임lime, 포르투갈어로 lima'이라는 말이 들어가서 라임처럼 시고 떫은맛이 강한 오렌지일 것 같지만, 오히려 달콤한 오렌지를 뜻한다. 브라질에서는 매우 다양한 품종의 오렌지를 재배하고 유통하는데, 라임 오렌지는 그중에서 가장 신맛이 적은 편이고 즙이 많고 부드러워서 아기에게 먹이기에 적합하지만, 요리 재료로 활용하기는 어렵다고 한다. 제제의 라임 오렌지나무인 밍기뉴는 작고 어린 나무이지만 나중에 자라서 꽃을 피운다. 제제는 이 꽃을 보고 "밍기뉴도 현실과 고통의 세계로 들어서고 있다"고 말한다. 그 고통의 결실인 라임 오렌지가 열리는 장면은 끝내 나오지 않는다.

버터밀크

{ Buttermilk }

"허!" 그가 외쳤다. "이럴 수가! 아가씨도 어린애가 맞는 모
양이로구먼! 그 몸속에도 시큼한 버터밀크가 아니라 아이의
피가 흐르고 있었던 게야. 아무리 봐도 두 뺨이 벌개지도록
줄넘기를 한 게 틀림없는데. 거 참 믿을 수가 없구먼."

"줄넘기는 처음 해봐요." 메리가 말했다. "이제 막 시작한 거
예요. 스무 개까지밖에 못 해요."

프랜시스 호지슨 버넷, 《비밀의 화원》

어른이 되어 《비밀의 화원》을 다시 읽으며 새삼 놀란
점이 있다. 주인공인 메리 레녹스가 아동 학대의 피
해자라는 사실이다. 메리는 부유한 집안에서 태어났
지만, 아버지와 어머니 어느 쪽의 사랑도 받지 못한
채 방치되어 자랐다. 아버지는 바쁘고 딸에게는 일말
의 관심도 없어서 아예 없는 존재나 마찬가지이다.
어머니는 딸을 싫어해서 최대한 떼어놓고 싶어한다.
메리는 날 때부터 병약했기에 보통 아이보다 더 많
은 관심과 돌봄이 필요할 텐데도, 어머니는 바로 그
이유 때문에 더더욱 딸을 귀찮아한다. 그래서 시름시
름 앓는 메리의 뒤치다꺼리는 전적으로 유모와 하인
들 몫이다. 하지만 그들이 하는 일은 메리가 마님 눈
과 귀에 걸리적거리지 않도록 어르는 것뿐이다. 가정
교사들도 메리를 포기하고 외면한다. 이 아이의 건강

과 양육을 진정으로 책임지는 어른은 단 한 명도 없는 셈이다. 심지어는 콜레라가 돌아서 식솔들이 속수무책으로 죽어나가는 상황에서도 아이의 생명을 신경 쓰는 사람은 아무도 없다. 메리 레녹스는 위험천만한 세상에 홀로 남겨진 외톨이이다. 자신이 얼마나큰 위험에 빠졌는지 알지도 못한 채, 뱀 한 마리를 벗삼아 대화하는 장면을 보면 너무 불쌍해서 눈물이 찔끔 난다.

그런데 어린 시절 처음 이 책을 읽었을 때 나는 메리가 학대받는 걸 인지하지 못했다. 불쌍하다고도 생각하지 않았다. 그건 우선 메리의 고약한 성격 때문이었을 것이다. 메리가 툭 하면 짜증 내고, 혼자 씩씩거리며 욕을 뇌까리고, 뭐든지 멋대로 하려 들고, 다른 아이들에게 심술 부리는 걸 보면서, 나도 저런 애하고는 친구가 되기 싫겠다고만 생각했다. 저렇게 못되게 구니까 미움받는 게 당연하다고까지 여겼던 것 같다. 하지만 내가 메리를 동정할 수 없었던 가장 궁극적인 이유는, 그 애의 비뚤어진 심보가 슬픔에서 나온다는 것을 이해하지 못했기 때문이다. 나는 그

때 나 자신의 슬픔도 이해하지 못하는 어린아이였으니까.

메리 역시 자신의 슬픔을 이해하지 못했다. 그 나이에는 자신이 처한 상황을 객관적으로 보지 못하기 마련이다. 전염병이 얼마나 무서운지, 어린 나이에 세상에 혼자 남는 것이 얼마나 위태로운지, 어른들이 이런 식으로 아이를 방치하는 것이 얼마나 부당한 처사인지도 모른다. 그저 이유도 모른 채 화가 나고, 무엇이 무서운지도 모르면서 두려워하고, 자신이 느끼는 감정이 외로움이라는 것도 모른 채 그 외로움과 두려움, 분노에서 자신을 보호하려고 혼자만의 세상에 골몰할 뿐이다. 사람들이 '이기적'이라고 하는 메리의 성격, 어딜 가나 못생겼다고 흠 잡히는 얼굴 표정, "몸속에 피 대신 버터밀크가 흐르는" 것처럼 보이는 태도는 그런 아픔과 외로움에서 나온 것이다.

그런데 잠깐, 버터밀크라고?

어릴 적 내게 버터밀크의 정체는 메리가 찾는 비밀의 화원만큼이나 심오하고 중대한 미스터리였다. 도대체 버터밀크가 무엇이기에 책 속 아이들이 그토록 맛있게 꿀꺽꿀꺽 들이마시는지 알 수가 없었다. '버터밀크'라는 단어만 보면 버터 맛이 나는 고소하고 달콤한 우유가 연상되었다. 그런데 그렇게 맛있는 것이라면, 어째서 정원사 벤 할아버지는 메리를 두고 몸속에 버터밀크가 흐르는 것 같다는 말을 비난조로 한 것일까?

그 해답은 '시큼함'에 있었다. 버터밀크는 버터를 만들고 난 뒤 남은 액체를 말한다. (나처럼 버터 맛 우유를 상상했던 아이들에게는 참 실망스러운 일이지만) 버터가 녹아 있는 우유가 아니라 버터를 분리하고 남은 우유이고, 발효 크림으로 만드는 경우가 많아서 톡 쏘는 냄새와 시큼한 맛이 특징이다. 그런데 영어로 '시큼하다sour'라는 말에는 '뚱하다' '심술궂다'라는 뜻도 있다. 그러니 메리 몸에 피 대신 버터밀크가 흐른다는 말은 메리가 그만큼 뚱하고 심술궂은 성격이라는 뜻이다.

하지만 버터밀크가 정확히 뭔지 몰랐던 나는 벤 할아버지의 표현이 딱히 나쁜 말로 들리지 않았다. 버터밀크를 몸속에 지닌 것처럼 보이는 아이라는 표현을 재미있게 느꼈을 뿐이다. 그러고 보면 나는 메리를 동정하지 않았고, 좋아하지도 않았지만, 여느 책에 나오는 착한 주인공 아이들에게서 느껴본 적 없는 묘한 친근감을 느꼈던 것 같다. 보통 동화책에 나오는 착하고 용감한 아이들은 비록 말썽꾸러기일지언정 심성은 고와서 사람들의 호감을 얻곤 한다. 하지만 그들은 멋지기는 해도 나와는 거리가 먼 비현실적인 캐릭터 같았다. 반면 메리는 나와 훨씬 가까운 존재인 듯했다. 어쩌면 그때 내가 메리에게서 느꼈던 막연한 불편함과 반감은, 나 자신에게서 보기 싫은 모습을 그 애에게서 발견했기 때문인지도 모른다. 나는 그 애처럼 슬픔을 지나치게 노골적으로 드러내고 그 때문에 사람들의 미움을 받고 싶지는 않았으니까.

하지만 메리는 점차 그 슬픔을 털어내는 법을 배운다. 그건 자신처럼 외롭게 방치된 비밀의 화원과 자신처럼 아픔을 혼자 견디던 사촌을 제 손으로 돌보기 시작하면서였다. 메리는 새 친구들과 황폐해진 정원을 아름답게 가꾸는 프로젝트에 돌입하는 한편, 사촌의 병을 낫게 해주려 애쓰면서 열심히 운동하고 음식을 먹는다. 그 과정에서 자신도 점차 행복과 건강을 찾는다.

어른들은 《비밀의 화원》 줄거리를 못된 아이가 이런저런 일들을 거쳐 착해지는 이야기라고 요약하곤 한다. 하지만 그건 애들이 말을 잘 듣기를 바라는 이기적인 어른들의 희망 사항이 아닐까 싶다. 내가 보기에 이 책은 슬펐던 아이가 친구들과 힘을 합쳐 마침내 행복해지는 이야기이다.

버터밀크

버터 만드는 기계인 교유기로 생크림을 휘저어서 버터를 만들면 그 과정에서 흰 액체가 생기는데, 이 액체를 버터밀크라고 한다. 이 버터밀크 자체는 시큼하지 않다. 로라 잉걸스 와일더의 《초원의 집》에서 로라와 메리의 어머니가 당근을 갈아 넣어 황금빛 색깔을 입힌 버터를 만들고 남은 버터밀크를 아이들이 마시는 장면이 유명한데, 이렇게 신선한 생크림에서 나온 버터밀크는 단맛이 난다. 하지만 《초원의 집》의 배경인 시대에는 냉장고가 없었기 때문에 쉰 우유나 크림으로 버터를 만드는 일이 많았다. 그러니 이때의 버터밀크는 보통 묵은 우유로 버터를 만들고 남은 시큼털털한 찌꺼기에 가까운 것이었고, 가난한 농부나 노예 들이 값싸게 영양분을 얻으려고 마시거나 아니면 가축들에게나 주곤 했다. 그러다 19세기 중반부터 시큼한 버터밀크와 베이킹 소다를 활용해 소다빵 만드는 방법이 보편화되면서 각종 요리법이 개발되었고, 20세기 들어서는 시큼한 버터밀크의 발효균이 건강에 좋다는 인식이 겹치면서 수요가 폭발적으로 늘어났다. 오늘날 시중에서는 버터를 만들다 남은 전통적인 버터밀크는 찾아보기 어렵고, 우유에 젖산균을 발효시켜서 일부러 시게 만든 버터밀크가 주로 시판된다.

팬케이크나 미국 남부식 비스킷을 만들 때 신 버터밀크를 반죽에 넣으면 포슬포슬하니 먹기 좋은 식감과 특유의 감칠맛을 낸다. 또한 고기의 연육 작용을 돕기도 하고, 치킨이나 돼지고기와 궁합이 잘 맞는다. 하지만 어린이 세계 명작 소설 속 아이들처럼 벌컥벌컥 마셨다가는 아마 실망할 것이다.

향신료

{ Spice }

무함마드는 그릇을 가지고 대마초 상인에게 찾아가서 로움
산 아편 55그램, 중국산 필징가華澄茄, 계피, 정향, 소두구, 생
강, 백후추, 그리고 산山도마뱀을 샀다. 그는 이 모든 재료를
찧어서 가루로 만든 다음 질 좋은 기름에 넣고 끓인 뒤, 큼지
막한 고급 유향 덩어리들 85그램, 커민 씨앗 한 컵을 가져다
섞고 로움산 꿀을 넣어서 연고를 만들었다.

_리처드 프랜시스 버턴,《아라비안 나이트》

예쁜 것을 가리키는 말은 그 말 자체도 예쁜 것 같
다. 장미꽃이 예쁘듯이 장미꽃이라는 말도 발음부터
가 예쁘게 들린다. 마찬가지로, 맛있는 것을 가리키
는 단어는 입 안에서 굴려보면 볼수록 좋은 맛이 나
는 것 같고, 향긋한 것을 가리키는 단어는 활자에서
도 향내가 나는 것 같다. 그래서 그런 단어들이 놓인
문장들을 보고 있으면 별 내용이 없어도 그냥 기분이
좋아진다. 마치 마법의 주문처럼.

　이를테면 이런 주문을 외워볼 수 있다. "시나몬, 정
향, 육두구, 코리앤더, 후추, 월계수, 사프란, 바닐라,
커민, 감송향, 머틀, 딜, 팔각, 소두구……."

　어쩌면 이름에는 약간의 마법이 스며 있는지도 모
른다. 이름에는 그 이름이 가리키는 사물의 성질이
배어 있는 것 같다. 사람의 이름도 마찬가지이다. 누

군가를 사랑하면 그 사람의 이름조차도 사랑스럽게 느껴진다. 존경하는 사람의 이름은 함부로 들먹이기도 어렵다. 옛날 이집트에서는 신의 이름에는 신의 정수가 깃들어 있어서 그 이름이 알려지면 신이 힘을 빼앗긴다고 믿었다. 조선 양반들은 본명에 그 사람의 운명이 들어 있다고 여겨서 웬만하면 부르지 않고 자나 호를 따로 지어서 불렀다. 아끼는 자식이나 애인에게는 자기들끼리만 아는 은밀한 애칭을 사용하기도 한다. 너무 신성해서, 너무 귀해서, 너무 사랑해서, 마치 귀중한 물건을 서랍 안에 고이 감추듯이 단어들을 독점하고 싶을 때가 있다.

하지만 말에는 실체가 없기에 독점할 수도 없다. 어떤 말이 일단 사람들에게 알려지면 그 말은 누구나 마음대로 사용할 수 있다. 이런 측면 또한 이름의 마법인 것 같다. 이름은 아무리 불러도 닳지 않고, 아무리 많은 사람이 써도 사라지지 않아서 한없이 공평하다. 오히려 부르는 사람이 없어지면 이름 또한 세상에서 사라지고 만다.

향신료 이름들은 유난히 신비롭게 들린다. 그건 아

마도 향신료가 예로부터 신비를 위한 목적으로 쓰였기 때문일 것이다. 향신료는 음식에 향과 풍미를 더하고 보존성을 높이고 병을 고치거나 예방하기 위해 사용했을 뿐만 아니라, 제의를 치를 때 신에게 다다르는 길을 트기 위해 향불을 피우는 데에도 쓰였다. 고대 이집트에서는 몰약과 시나몬으로 시신을 방부 처리해 미라를 만들었고, 인도에서는 강황으로 승려 옷을 물들였으며, 사프란으로 결혼한 여자의 가슴과 팔에 표시했다. 육두구와 마늘은 역병과 악귀를 물리치는 부적으로 쓰이기도 했다.

유럽인들은 동방의 향신료에 열광해 마지않았다. 기원전부터 아시아와 유럽의 교역을 중개해왔던 아랍 상인들은 6세기부터 향신료 무역로를 독점했는데, 이들은 자신의 독점권을 빼앗기지 않고 비싼 가격을 유지하려고 향신료들이 어디서 어떻게 생산되는지를 철저히 비밀에 부쳤다. 그래서 계피cassia, 육계나무의 껍질는 날개 달린 괴수들이 지키는 호수 기슭에서 자란다든지, 시나몬cinnamon, 실론계피나무의 껍질은 바쿠스 신의 땅에서 난다든지 하는 전설을 유럽의 소비

자들에게 둘러댔다. 계피를 채취하려면 인간이 아닌
척 소가죽을 써서 변장하고 괴수들에게 잡아먹힐 위
험을 감수하고서 호숫가까지 가야 한다는 둥, 가파른
절벽 꼭대기에 사는 거대한 새들이 계피 가지로 지은
둥지를 빼앗기 위해서 커다랗고 묵직한 소고기 덩어
리로 새들을 꾀어내야 한다는 둥……. 유럽인들이 그
말을 다 믿지는 않았겠지만, 그 이야기들은 향신료에
깃든 성스러운 이미지를 더욱 굳히는 데 일조했다.
유럽인들이 향신료를 사들일 때, 그들은 머나먼 동방
에 있는 미지의 낙원에서 날아온 옛날이야기들을 사
는 것이기도 했다.

　멀고 험한 교역로를 건너와 알렉산드리아의 화려
한 시장을 거쳐 아랍 대상들의 중간 마진과 관세와
신비로운 이야기들까지 덧붙여진 향신료는 너무나
비쌌다. 예나 지금이나 비싼 것은 상류층의 전유물이
고, 상류층의 전유물일수록 더더욱 비싸진다. 향신료
를 식탁에 올릴 수 있다는 것은 그만큼 높은 신분을
상징하는 것이었다. 왕족과 귀족 들의 욕구를 충족시
키기 위해 수많은 상인이 향신료 무역에 뛰어들었다.

이슬람 국가들이 쇠락하고 베네치아가 새로운 동서 무역의 중개 역할을 할 때까지도 향신료는 비쌌다. 14세기부터 16세기까지 서유럽에서는 매년 약 천 톤의 후추와 천 톤의 여타 향신료를 수입했는데, 이 돈이면 백오십만 명이 일 년치 먹을 곡식을 댈 수 있었다고 한다.

베네치아 상인들은 떼돈을 벌었다. 이 돈에 눈독을 들인 여러 나라가 새로운 항로를 찾아 나섰고, 향신료의 재배지를 찾아 탐험을 떠났다. 이 과정에서 바쿠스의 땅, 괴수들이 지키는 호수 기슭, 독뱀이 우글거리는 샘에서 자란다고 알려진 향신료들의 진짜 원산지가 속속 밝혀졌다. 아랍 상인들이 까마득히 오랜 세월 지켜온 비밀이 깨진 것은 비극의 시작이었다. 인도와 인도네시아, 몰루카 제도, 말레이의 섬들이 '향신료의 낙원'으로 밝혀지면서 서구 열강들에 유린당했다. 유럽인들은 이들과의 무역을 독점하거나 식민지로 삼기 위해 쟁탈전을 벌였다. 1621년 네덜란드의 동인도회사는 그때까지 유일무이한 육두구의 원산지였던 반다 제도를 점령했다. 만 명이 넘는 원주민들을 무자비하게 학살하고 다른 섬들의 노예를 동원해 육두구 재배와 수확을 맡겼다. 네덜란드인들은 육두구의 값어치를 유지하려고 아랍인들처럼 신비로운 전설을 지어내지는 않았다. 대신 창고에 쌓인 재고를 태워버리는 무식한 방법을 썼다. 이런 과정을 통해 프랑스 궁정까지 들어온 육두구는 엄청난 인기를 얻었다. 프랑스의 왕족과 귀족 들은 육두구를 그야말로 모든 음식에 집어넣다시피 했다. 육두구뿐만 아니라 그 외 많은 향신료를 음식 본연의 맛을 해칠 만큼 넣었다. 아니, 거의 먹을 수 없을 정도로 향신료로 범벅된 음식을 먹으면서 사치를 부렸다.

18세기에는 유럽에 향신료가 보다 풍부하게 들어왔고 값도 이전보다 저렴해졌다. 그러자 고귀한 신분의 전유물이던 향신료가 중산층의 식탁으로 퍼져나가면서 대중적인 인기를 누렸다. 이국적 취향을 가진 지식인들과 유행에 민감한 신사 숙녀 들이 향신료를 즐기기 시작했다. 프랑스에 《천일야화》가 전해진 것도 이 시기였다.

《천일야화》, 즉 《아라비안 나이트》가 유럽 언어로

번역되는 과정은 향신료를 비롯한 동방 문물이 서양으로 흘러 들어간 과정과 유사하다. 본래 인도와 페르시아의 설화 이백여 편을 모은 페르시아 설화집이었던 것이 아라비아로 전해지면서 아랍 설화들이 덧붙여졌고, 이라크, 시리아, 이집트를 거치면서 또 다른 설화들이 속속 추가되었다. 그러다가 마침내 천한 편의 이야기가 담긴 기나긴 설화집이 만들어진 것이다. 비단길을 따라 동에서 서로 흘러가면서 점점 더 인기를 얻은 것은 향신료와 마찬가지이지만, 《천일야화》는 이야기이기에 향신료처럼 닳지 않았다. 희귀해지지도, 비싸지지도, 독점당하지도 않았다. 오히려 더욱 강한 생명력을 얻고 더욱 널리 퍼져나갔다.

《천일야화》가 유럽에 정식으로 소개된 것은 18세기 초 앙투안 갈랑의 프랑스어 번역판이 최초였다. 그는 1704년부터 1717년까지 십사 년에 걸쳐 《천일야화》의 프랑스어판을 출간했고, 그 과정에서 '알라딘의 요술 램프' '알리바바와 40인의 도둑' 같은 새로운 이야기들을 덧붙였다. 반응은 폭발적이었다. 이에 힘입어 유럽의 다른 국가들에도 속속 번역판이 등장했다. 영어 번역판 중에서 가장 유명한 리처드 프랜시스 버턴의 《아라비안 나이트》가 영국에서 출간된 것은 1885년이었다. 그때 런던에서는 윌리엄 포트넘과 휴 메이슨이 설립한 '포트넘 앤드 메이슨' 가게가 향신료와 말린 과일을 비롯한 이국적인 수입 식품을 취급하며 번창하는 중이었고, 빅토리아 여왕은 인도인 요리사들을 궁에 상주시키고 매일같이 인도 카레를 먹고 있었다.

에로틱한 요소들을 축소해 유쾌하고 환상적인 동화집에 가까운 《천일야화》를 선보인 앙투안 갈랑과 달리, 리처드 프랜시스 버턴의 《아라비안 나이트》는 성적이고 잔인한 내용을 대담하게 드러내고 고풍스러운 단어들을 한껏 과용했다. 두 번역자의 판본은 많이 다르지만, 내 생각엔 어느 쪽이 더 '원전'에 충실한가 하는 고민은 할 필요가 없을 것 같다. 육두구나 계피는 원산지가 따로 있지만, 《천일야화》는 한 가지의 원본이랄 게 없다. 애초에 아랍 세계에서도 다양한 판본들이 존재했다. 번역가 나름의 판단과 해석에 따라 어떤 판본이든 참고할 수 있고, 어떻게든 번역할 수 있고, 어떤 이야기든 새로 넣을 수도 뺄 수도 있는 것이다.

《천일야화》는 지구를 반 바퀴 더 돌아서 1990년대에 한국에 도착해 선풍적 인기를 끌었다. 김병철의 한국어 번역판 《아라비안 나이트》(범우사)는 리처드 프랜시스 버턴의 영어판을 토대로 번역한 것이다. 하지만 가장 유명한 '알라딘의 요술 램프'와 '알리바바와 40인의 도둑'은 빠져 있다. 이 이야기들은 아랍어 판본들에서는 찾아볼 수 없고, 앙투안 갈랑의 번역판에서 처음 나타난 것이라서, 출판사에서 이를 '원전'을 훼손하는 유럽인들의 창작일 뿐이라고 여겨 일부러 누락시킨 게 아닐까 싶다. 알라딘과 알리바바가 언제 나오나 기대하며 읽다가 마지막에도 이 둘이 등장하지 않아 실망한 독자가 많았을 것 같다. 다행히도 이제는 앙투안 갈랑의 프랑스어판을 토대로 한 《천일야화》도 출간되어서 알라딘과 알리바바 이야기도 한국어로 읽어볼 수 있다. 그 외에도 《천일야화》의 어린이용 판본이나, 리처드 프랜시스 버턴의 영어판을 간소하고 속도감 있게 축약한 판본 등 다양한 번역판이 국내에 있으니 입맛에 따라, 필요에 따라 선택할 수 있다. 번역판이 많으면 많을수록 우리에게는 행복한 일이다. 백 가지의 번역판이 있으면 백 가지의 《천일야화》가 있는 것이기 때문이다.

이제 향신료는 식료품점과 부엌에서 흔히 찾아볼 수 있는 대중적인 식재료가 되었다. 한국에서는 다소 낯설던 향신료도 이제는 손쉽게 구할 수 있고, 다양한 향신료를 넣어 만든 음식이나 디저트, 음료수를 즐기는 사람도 많아진 것 같다. 육두구 한 줌 때문에 엄청난 돈이 오가고 수많은 사람이 죽어야 했을 만큼 매혹적이던 향신료의 신비는 이제 《천일야화》 또는 《아라비안 나이트》처럼 책 속에서만 만날 수 있다. 다행스러운 일이다.

《아라비안 나이트》에 수록된 많은 이야기는 아랍 세계가 향신료 교역의 중심지였던 시절을 배경으로 한다. '신드바드의 모험'도 그중 하나이다. 주인공 신드바드는 선원이자 상인으로 항해를 나갔다가 갖가지 신기한 섬에 표류하는데, 그때마다 구사일생으로 위기를 넘기고 정향, 계피, 후추, 침향, 용연향, 백단

향 등 진귀한 특산품을 얻어 다른 곳에 되팔면서 점점 부를 쌓는다. 우리는 여전히 이 이야기들을 읽으며 후추나무의 생태라든지, 백단향이 지천으로 자라는 섬이라든지, 천연 용연향이 끝없이 솟아 나오는 샘과 그것을 삼켰다가 뱉는 바다 괴물들에 대한 옛 아랍 전설을 만날 수 있다. 여전히 이런 향신료들의 이름에 남아 있는 마법이 우리를 까마득한 과거로 데려다주는 것 같다.

꿀벌빵

{ Bienenstich }

"꿀벌빵을 덤으로 하나 더 받았어요. 이제 놀러 가도 돼요, 엄마?" (새엄마 앞에서 '엄마'라는 말을 한 건 이번이 처음이었다.)
평소와 달리 새엄마는 얼른, 놀러 가라고 허락해 주었다. 가면서 먹으라고 꿀벌빵을 하나 쥐어 주기까지 했다. ("여자들이 수다 떠는 데 있으면, 너야 심심하기만 하지, 뭐. 놀러 가렴. 하지만 늦지 않게 돌아와야 해. 여섯 시까지는 오렴.")
팀은 최대한 빨리 경마장으로 달려가면서 꿀벌빵을 먹었다. 그러다 최소한 부스러기 세 조각을 떨어뜨렸는데, 그중 하나는 일요일에만 입는 검푸른 바지에 떨어졌다.

제임스 크뤼스, 정미경 옮김, 《팀 탈러, 팔아 버린 웃음》, 논장, 2016.

어렸을 때는 '어른스러움'을 동경했다. 어른이 된다는 게 뭔지는 정확히 몰랐지만, 어른스러운 것은 멋있어 보였다. 세상에 대해 알 것은 다 안다는 듯 달관한 태도, 감정에 이리저리 휘둘리지 않는 초연함, 세파에 지친 얼굴에 드러나는 약간의 피로감 같은 것이 뒤섞인 어떤 막연한 이미지였다. 내가 생각하기에 어른스러운 어른이란, 그렇게 권태로운 태도로 고급 레스토랑 테이블에 앉아 (아이들은 마음대로 시킬 수 없는) 값비싼 요리를 주문하고, 종업원에게서 (아이들은 받을 수 없는) 깍듯한 대접을 받고, 반짝거리는 만년필로 무언가 복잡한 문서에 (무슨 뜻인지는 몰라도) 서명도 하고, 카드가 꽉 찬 지갑을 꺼내서 계산을 하는 사람이었다. 나는 내가 자라면 그런 모습이 되리라고 상상했다(가난한 어른? 그런 건 생각지도 못했다). 말하자면, 성인이 되면 돈과 힘이 생기고 존경을 받으니 무엇이든 마음대로 할 수 있으리라 생각해서 동경했던 것이다. 그렇게 되기까지 거쳐야 하는 온갖 인생 곡절, 그 경험에서 비롯된 슬프고 피곤한 표정마저도 멋있어 보였다. 어쨌든 아이들은 그런 경험을 할 권리마저도 없으니까.

제임스 크뤼스의 《팀 탈러, 팔아 버린 웃음》은 그런 내 로망을 자극한 동화였다. 주인공 팀 탈러는 가난한 집에서 계모와 의붓형의 괴롭힘에 시달리며 자라던 착하고 웃음 많은 소년이다. 그런데 어느 날 체크무늬 양복을 입고 체크무늬 모자를 쓴 기이한 신사가 등장한다. 그 신사는 자신을 '마악 남작'이라고, 그러니까 귀족이라고 소개하고는, 팀에게 획기적인 제안을 한다. 팀에게 세상 그 어떤 내기에서도 이길 수 있는 초능력을 줄 테니, 그 대신 팀의 웃음을 자신에게 팔라는 것이다. 그러고는 팀을 '팀 탈러 씨'라고 명기한 계약서를 내밀면서, 반짝이는 만년필로 그 계약서에 서명을 해달라고 한다.

'팀 탈러 씨'라니! 나 같은 아이들은 모두 《팀 탈러,

팔아 버린 웃음》의 이 부분을 읽으면서 감탄했을 것이다. 아이들은 "아무개야"나 "얘야" 또는 "이놈아" 아니면 그냥 "야"라고 불린다. 기본적으로 하대를 당하면서 산다. 성과 이름, 존칭까지 붙여 불리는 일은 매우 드물다. 나는 누군가가 나를 "김지현 씨"라고 불러주기를, 어른이 나를 동등한 어른처럼 정중하게 대접해주기를 얼마나 바랐는지 모른다. 만약 "김지현 씨"라고 적힌 계약서와 반짝이는 만년필이 내 앞에 놓인다면, 나는 그 계약서 내용이 무엇이든 서명하고 싶었을 것이다. 문제는 서명을 어떻게 해야 어른스러운 글씨체로 보일까 하는 것이었으리라.

게다가 마악 남작은 팀 탈러에게 이미 내기에서 이기는 맛이 얼마나 짜릿한지를 느끼게 해주었다. 그것도 경마장에서! 아이들은 원래 경마를 할 수 없지만, 마악 남작은 팀에게 마권을 사주며 경마를 체험할 수 있게 해주고, 초능력으로 팀이 경마에서 몇 번이나 이기게 해주었다. 그건 팀에게 엄청난 사건이었다. 아이들에게는 금지된 어른들의 도박에 손을 댄 것도 모자라 돈까지 땄으니 말이다. 그 돈으로 할 수 있는 일은 무궁무진했다. 돌아가신 아버지의 묘에 번듯한 묘비를 세울 수도 있고, 새어머니가 빵 가게에 달아 둔 외상값도 갚을 수 있고, 갖고 싶었던 스쿠터도 살 수 있었다……. 하물며 앞으로 세상 그 어떤 내기에 서도 이길 수 있다면 팀에게는 무서울 게 없을 터였 다. 새어머니와 형도 더는 팀을 괴롭히지 못할 것이 다! 팀은 그런 행운을 얻는 대가로 마악 남작에게 자 신의 웃음을 내줘야 한다면, 까짓것 얼마든지 줄 수 있다고 생각했다. 평생 돈 걱정 없이 살 수 있다면 평 생 웃을 수 없는 얼굴로 살아도 된다고 생각했다.

어린아이의 철없는 결정이었을까? 글쎄, 나는 어 른 중에도 이런 거래에 응할 사람은 수두룩할 거라고 생각한다. 그만큼 가난은 무서운 것이니까. 가난은 영혼도 팔 수밖에 없는 상황으로 사람을 내몬다.

그래서 팀은 마악 남작이 내민 계약서에 서명을 한 다. 초능력은 마악 남작의 약속대로 효력을 발휘했 고, 그날부터 곧장 팀은 경마에서 승승장구해 떼돈 을 벌어들였다. 그 돈으로 원하던 것은 모두 이루었 다. 묘비도 세우고, 외상값도 갚고, 새 집과 새 옷과

새 가구를 사들인 새어머니와 형은 결코 팀을 함부로
대할 수 없었다. 하지만 기껏 그렇게 안락한 삶을 살
게 되었는데도 팀은 웃을 수 없었다. 기뻐도, 슬퍼도,
행복해도, 사랑하는 사람 앞에서도 웃을 수 없는 저
주에 걸렸으니까. 팀은 슬프고 피곤하고 세파에 찌든
표정만 짓는 꼬마 백만장자가 되었다. 막강한 힘을
지닌 대신 고독하고 불행한, 덩치만 작은 어른이 되
어버린 것이다.

　웃음을 잃고 나서야 팀은 그것이 얼마나 귀중한 것
이었는지 깨닫는다. 예전의 팀은 특유의 사랑스러운
웃음으로 많은 사람의 호감을 샀다. 낭비벽 심한 새
어머니가 친구 접대를 위해 무턱대고 빵이며 케이크
를 사들이느라 빵 가게에 26마르크나 외상 빚을 졌
어도, 팀이 빵 가게 아주머니에게 웃는 얼굴로 농담
을 하면서 꿀벌빵 여섯 개를 외상으로 달라고 조르
면 아주머니는 그 부탁을 도저히 들어주지 않을 수가
없었다. 팀의 재치와 사근사근한 태도에 마음이 풀어
진 나머지 껄껄 웃으며 꿀벌빵을 덤으로 한 개 더 얹
어주기까지 했으니까. 그렇게 공짜로 얻은 한 개의

꿀벌빵은 참 맛있었고, 그렇게 사소한 것으로도 팀은 행복할 수 있었다. 하지만 이제는 그 누구도 팀에게 덤 같은 것을 안겨주지 않는다. 팀을 좋아하는 사람은 아무도 없다. 모두가 팀을 두려워하고 꺼려하면서도 돈과 권력 때문에 마지못해 그의 뜻을 따를 뿐이다.

팀 탈러는 자신의 어리석은 실수를 뼈저리게 후회하고, 어떻게든 계약을 취소하고 웃음을 돌려받아야겠다고 결심한다. 그래서 행방이 묘연한 마악 남작을 찾아 먼 길을 떠난다. 저자인 제임스 크뤼스는 팀 탈러의 여정을 통해 아이들에게 너무 빨리 어른이 될 필요는 없다는 교훈을 주고 싶었을지 모른다. 하지만 어쩐지 내게는 슬픈 표정의 꼬마 백만장자가 되는 것 또한 멋있어 보였던 것 같다. 적어도 백만장자가 아니라서 슬픈 어른이 되는 것보다는.

꿀벌빵(비넨슈티히)

독일에서 흔히 먹는 케이크이다. 크림이 든 달콤한 발효빵에 꿀로 조린 아몬드 토핑이 얹혀 있다. 비넨슈티히는 '벌에 쏘임'이라는 뜻으로 영어로는 '벌침 케이크bee sting cake'라고도 한다. 이런 이름이 붙은 것은 아마도 꿀 아몬드 토핑 때문이 겠지만, 관련된 전설도 남아 있다. 15세기에 어느 독일 마을이 이웃 마을의 침공을 당하자 마을 제빵사들이 벌집을 마구 던져서 적군을 격퇴하는 데 성공했고, 그 승전을 자축하려고 제빵사들이 만든 케이크가 바로 비넨슈티히였다나.

내가 어렸을 때 읽은 《팀 탈러, 팔아 버린 웃음》 판본에는 비넨슈티히가 '벌꿀 과자'라고 번역되어 있었다. 팀이 빵 가게에서 '벌꿀 과자 여섯 개를 샀다'고 하니 마들렌 같은 조그 마한 구움과자를 연상했지만, 사실 팀이 샀던 과자의 정체는 커다란 비넨슈티히 케이크를 자른 조각들이었다. 현재 정식 번역판에는 '꿀벌빵'이라고 되어 있는데, 이 표현도 좀 의문 스럽긴 마찬가지이다. 빵이 꿀벌 모양으로 생겼거나 혹은 진 짜 꿀벌이 빵 속에 들어 있는 게 아닐까 하는 혼동이 생길 듯 하다. 차라리 '벌꿀 케이크 여섯 조각'이라고 옮기는 편이 낫 지 않을까 싶다. 꿀이 든 조각 케이크를 여러 개 사서 포장해오는 이미지야말로 이 장면에 가장 적합한 것 같다.

아주 큰 케이크

{ Very Big Cake }

옛날 옛날 홍해 해안의 어느 무인도에 조로아스터교도 한 명이 살았습니다. 그가 쓴 모자에 반사되는 햇빛은 찬란한 동방의 빛보다도 더욱 찬란했고, 그가 가진 화덕은 아무도 절대로 만지면 안 되는 종류의 화덕이었답니다. 그렇게 모자랑 화덕, 칼 한 자루만 가지고 홍해 해안에서 살던 어느 날이었어요. 그는 밀가루, 물, 건포도, 자두, 설탕, 그리고 이것저것을 넣어서 지름이 60센티미터, 두께가 90센티미터나 되는 케이크 한 판을 만들었습니다. 엄청난 음식이었어요(마법이었죠). 그는 아무도 만지면 안 되는 화덕으로 요리를 해도 되는 사람이었기에 그 화덕에 케이크를 올리고 구웠습니다. 굽고 또 굽다 보니 케이크가 노릇노릇해지면서 대단히 감상적인 냄새가 났습니다.

_조지프 러디어드 키플링, 《코뿔소 가죽은 왜 주름이 졌을까?》

《코뿔소 가죽은 왜 주름이 졌을까?》는 키플링이 지어낸 일종의 가짜 설화이다. 제목 그대로 코뿔소 가죽에 쭈글쭈글한 주름이 잡힌 유래를 설명하는 이야기이다. 그 유래란 이렇다.

옛날 옛날에 한 조로아스터교인이 자기가 먹을 커다란 케이크를 구웠다. 그런데 코뿔소가 무례하게도 케이크를 멋대로 훔쳐 먹는다. 화가 난 조로아스터교인은 코뿔소가 목욕을 하려고 벗어둔 가죽 안에다 케이크 부스러기를 잔뜩 흘려 넣는다. 코뿔소는 아무것도 모른 채 가죽을 입고는, 케이크 부스러기 때문에 온몸이 간지러워서 땅바닥에다 몸을 뒹굴고 나무에 몸을 문지른다. 하지만 아무리 문질러도 가려움은 잦아들질 않는다. 한없이 비벼대고 긁어대다 보니 결국 코뿔소는 가죽이 늘어나서 겹겹이 주름이 잡혔고, 성미도 무척 괴팍하게 변해버렸다.

유머러스하고도 단순한 이야기이다. 그런데 이 소설의 진가는 줄거리가 아니라 문체에서 나온다. 전래 동요처럼 리드미컬한 문장들, 마법 주문처럼 매혹적이고 신비로운 단어들. 한번 들으면 잊히지 않는 오래된 동요나 마법 주문처럼 《코뿔소 가죽은 왜 주름이 졌을까?》 역시 독자의 뇌리에 깊이 각인된다. 아무리 읽어도 질리지 않고, 오히려 읽으면 읽을수록 리듬감이 살아나고 마법이 더 강해지는 것 같다.

무엇보다도 멋진 부분은 바로 케이크이다. 코뿔소가 오늘날의 쭈글쭈글한 생김새를 갖기도 전인 옛날, 그러니까 아주아주 먼 옛날에, 한 사람이 맛있는 케이크를 구웠고, 그 케이크 때문에 한 동물의 외모가 바뀌었다. 태초에 케이크가 있었던 것이다. 그것도 아주 커다란 케이크가!

무조건 아주아주 커다랗다고 상상하면 행복해지는 것들이 있다. 이를테면 다이아몬드, 눈사람, 그리고 케이크.

이 이야기에 나오는 케이크의 매력은 단지 지름

60센티미터, 두께 90센티미터의 어마어마한 크기에 있는 것만이 아니다. 그 레시피도 신비롭다. 밀가루, 물, 건포도, 자두, 설탕까지는 케이크에 흔히 들어가는 재료이지만, 그 밖의 '이것저것'이란 대체 무엇인가? 이건 마치 텔레비전의 맛집 탐방 프로그램에 출연하는 식당 주인들이 자기네 레시피를 다 공개하는 척하면서도 가장 결정적인 비법 한두 가지는 숨기는 것과 같다. 결국 아무도 따라 하지 못하게 하면서 호기심만 더욱 자극하는 것이다. 그건 '무척 특출한 음식(마법이지요)'이라고.

그뿐만이 아니라 '금단의 화덕'도 호기심을 자극한다. 키플링은 이야기 전체에 걸쳐서 그 화덕은 절대 만지면 안 되는 물건이라고 강조한다. 왜일까? 저주에 걸려서? 신이 금지한 선악과 같은 물건이라서? 만지면 도대체 무슨 일이 일어나길래……. 그러나 키플링은 아무런 대답도 하지 않는다. 화덕에 대해서는 묻지도 따지지도 말라고, 자세히 알면 다친다고 경고만 거듭할 뿐이다. 그리고 햇빛을 눈부시게 반사하는 모자를 쓴 신비로운 주인공은 우리가 보는 앞에서 그 화덕으로 감상적인 냄새가 나는 케이크를 굽는다.

아, 너무 궁금하다. 그 케이크를 더 자세히 알고 싶다. 감상적인 냄새가 어떤 냄새인지 맡아보고 싶다. 너무너무 궁금하다! 하지만 눈부신 모자를 쓴 조로아스터교인은 코뿔소에게 복수를 성공적으로 마치고는 흐뭇해하며 홀연히 떠나버린다. 어딘가 먼 곳으로, 그러니까 아주아주 먼 곳으로, "오로타보, 아미그달라, 아난타립보 고지대 초원, 그리고 소나푸트 늪지대 방향으로." 그곳들이 어디인지 검색해보지는 않아도 된다. 전부 키플링이 지어낸 가상의 지명이니까 말이다.

아주 작은 케이크
{ Very Small Cake }

이윽고 탁자 아래에 놓인 작은 유리 상자에 눈길이 닿았다. 앨리스는 상자를 열고 그 안에 든 아주 작은 케이크 하나를 꺼냈다. 케이크 위에는 건포도로 '나를 먹어요'라는 문구가 아름답게 쓰여 있었다.

"그래, 먹어보지 뭐. 이걸 먹어서 몸이 커진다면 열쇠에 손이 닿을 테고, 만약 작아진다면 문 밑으로 기어 들어갈 수 있을 테니까. 어느 쪽이든 간에 정원으로 들어갈 수만 있으면 난 상관없어!"

_루이스 캐럴, 《이상한 나라의 앨리스》

'게임보이' 세대인 나는 '슈퍼마리오' 같은 고전 어드벤처 게임들을 즐기며 자랐다. 대체로 왼쪽에서 오른쪽으로 뻗은 길을 따라 캐릭터를 움직이면서, 음식물이나 동전을 줍고, 열쇠를 얻고, 문을 열고, 구멍에 떨어지고, 몬스터를 처치하고, 점프해서 낭떠러지를 뛰어넘고, 새로운 공간으로 넘어가는 식으로 진행되는 게임들 말이다. 내가 생각하기에 그런 게임들의 재미란, 현실 세계에서 불가능한 흥미진진한 모험이 가능하지만 한편으로는 현실 세계와는 다른 제약과 법칙 들이 존재한다는 데에서 나오는 것 같다. 예컨대 2차원 속에서만 움직일 수 있다든지, 캐릭터의 '생명력'이 제한되어 있다든지, 캐릭터가 일정 높이에서 떨어지거나 가시 선인장에 닿으면 죽는다든지 하는 규칙들. 별로 합리적이지는 않지만 그 세계를 절대적으로 지배하는 법칙이고, 그곳에서 즐기려면 또는 살아남으려면 그 법칙을 따라야 한다. 그게 싫다면 게임을 끄면 된다.

《이상한 나라의 앨리스》는 그런 게임과 무척 닮아 있다. 그도 그럴 것이, 마리오 시리즈의 제작자이자 게임 업계의 대부로 통하는 미야모토 시게루 디렉터는 《이상한 나라의 앨리스》에서 착안한 아이디어를 마리오 게임에 구현했다고 밝혔다. 이탈리아인 배관공 마리오가 커다란 파이프를 통해 새로운 세상에 떨어지듯이, 19세기 영국의 일곱 살 소녀인 앨리스는 꿈속에서 토끼 굴을 통해 '이상한 나라'에 떨어진다. 마리오가 버섯을 먹으면 키가 갑자기 커지듯이, 앨리스 역시 작은 케이크를 먹으면 키가 커진다. 마리오가 키가 커지고 나서야 장애물을 뛰어넘어 다음 공간으로 이동할 수 있듯이, 앨리스 역시 키를 조절해야 밀실에서 탈출해 다음 단계로 이동할 수 있다.

앨리스가 처음 토끼 굴에서 떨어져서 도착한 장소에서부터 그곳을 벗어나기까지의 과정도 게임 같다. 앨리스는 긴 복도 한가운데에 서 있고, 복도 양편에는 문들이 늘어서 있다. 앨리스는 문들을 열어보려 하지만 모두 잠겨 있다는 것을 알게 된다. 그런데 그 때 복도 한편에 새로운 '아이템'이 등장한다. 유리 탁 자와 그 위에 놓인 황금 열쇠이다. 분명히 전까지는 그 자리에 없던 물건들인데, 앨리스가 모든 문이 잠 긴 것을 확인하자 홀연히 나타난 것이다. 앨리스는 황금 열쇠를 가지고 문들의 자물쇠를 풀어보려 하지 만 단 하나도 맞지 않는다. 그런데 또 그때를 기다렸 다는 듯, 커튼에 가려진 새로운 문 하나가 앨리스 눈 앞에 나타난다. 마치 어딘가에서 앨리스를 지켜보는 짓궂은 신이 있어서(게임 개발자?) 자기 뜻에 따라 그녀 주변 공간과 사물을 자유자재로 변형하는 것만 같다. 그러니 여기까지만 읽어도 우리는 알 수 있다. 이 '이상한 나라'는 현실 세계의 합리성이 통하지 않 는, 어떤 비합리적 법칙이 전횡을 휘두르는 세계라는 것을.

《이상한 나라의 앨리스》에서 앨리스가 먹고 다니 는 음료, 케이크, 버섯 등은 일종의 '아이템'이다. 그 것들을 섭취하면 몸이 커지거나 작아지면서 변화하고, 몸이 변하면 새로운 등장인물들을 만나거나 새로운 공간으로 진입할 수 있다. 이 아이템들은 앨리스에게 이 세계의 신기한 법칙을 활용할 수 있게 해주면서 동시에 이 세계의 법칙을 학습시키는 도구인 것이다.

하지만 이런 음식들이 진짜 음식으로는 느껴지지 않는다. 그것들이 앨리스에게 포만감을 준다거나 영양분을 줘서 기운이 나게 해줬다는 묘사 따위는 없다. 맛에 대해서는 아무런 언급도 없거나, 터무니없이 비현실적인 맛으로 묘사된다(앨리스가 처음 마신 음료는 "체리 타르트, 커스터드, 파인애플, 구운 칠면조 고기, 사탕, 뜨거운 버터 토스트 향이 모두 섞인 맛"이 난다). 어떤 원료로 어떤 과정을 통해 만든 것인지도 알 수 없는, 그야말로 하늘에서 뚝 떨어진 음식들이다. 그래서일까, 나는 《이상한 나라의 앨리스》에 나오는 작은 케이크들을 상상하면 실제 먹을 수 있는 케이크보다는 게임 속에 떨어져 있는 딸기 케이크 모양의 평면적인 아이콘 또는 플라스틱으로 만든 조그마한 장난감이 떠오른다. 완전히 공상적인, 현실과 연관

성이 없는 어떤 것. 냄새도 촉감도 알 수 없는 것.

앨리스는 그 아이템들을 하나하나 습득하고 이용하면서 모험을 진행한다. 마치 게임하는 법을 가르쳐주는 연습 게임(게임 튜토리얼)처럼 말이다. 처음 앨리스에게 주어진 음료수 병에는 친절하게도 "나를 마셔요"라고 쓰인 종이쪽지가 달려 있고, 조그마한 케이크에는 건포도로 "나를 먹어요"라고 적혀 있다. 앨리스는 그 지침대로 행동하고 효과를 체험하면서 이 세계에서 살아남는 법을 배운다. 그러다 나중에는 자신의 키를 원하는 대로 늘렸다 줄였다 하는 법도 알게 된다.

그러나 《이상한 나라의 앨리스》가 게임과 결정적으로 다른 점이 있다면, 그 세계의 법칙을 완전히 숙달하는 것은 불가능하다는 점이다. 게임 법칙은 처음에는 낯설지만 익숙해지면 자유자재로 활용할 수 있고, 실력에 따라 고득점을 올릴 수도 있으며, 정당한 보상도 얻을 수 있다. 사실 어떤 경우에 게임은 현실보다도 오히려 더 합리적이다. 현실에서는 착하게 산다고 반드시 상을 받는다는 보장도 없고, 노력한다고 반드시 성공할 수 있는 것도 아니다. 하지만 게임 속에서는 대체로 그 안에서 지켜야 할 규칙을 지키며 노력하다 보면 언젠가는 성공해서 게임을 '깰' 수 있다. 그러나 앨리스가 꾸는 꿈속의 이상한 나라에서는 성공이라는 게 있을 수 없다. 그 꿈을 끝내려면 꿈에서 '깨는' 수밖에 없다(이 말장난도 굉장히 '앨리스적'이지 않은가?). 이상한 나라에서는 아무리 익숙해지려고 노력해도 끊임없이 낯설고 괴상한 장소가 튀어나올 테고, 앨리스에게 말을 걸어오는 동물들의 농담을 아무리 이해하려 해도 도무지 알아들을 수가 없을 것이고, 보상과 벌칙 역시 납득할 만한 방식으로 주어지지 않을 것이다. 앨리스가 무엇을 어떻게 해도 무시무시한 여왕은 "저자의 목을 쳐라"라며 처형부터 하려고 들 테니까!

현실의 합리성은 우리를 답답하게 억압하기도 하지만, 안정감과 위안을 주기도 한다. 그 안전한 영역에서 벗어나려면 광기와 혼돈에 사로잡힐 위험을 감수해야 한다. 그 일탈은 상상처럼 늘 즐겁지만은 않다. 앨리스는 처음에 자신이 난쟁이가 된 것을 재미있어하지만, 이러다 몸이 지나치게 작아져서 아예 사라져버리는 건 아닐까 하는 두려움을 느낀다. 그리고 동물들이 던지는 알쏭달쏭한 수수께끼를 처음에는 흥미로워하지만, 그 논리 없는 말장난의 향연이 계속되자 이내 '미쳐버릴 것 같은' 혼란을 느낀다. 이상한 나라는 결코 우리에게 호의적인 낙원이 아니다. 물론 우리를 해치려 드는 특별한 악당이 있는 것은 아니지만 그렇다고 해서 특별한 영웅이 있지도 않다. 여기서는 그런 선악의 분별이 무의미하니까. 그렇기 때문에 그 어떤 곳보다 위험하다. 무슨 행동을 어떻게 해야 안전할지 예상할 수가 없는 것이다.

그렇기에 앨리스가 언어적으로도, 법적으로도, 사회적으로도, 생물학적으로도 비합리적이고 뒤죽박죽인 세상을 탐험하는 과정은 흥미진진하면서도 그만큼 섬뜩하고 무시무시한 느낌을 준다. 내가 느끼는 《이상한 나라의 앨리스》의 즐거움은 바로 이 과정에 있는 것 같다. 이 위험천만한 세상에서 아슬아슬한 줄타기를 하는 용감한 앨리스를 지켜보는 것은 언제 해도 질리지 않는 게임처럼 짜릿하다.

물론 그 꿈을 꾸는 당사자가 앨리스가 아니라 나 자신이었다면 이렇게 한가한 소리를 할 순 없을 것이다. 꿈은 언제든 '깨면' 그만이지만, 게임과는 달리 내 의지로 '깰' 수 있는 것은 아니니까.

과자 집

{ Gingerbread House }

남매는 작은 집으로 가까이 가보았어요. 그런데 그 집은 온통 빵으로 만들어져 있었고, 지붕은 케이크로, 창문은 투명한 설탕으로 되어 있었답니다.

"우리 저걸 실컷 먹자." 헨젤이 말했어요. "나는 지붕을 한 조각 먹을게. 그레텔, 너는 창문을 먹어. 달콤할 거야."

헨젤은 집을 기어올라 가서 지붕을 조금 떼어 내 맛을 봤습니다. 한편 그레텔은 창가에 서서 창문을 조금씩 뜯어 먹었어요. 그러자 집 안에서 부드러운 목소리가 들려왔습니다.

"쏠다쏠다, 쏠다쏠다, 작은 쥐야.
누가 내 집을 쏠아 먹고 있니?"

_그림 형제, 〈헨젤과 그레텔〉

〈헨젤과 그레텔〉에 나오는 과자 집은 아이들이 꿈꾸
는 '드림 하우스'와도 같다. 아이들은 달콤한 과자를
너무나 먹고 싶어하지만 어른들이 못 먹게 한다. 집
에서 마음껏 뛰놀고 낙서도 하고 물건을 마음대로 부
수고 싶지만 역시 어른들은 못 하게 한다. 그 두 가지
야말로 아이들이 무엇보다도 하고 싶은 것이지만 어
른들은 무엇보다도 극렬하게 방해한다. 그러니 아이
들이 '과자로 만든 집'을 '먹어서 없애는' 상상에 푹
빠져 즐거워할 만도 하지 않은가.

　하지만 어른들이라고 해서 과자 집을 싫어하는 것
은 아니다. 눈앞에 성냥이 있으면 탑을 쌓고 싶고, 접
시에 음식물이 남아 있으면 눈과 코, 입이라도 그려
보고 싶고, 쿠키를 만들다 보면 그걸로 집을 지어보
고 싶은 것이 사람 마음 아닌가. 음식으로 장난치는

것은 점잖지 못한 행동이라고 하지만, 음식을 먹어서 영양분을 섭취한다는 본연의 목적에서 벗어나 그걸로 어떤 새로운 상상을 구현하고 싶은 것은 지극히 인간적인 욕망인 것 같다. 그런 상상 때문에 온갖 문화와 공예가 탄생한 것일 테니까.

과자 집에 대한 상상을 현실로 만드는 행복한 시도를 누가 처음 했는지는 아무도 모르지만, 적어도 독일인이었다는 것만은 분명하다. 과자 집의 역사를 말하자면 또다시 '진저브레드' 이야기를 하지 않을 수 없다. 독일에서는 중세부터 진저브레드 쿠키를 사람이나 천사, 왕관, 말 같은 온갖 모양으로 구워 알록달록하게 색칠하며 '음식을 가지고 장난치는' 걸 즐겼다고 한다. 다들 그 장난을 얼마나 좋아했던지, 진저브레드 인형들을 크리스마스 장식으로, 결혼식 답례품으로, 연인을 위한 낭만적인 정표 등으로 활용하는 풍습도 생겼다. 그렇게 진저브레드 사업은 세월이 흐를수록 번창해서 15세기에 들어서서는 진저브레드 전문 제빵사들이 길드를 만들었고, 저마다 정교하고 섬세한 진저브레드 공예를 선보이며 경쟁을 하다가,

급기야 19세기에는 진저브레드로 미니어처 집을 만드는 제빵사들까지 나타났다. '진저브레드 하우스'를 만들어 먹는 것은 삽시간에 일대 유행이 되어 크리스마스트리, 캐롤, 선물 교환과 더불어 독일의 대표적인 크리스마스 풍습 중 하나로 자리 잡았다.

이와 비슷한 시기인 19세기에 〈헨젤과 그레텔〉이 수록된 《어린이와 가정을 위한 동화》가 출간되었다. 이 책은 그림 형제가 독일 민중 사이에 전해지던 설화와 동화(메르헨)를 수집하고 다듬어서 엮은 것이다. 〈헨젤과 그레텔〉에 나오는 과자 집이 정확히 진저브레드 하우스라는 언급은 없다. 하지만 당시에 진저브레드 하우스가 워낙 인기였으니 그런 과자 집을 주요 소재로 하는 민담이 사람들 사이에서 자연스럽게 생겨났을 만도 하다. 반면 어떤 학자들은 〈헨젤과 그레텔〉이 먼저 출간된 뒤 그 이야기 속 과자 집에서 영감을 받은 제빵사들이 진저브레드 하우스를 만든 것이라고 주장하기도 한다. 어느 쪽이 먼저인지는 알수 없지만, 제빵계와 문학계가 서로 합심해서 과자 집에 대한 상상에 열을 올린 나머지 시너지를 일으킨 것만은 분명하다. 진저브레드 하우스는 헨젤과 그레텔 이야기 때문에 더욱 매혹적인 음식이 되었고, 헨젤과 그레텔 이야기는 진저브레드 하우스 덕분에 더욱 생명력을 얻으면서 '핫'한 문화 현상으로 부상한 것이다.

제빵계와 문학계에 이어 음악계 및 공연계도 이 문화 현상에 가세했다. 1893년 초연한 엥겔베르트 홈퍼딩크의 오페라 〈헨젤과 그레텔〉의 대본은 그 여동생인 아델하이트 베테가 썼는데, 그녀는 이 이야기에 나오는 과자 집을 진저브레드 하우스라고 공식적으로 표기했다. 단순한 미니어처 진저브레드 하우스가 아닌, '헨젤과 그레텔이 숲속에서 발견한 진저브레드 하우스'의 꿈이 무대 위에 시각적으로 구현되는 순간이었다. 이 오페라의 힘으로 독일인들의 크리스마스 과자 집 풍습은 유럽 각지와 미국으로 전파되어 세계적인 인기를 얻었다.

이후로 전세계 사람들이 꿈의 과자 집을 실현하는데 앞다투어 열을 올렸다. 무대에 설치한 인공 과자 집으로는 만족할 수 없었다. 실제로 먹을 수 있으면서도 그 안에 사람이 들어갈 수 있는 진짜 과자 '집'을 만든 사람들이 나타난 것은 당연한 수순이었다. 나이아가라 폭포 근처에 있는 '그레이트 울프 로지'라는 리조트에서는 매년 실물 크기의 '진저브레드 식당'을 세우는데, 예약을 하면 그 안에서 실제로 식사를 할 수 있다고 한다(벽을 뜯어 먹으면 안 되고 따로 식사를 주문해야 하니 주의하자!). 기네스북에는 '가장 큰 진저브레드 집' 항목도 있다. 현재까지 최고 기록은 2013년 텍사스 주에서 나왔는데, 무려 234제곱미터 크기로 황설탕 1327킬로그램과 버터 820킬로그램, 달걀 7200개, 밀가루 3300킬로그램이 들어갔다고 한다. 이 집에 방문하는 손님은 외상치료 전문 센터를 설립하기 위한 기금에 후원할 수 있었고, 그러면 산타클로스를 만날 수도 있었다.

요즘 우리나라에서도 크리스마스 철이면 제과점에서 심심치 않게 각종 쿠키와 사탕, 초콜릿으로 장식한 진저브레드 하우스를 만날 수 있다. 진열장 안에 예쁘게 자리 잡은 과자 집들을 보면 새삼 신기하다는 생각이 든다. 먼 옛날, 숲속에 과자 집이 나오는 동화를 처음 아이들에게 들려주었던 사람은 그 이야기가 이런 어마어마한 문화로 팽창할 거라고 상상이나 했을까? 진저브레드 하우스를 처음 만들었던 독일인은 그 '음식 장난'이 머나먼 한국까지 전파될 줄 예상이나 했을까?

과자 집(진저브레드 하우스)

진저브레드 쿠키를 널판처럼 구워서 그것들을 벽, 문짝, 지붕 삼아 집을 지어 올린 다음, 각종 사탕과 초콜릿과 아이싱icing, 케이크 재료들을 붙이고 장식하기 위해 사용하는 흰 설탕 시럽으로 꾸며서 만드는 것이 기본이다. 예쁘고 맛있으면서도 튼튼한 집을 만들기는 꽤 까다롭다. 그냥 시중에 나오는 진저브레드 하우스 키트를 주문해서 간편하게 조립해 만들 수도 있다. 한국에서도 인터넷으로 주문할 수 있으니, 직접 과자 집을 만들고 싶다면 크리스마스에 한번 시도해보아도 좋겠다.

크리스마스 푸딩

{ Christmas Pudding }

가브리엘이 식사를 마쳤을 때 식탁에 커다란 푸딩이 나왔다.
다시 포크와 스푼이 달그락거리는 소리가 났다. 가브리엘의
아내가 푸딩을 스푼으로 듬뿍 떠내 접시마다 담아서 식탁으
로 돌렸다. 식탁 중간쯤에 있는 메리 제인은 접시들을 받아
나무딸기 젤리나 오렌지 젤리, 블랑망제와 잼을 곁들였다. 푸
딩은 줄리아 이모가 만든 것으로, 좌중에서 칭찬이 자자했다.
하지만 본인은 갈색 빛깔이 진하지 않아서 아쉽다고 했다.

_제임스 조이스, 〈죽은 사람들〉

영미 소설에 나오는 요리 중에서 젤리만큼이나 혼란스러운 것을 꼽으라면 아마 푸딩일 것이다. 우리는 푸딩이라고 하면 주로 달걀을 써서 만든 달콤하고 몰캉몰캉하고 사르르 녹아내리는, 액체에 가까운 디저트를 떠올린다. 그런데 소설을 읽다 보면 고기 푸딩이니 간 푸딩이니 선지 푸딩이니 하는 괴상한 육류 음식이 나오는가 하면, 라이스 푸딩, 요크셔 푸딩, 자두 푸딩 같은 정체불명의 푸딩도 나와서 고개를 갸웃하게 된다. 고기 푸딩이라니, 푸딩 위에 고깃점을 토핑처럼 올린 것일까? 아니면 고기를 갈아서 죽처럼 만든 푸딩? 그런 걸 대체 왜 먹는 걸까? 그건 단맛이 나는 고기인가, 아니면 고기 맛이 나는 푸딩인가? 요크셔는 또 뭔가? 자두 푸딩은 도대체 뭐길래 케이크처럼 덜어서 여러 사람이 나눠 먹는 건가?

사실 푸딩의 개념은 복잡하다. 천차만별인 요리들을 한데 묶어 푸딩이라는 이름으로 부르는데, 그 정확한 분류와 기원은 전문가들 사이에서도 이견이 분분하다. 확실한 것은 원래 푸딩은 영국에서 유래한 소시지 같은 음식이라는 것이다.

중세 시대 영국인에게 '푸딩'은 속을 비우고 씻어낸 돼지 창자 안에 잡육과 여러 식재료를 다져 넣어서 삶은 음식이었다. 우리의 순대와 비슷하다. 푸딩 안에 들어가는 고기 종류는 다양했지만 고기 중에서도 주로 내장과 선지 등, 도축하고 남은 찌꺼기에 가까운 부위들을 소금에 절여 각종 향신료와 양파를 섞고, 그 덩어리가 부스러지거나 녹아내리지 않도록 소나 양의 내장 지방과 곡물 등으로 굳힌 것이 핵심이었다. 지금 입맛으로 생각하면 그런 걸 대체 왜 만들어 먹었나 싶지만, 신선한 고기를 아무나 먹을 수 없던 시절에는 짐승의 피, 기름, 콩팥, 간, 허파, 심장까지도 함부로 버리기 아까운 귀중한 영양 공급원이었다. 가난한 사람들이 육류를 섭취하기 위해서나, 왕족과 귀족 들이 귀한 고기를 오래 두고 먹기 위해서

나 푸딩은 좋은 수단이었다. 이런 푸딩은 디저트가 아니라 짭짤한 맛의 주요리였다. 돼지 피를 넣은 선지 푸딩블랙 푸딩, 양의 창자를 넣은 해기스 등 갖가지 '원조 푸딩'들이 오늘날까지도 영국의 전통 음식으로 전해지고 있다(괴식 취급을 받는 경우가 많지만).

그런데 식품 보존 기술이 발달하면서 푸딩은 본래의 의미에서 벗어나기 시작했다. 17세기에 이르러 푸딩의 소를 돼지 창자가 아니라 얇은 빵 껍질이나 헝겊에 담는 방법이 생겨났다. 푸딩 헝겊은 돼지 창자 같은 튜브 형태가 아니라 자루나 주머니에 가까운 모양이었고, 소시지나 순대의 껍질과는 달리 식탁에 내기 전에 벗겨냈다. 빵 껍질로 감싼 푸딩은 삶는 게 아니라 오븐에 구워내는 파이 비슷한 음식이었다.

달라진 것은 푸딩의 껍질만이 아니었다. 내용물에도 변화가 생겼다. 각종 식재료의 가격이 저렴해지면서 사람들은 푸딩 안에 고기보다 과일, 설탕, 향신료 등을 더 넣었고, 내용물을 굳히고 보존하는 수단으로 고깃기름뿐만 아니라 술, 밀가루, 달걀 등을 많이 사용했다. 푸딩은 이런저런 과정을 거치며 소시지나 순대에서 아득하게 멀어지고, 다양한 맛과 모양의 음식으로 분화되었다. 고기가 아예 빠지고 달콤한 재료들로 가득 채워진 푸딩들도 등장했고(예컨대 크리스마스 푸딩), 거의 달걀과 밀가루만으로 만든 빵 같은 푸딩들도 나오는가 하면(예컨대 요크셔 푸딩), 커스터드 파우더나 전분으로 굳힌 젤리나 무스 형태의 디저트까지도 푸딩이라고 부르기에 이르렀다.

이쯤 되면 이름만 푸딩이지 다 다른 종류의 음식이다. 주요리, 디저트, 애피타이저 등 먹는 순서도 다양하고, 짠맛, 고소한 맛, 단맛 등 맛도 제각각이다. 이들의 공통점을 굳이 꼽자면 내장 지방이든 전분이든 젤라틴이든 달걀이든 간에 무언가로 내용물이 흐트러지지 않게 굳히는 과정이 있거나, 파이나 만두, 소시지처럼 껍질로 소를 감싸는 구조로 되어 있다는 것정도이다.

그러니 영국 소설에 나오는 온갖 푸딩들이 좀처럼 이해가 가지 않는 것도 당연한 일이다.

오늘날 영국, 아일랜드, 오스트레일리아 등지에서는 크리스마스 철이 되면 크리스마스 푸딩을 먹는 풍습이 있다. 이들 나라를 배경으로 한 소설에 크리스마스 만찬 장면이 나오면 푸딩은 거의 빠짐없이 등장한다. 크리스마스 푸딩의 위용과 맛을 찬미하는 가장 유명한 소설 중에는 찰스 디킨스의 《크리스마스 캐럴》이 있다. 하지만 이 자리에서는 제임스 조이스의 단편소설 〈죽은 사람들〉을 소개하고 싶다. 나는 이 단편을 무척 좋아해서 해마다 크리스마스 철이 오면 거듭 읽어보곤 한다.

이 소설은 대학 교수이자 문필가인 주인공 가브리엘이 아내와 함께 더블린의 이모들 댁에서 열리는 크리스마스 파티에 방문해 사람들과 어울리며 밤을 보내고 숙소로 돌아가는 과정을 그린 이야기이다. 이걸 읽으면 나도 어딘가의 크리스마스 파티에 다녀온 듯한 기분이 든다. 오랜만에 만나는 반가운 사람들과의 대화, 푸짐하게 차려진 맛있고 알록달록한 음식들, 음악과 술과 춤의 흥겨움, 사람들 사이에 전해지는 따스한 흥분과 애정, 으레 일어나는 무안하고 후회스러운 해프닝, 아일랜드 특유의 얼근한 취기와 유머, 파티가 파하고 하나둘씩 돌아갈 때 밀려드는 이상한 감동과 쓸쓸함…… 그리고 거짓말처럼 고요해진 새벽녘, 살아온 시간의 기억과 죽은 사람들의 추억이 동시에 되살아나고, 성탄절 밤거리에 평화롭게 내리는 눈 속에서 산 자들과 망자들이 함께 잠드는 그런 기적 같은 밤이, 이 소설 한 편에 모두 담겨 있다.

〈죽은 사람들〉의 만찬 식탁은 실로 성대하다. 누런 거위 구이, 빵가루를 뿌린 커다란 햄, 소금과 향신료에 절이고 삶은 아일랜드식 소고기 요리, 탑처럼 쌓인 빨간색 젤리와 노란색 젤리, 자줏빛 건포도와 껍질을 벗긴 아몬드, 스미르나 무화과, 육두구 분말을 뿌린 커스터드, 금종이와 은종이에 싼 사탕, 셀러리, 오렌지와 미국 사과, 포트와인, 셰리, 흑맥주, 에일 맥주, 탄산수가 오른다. 가브리엘이 거위를 잘라서 사람들에게 돌리고, 좌중에는 좋았던 옛 시절 극장에 올랐던 훌륭한 오페라들과 시대를 풍미한 가수들에 대한 이야기가 꽃핀다. 그리고 식사가 끝난 뒤 후식으로 크리스마스 푸딩이 나온다.

가브리엘의 이모인 줄리아는 커다란 푸딩을 스푼으로 떠서 사람들 접시에 각각 덜어준다. 이 묘사를

보면 거대한 커스터드 푸딩 같은 것이 생각날 수 있
겠지만, 사실 크리스마스 푸딩은 거무스름하고 단단
한, 케이크에 가까운 질감이다. 밀가루, 계란, 말린 과
일, 과일 껍질, 설탕, 당밀, 그리고 시나몬, 육두구, 정
향, 생강을 비롯한 각종 향신료와 브랜디나 럼 같은
술을 넣고 동물 내장 지방으로 굳힌 반죽 덩어리를
헝겊으로 싸서 푹푹 찐 것이다. 이걸 플럼 푸딩plum
pudding이라고도 부르는데, 현대 영어에서 플럼이 자
두라는 뜻이어서 흔히 '자두 푸딩'으로 번역하곤 하
지만 이건 오역이다. 19세기 이전까지 플럼은 건포도
라는 뜻이었고, 건포도가 든 푸딩이라는 뜻에서 붙은
이름이다. 사람들은 이 푸딩을 크리스마스 몇 주 전,
심지어는 몇 달 전부터 준비해 시렁 같은 데 매달아
두고 건조와 숙성 과정을 거쳐서 완성하곤 했다. 우
리나라의 메주 띄우는 과정이 연상된다. 푸딩에 곁들
이는 소스로는 술을 넣은 버터, 크림, 아이스크림, 커
스터드 등이 있는데, 〈죽은 사람들〉에서는 잼, 오렌
지 젤리, 산딸기, 블랑망제(우유와 향료를 넣은 젤리
의 일종)를 같이 낸다. 그리고 이걸 '숟가락으로 듬뿍

듬뿍 떠서' 사람들에게 돌린다.

맛은, 음, 글쎄. 줄리아 이모가 듣는다면 섭섭하겠지만, 사실 내가 〈죽은 사람들〉 속으로 들어가 저 푸딩을 먹는다면 그리 맛있을 것 같지는 않다. 크리스마스 푸딩은 옛날 기독교인들에게는 한 해 중 가장 기쁜 날에 먹을 만큼 호사스러운 특식이었겠지만, 지금처럼 먹을 것이 풍성하고 선택지가 다양한 시대에는 굳이 찾아서 먹을 건 아닌 것 같다. 그리고 보면 나라를 불문하고 명절 전통 음식이라는 건 현대인들에게 썩 맛있을 수가 없는 건지도 모른다. 우리나라의 송편, 전, 산적 같은 것도 무슨 대단한 별미는 아니지 않나. 그럼에도 이렇게 오랜 세월 수많은 사람이 이런 음식들을 먹으며 전통을 지키고 있다고 생각하면 새삼 신기하다.

크리스마스 푸딩

오늘날 영국이나 아일랜드에서는 슈퍼마켓에서 인스턴트를 사다가 전자레인지에 간단히 데워 먹는 경우가 많다. 굳이 직접 만든다면 헝겊으로 쌀 것도 없이 그냥 우묵한 사발 같은 데 반죽을 눌러 담아서 찔 수도 있다. 영국 드라마 같은 데 흔히 나오는, 돔 지붕 같은 모양의 크리스마스 푸딩은 이렇게 만들어진 것이다. 하지만 <죽은 사람들>의 배경인 시대에 크리스마스 푸딩은 돔이 아니라 축구공이나 늙은 호박 같은 모양이었다(찰스 디킨스는 '대포알'에 비유하기도 했다).

이런 갈색 구체형 또는 돔형 푸딩 꼭대기에 호랑가시나무 장식을 얹고, 브랜디나 럼을 끼얹은 다음 불을 붙여 활활 타오르는 '불 쇼'를 선보이며 식탁에 내면 그야말로 크리스마스다운 분위기를 연출할 수 있다.

부활절 케이크

{ Osterküchlein }

"형제들! 이제 잔치를 벌이세!"

슈타슈코의 말이 떨어지자 순식간에 커다란 와인 잔들이 나왔고, 유로는 부활절 케이크들을 가져왔다. 돼지 비계를 넣어 구워 맛깔스러운 황금빛이 돌고 속에는 요구르트와 자두 잼이 들어 있는 달콤한 케이크였다.

"먹자, 형제들! 먹어! 와인도 잊지 말고!"

직공들은 먹고 마시며 마음껏 즐겼다. 잠시 뒤 안드루슈가 우렁차게 노래를 불렀다. 그들은 케이크를 마저 삼키고 레드 와인으로 목을 축인 뒤, 원을 그리고 모여 서서 박자에 맞춰 발을 구르기 시작했다.

_오트프리트 프로이슬러, 《크라바트》

어느 나라든 명절은 있고, 명절 음식도 있다. 우리나라에서는 해가 바뀌는 날 나이 한 살을 더 먹는다는 뜻으로 떡국을 끓여 먹는다. 밤이 가장 긴 겨울날에는 귀신과 액운을 물리치기 위해 붉은 팥죽을 먹는다. 중국에서는 달이 한껏 차오른 것을 기념하는 날 보름달을 닮은 월병을 먹고, 프랑스에서는 연말에 새해의 풍요와 행운을 기원하기 위해 통나무를 불태우던 풍습에서 통나무 모양의 케이크 '부쉬 드 노엘'을 먹는가 하면, 기독교 문화권에서는 예수의 부활을 기뻐하는 날에 달걀을 알록달록 색칠해서 나눠 먹는다. 어느 나라든지 웬만큼 큰 명절에는 반드시 음식이 함께 하는 것 같다. 그 음식을 먹어야 비로소 명절을 쇠었다는 느낌이 든다. 나도 추석에 가족 모임에 못 가고 한산한 서울에 남아 혼자 일해야 하더라도 송편

한 팩은 사 먹는 걸 보면, 명절과 의례가 대체 뭐기에 이렇게 강력한 힘을 발휘하는 걸까 싶다. 부자나 빈민, 왕족, 범죄자 등 계층과 상관없이 모두가 명절에는 비슷한 음식을 먹는다고 생각하면 새삼 신기하다.

그러면 옛날 마법사들도 명절을 지키고 나름의 명절 음식을 먹었을까? 유럽 사람들은 마법사나 마녀가 악마의 힘으로 마법을 부린다고 믿었다. 마법사란 신이 정한 자연의 섭리를 거스르는 사악한 힘을 쓰는 사람이었던 것이다. 그런 사람들이 과연 일반 사람들과 마찬가지로 예수의 탄생이나 부활, 죽음을 기념하는 신성한 명절들을 지켰을까?

소설 《크라바트》는 17세기 작센 지방 마법사들의 세시 풍속을 보여준다. 때는 삼십년전쟁이 한창이던 시기로 작센이 선제후국이던 시대이다. 주인공인 거지 소년 크라바트는 슈바르츠콜름의 어느 방앗간에 견습공으로 들어가면서 잠자리와 생계를 얻는다. 그런데 이 방앗간은 사실 사악한 마법사가 운영하는 도제식 마법 학교이자 비밀결사였다. 크라바트는 선배 직공 열한 명과 무시무시한 방앗간 주인의 지도하에

암흑의 마법을 배우고, 부지런히 일을 하고, 귀리죽으로 끼니를 때우면서, 이 마법사들의 작은 공동체가 어떻게 굴러가는지 엿본다.

마법사들도 일반인과 같은 그레고리력을 사용한다. 그들도 주현절, 사순절, 부활절 같은 기독교 명절을 따르며, 심지어 철저히 지킨다. 그런데 기념하는 방식은 신자들과는 전혀 다르다.

예컨대 매년 주현절(1월 6일, 예수 탄생을 맞아 동방의 세 박사가 베들레헴으로 온 날을 기리는 축일)이면 새로운 견습공이 방앗간에 입단하고, 직공들은 겨울의 휴식을 마치고 곡식 빻는 일을 시작한다.

성금요일(3월과 4월 사이의 부활절 주간, 예수의 수난과 죽음을 기리는 금요일)에는 신참 견습공이 정식으로 마법을 배우기 시작한다.

부활절 전야에는 직공들이 두 명씩 짝을 지어 방앗간 밖에서 밤을 지새우며 예수의 신성한 힘으로부터 자신을 지키는 '액막이 의식'을 치른다. 그리고 부활절 당일이 밝으면 라드를 발라 구운 케이크와 포도주로 푸짐한 잔칫상을 차려 먹고 마시며 즐긴다. 부활절은 한 해의 하이라이트이다. 이날 직공들은 떠들썩하게 노래하고, 옛날이야기를 서로에게 들려주고, 방앗간 주인인 마법사의 험담을 하면서 한 해 동안 묵은 시름을 떨쳐버리고 새로 태어나는 듯하다.

직공들은 그렇게 일을 하고, 마법을 배우고, 여름에는 마법 실습을 하러 마을에 나가기도 하면서 바쁘게 하루하루를 보낸다. 그러다 슬슬 해가 짧아지고 날이 추워지면 두려움에 사로잡혀 동요하기 시작한다. 점점 커지는 긴장감 속에서 마침내 한 해의 마지막 날이 닥쳐오면, 그날 밤에는 직공 중 한 명이 불가사의한 죽음을 맞는다.

슈바르츠콜름의 방앗간은 일정한 주기에 따라 돌아가는 곳이다. 예외는 없다. 한 해에 직공 한 명은 반드시 죽는다. 그리고 반드시 새 견습공 한 명이 들어온다. 왜냐하면 죽은 자의 빈자리를 채워야만 방앗간 주인 마법사가 매년 또 한 명의 직공을 제물로 희생시킬 수 있기 때문이다. 제물이라니, 어떤 제물? 누구에게, 왜 바치는 제물일까? 그건 아무도 명확하게 설명하지 않지만 독자들은 짐작할 수 있다. 아마도 악마와의 계약 때문이리라고…….

마법에는 반드시 대가가 따른다. 방앗간 주인은 악마에게 강력한 마법의 힘을 빌려 쓰고, 그 대가로 직공들의 목숨을 희생시키고 있다. 직공들은 자신과 소중한 친구들이 언젠가는 방앗간 주인 손에 죽으리라는 것을 뻔히 알면서도 도망치지 못한다. 방앗간 주인이 직공들의 몸과 영혼을 마법으로 사로잡아 단단히 옭아매고 있기 때문이다. 그래서 직공들은 자신에게 닥쳐올 무시무시한 미래를 애써 잊고 방앗간의 규칙들과 풍습들에 하릴없이 몸을 맡기며 하루하루를 보낸다. 열심히 일하며 잡념을 잊고, 밤이면 지쳐 곯아떨어져 슬픔을 잊고, 마법을 실습하며 사람들을 골탕 먹일 때는 소리 내어 웃고 즐거워하기도 하고, 부활절에는 동료들과 함께 먹고 마시며 결속을 다지고 사랑을 나눈다.

이들이 이렇게 열심히 일하며 방앗간 체계를 유지하는 덕분에 방앗간 주인은 악마에게 바칠 공물을 얻는다. 더 나아가서는 직공들을 자유자재로 다스릴 수 있는 강력한 마법의 힘을 굳건히 유지한다. 바꿔 말하자면, 직공들은 결국 소중한 동료 중 누군가가 악마의 제물로 바쳐지는 데 일조하고 있는 셈이다.

끔찍한 일이다. 하지만 따지고 보면 사실 우리 같은 보통 사람의 삶도 이들과 별반 다르지 않은 것 같다. 우리도 학교나 일터에서 힘겨운 하루하루를 보내고, 우리에게 언젠간 닥쳐올 죽음을 노래와 이야기와 웃음으로 잊어버린 채, 매년 반복되는 계절과 관습에 발을 맞추면서 살고 있지 않은가.

물론 우리는 크라바트처럼 무자비한 마법사에게 붙들려 있는 것은 아니다. 하지만 저마다의 부조리한 세상 속에서 폭력에 휘둘리며 살아가는 것은 마찬가지이다. 그리고 우리가 그렇게 폭력에 휘둘리며 살아가기 때문에, 즉 다른 누구도 아닌 우리 덕분에 이 부조리한 세상은 유지된다. 오늘날 우리는 '갑질'을 일삼는 재벌들을 욕하면서도, 결국엔 그들의 회사에서 일하거나 그들이 짓는 건물에서 살거나 그들이 만든 물건을 사면서 재벌들 배를 불려주고 있다. 우리는 먹고살기 위해 어쩔 수 없이 상사의 성추행이나 폭언을 참아가며 직장에 다니기도 하는데, 그럼으로써 또 다른 피해자가 발생하는 상황에 암묵적으로 기여하고야 만다. 우리가 낮은 임금으로 감당할 수 있는 저렴한 가격의 SPA 브랜드에서 옷을 사면, 그 순간 지구 어디에선가 착취당하는 아동들의 노동력을 구입하는 셈이다. 헤아리자면 한도 끝도 없다. 사실상 현대사회를 살아가는 개개인이 하는 모든 선택은 다른 누군가의 죽음과 연결된다. 이 악순환에서 완전히 벗어날 수 있는 사람은 아무도 없을 것이다.

인간이 사는 것 자체가 세계의 거대한 악순환에 기여한다고 생각하면 가끔은 무척 비관적인 생각이 든다. 인간이 살아 숨 쉴 때마다 환경이 파괴되고 인간 문명이 존재하는 한 전쟁은 끊이지 않을 것 아닌가. 이런 상황에서 어떻게 아무렇지도 않게 열심히 일하며 잡념을 잊고, 밤이면 지쳐 곯아떨어져 슬픔을 잊고, 명절마다 사람들과 하하호호 먹고 마시며 지난날을 잊고 새날을 기약할 수 있을까. 그건 일종의 기만 아닌가? 크라바트와 직공들이 부활절에 케이크를 나누어 먹으며 웃고 떠드는 장면만 해도, 불과 석 달 전에 동료가 죽었다는 것을 생각하면 굉장히 몰인정해

보인다. 이 방앗간 시스템 때문에 얼마 전에 너무나 부당하고 끔찍한 죽음을 맞은 친구가 있는데, 어떻게 그 죽음을 훌훌 털어버리고 '부활' 의식을 치르고는 그 시스템의 존속을 위해 다시금 열심히 살아갈 수 있을까.

하지만 아이러니하게도, 이 책의 끝에서 크라바트가 결국 사악한 마법사 주인의 횡포를 막아내고 동료들과 자기 자신을 구해내는 것은 시스템 안에서 최선을 다한 덕분이었다. 그동안 해마다 '부활' 의식을 통해 마음속에 쌓인 불만과 화를 털어버리고, 어떻게든 내일을 살아낼 힘을 얻고, 살아남은 동료들과 결속을 다졌기 때문에 크라바트는 방앗간 주인과 맞설 만큼 성장할 수 있었다. 그러지 않았다면 아무것도 바꿀 수 없었을 것이다. 주어진 삶을 살아내기를 끝끝내 거부한다면 남는 것은 죽음뿐이고, 죽으면 아무것도 할 수 없으니까.

크라바트가 정확히 어떻게 혁명을 일으킬 수 있었는지는 여기에 쓰지 않겠다. 대신 《크라바트》를 꼭 읽어보라고 권하고 싶다. 《크라바트》는 유럽의 오래

된 전설을 바탕으로 만든 예스러운 동화이다. 하지만 전혀 낡은 이야기는 아니다. 오히려 성장에 대해, 죽음과 악에 대해, 그리고 죽음을 받아들이고 악에 맞서는 방식에 대해 너무나 많은 것을 이야기하는 책이라서 읽을 때마다 새로운 의미가 생겨나는 것 같다. 마치 매년 봄꽃이 피어나도 그 꽃들은 결코 똑같지 않고 언제나 새로운 탄생을 의미하는 것처럼.

나는 이 글을 쓰기 위해 《크라바트》를 다시 읽으며 사람에게는 저마다의 부활 의식이 꼭 필요하다는 생각을 했다. 반드시 기독교의 부활절이나 전통적 의미에서의 명절을 지켜야 한다는 뜻이 아니다. 다만 인생이라는 길고 험난한 여정을 나아가다 잠시 멈춰 옛것을 털어내고 사람들을 용서하고 새로운 것에 마음을 여는 시간이 필요하다는 뜻이다. 그런 시간이 한 해에 한 번은 있어야 다시 힘을 내서 더 많은 일을 할 수 있을 것이다. 옛 사람들은 그 사실을 익히 알고 있었던 것 같다. 또 그런 부활의 시간에는 뭔가 맛있는 음식이 필요하다는 것도.

나만의 '부활절 케이크'는 무엇일까? 누구와 함께

먹으면 좋을까? 이제부터 하나씩 정해보는 것도 재미있을 것 같다.

부활절 케이크

독일의 작센 지방은 견과와 오렌지 껍질과 각종 향신료가 들어간 달콤한 크리스마스 케이크 '슈톨렌stollen'의 고향이다. 작센 사람들이 케이크를 워낙 좋아해서 슈톨렌뿐 아니라 다양한 종류의 케이크가 발달했다. 부활절에는 전통적으로 사프란 가루, 쿠아르트라는 가볍고 시큼한 맛의 요거트에 가까운 치즈, 새콤한 과일이 들어간 크림을 넣고 구운 케이크를 먹는다고 한다. 하지만 《크라바트》에 나온 케이크는 이것보다도 더욱 고전 방식으로 구운 예스러운 케이크이다. 우선 그 시대에 흔히 그랬듯이 값비싼 버터나 식물성 기름 대신 라드, 즉 돼지비계를 써서 구웠다. 또한 독일의 초기 부활절 케이크는 으레 쌀가루나 세몰리나(요즘에는 주로 파스타에 쓰이는 강하고 거친 밀가루)로 만들었다고 하니, 크라바트가 먹은 케이크도 그런 재료를 썼을 가능성이 높다. 요즘 우리 입맛에 익숙한 산뜻하고 보드라운 케이크와는 사뭇 다른 맛이었을 것이다.

《크라바트》에 나온 부활절 케이크의 원문은 '오스테르

퀴힐라인osterküchlein'인데, 이것은 커다란 홀 케이크보다는 컵 케이크에 가까운 작은 케이크를 뜻한다. 또한 요즘 독일에서 즐겨 먹는 부활절 케이크에는 토끼 모양 장식이 들어가는 경우가 많다(부활절에 토끼가 달걀을 숨겨놓는다는 전설 때문에 생겨난 풍습이다). 올해 부활절에는 앙증맞은 토끼 장식을 넣은 컵케이크를 만들어 먹으며 《크라바트》를 읽는 것은 어떨까.

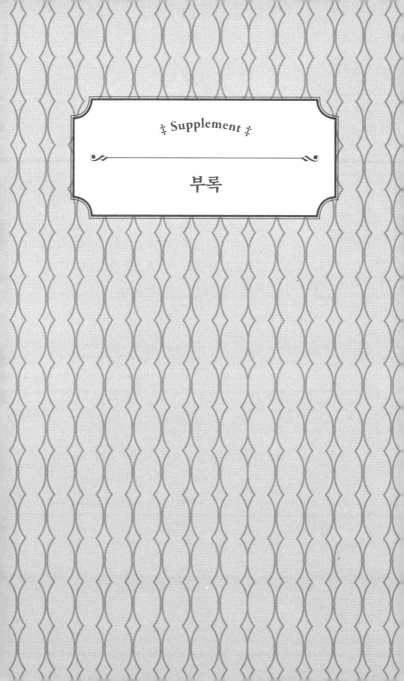

‡ Supplement ‡

부록

찬장

{ Cupboard }

음식이나 그릇을 넣어두는 장롱을 뜻한다. 냉장고가 지금처럼 어느 집에나 있는 필수 세간이 되기 전, 음식을 신선하게 보관할 방법이 마땅치 않던 시대에 발달한 가구이다. 선반과 서랍 들이 달린 목재 수납장 같은 형태로 오늘날에는 싱크대와 연결되어 부엌 벽에 일체형으로 붙어 있는 구조가 일반적이다.

음식이나 그릇을 넣는 가구라고는 하지만, 수납용 가구가 거의 그렇듯이 쓰다 보면 별의별 잡동사니를 넣게 된다. 그래서인지 옛날 소설에 나오는 캐릭터들은 찬장 속에서 온갖 신기한 음식과 물건 들을 꺼내곤 한다. 자두 케이크, 롤빵, 마멀레이드 단지, 은식기, 정어리 통조림, 커다란 소시지, 크리스마스 푸딩, 다마스크 식탁보, 천으로 싼 황금빛 치즈, 돼지고기 파이, 감초 사탕, 복숭아 병조림, 당밀과 그레이비……

때로는 예쁜 조가비들과 돌처럼 딱딱해진 나무토막들, 책들도 나오고(《초원의 집》), 헝겊, 머리빗, 구두, 리본, 조화, 육두구 분쇄기 같은 것도 나온다(《톰 아저씨의 오두막》). 《나니아 연대기》의 벽장이나 스파이 영화에 나오는 책장 속 비밀 문처럼, 찬장 뒤편에 비밀의 방으로 연결되는 문이 숨겨져 있는 경우도 있다(아스트리드 린드그렌의 《사자왕 형제의 모험》).

찬장이란 그 속에 무엇이 얼마나 숨겨져 있는지 알 수 없는 보물 상자 같다. 무궁무진한 이야깃거리가 튀어나오고, 새로운 세계로 연결되는 비밀의 서랍과 선반 들.

후시어 캐비닛(Hoosier Cabinet)

20세기 초에 나온 미국식 찬장 겸 조리대로 후시어 사社에서 처음 생산해 선풍적인 인기를 끌면서 이런 형태의 찬장을 가리키는 일반적인 단어로 굳어졌다. 찬장과 조리대가 합쳐져 편리하게 사용할 수 있는 최초의 일체형 싱크대이다.

파이 금고(Pie Safe)

파이를 비롯해 빵과 고기 등 상하기 쉬운 음식들을 보관하는 찬장이다. 문짝 일부가 통풍용 구멍이 뚫린 양철판이나 철망으로 되어 있어, 시원한 공기가 통하면서 쥐나 해충이 들어올 수 없도록 설계되었다. 오늘날 냉장고의 전신인 셈이다. 양철판의 통풍용 구멍들은 예쁜 무늬를 그리도록 뚫어놓아서 장식적인 기능도 했다.

웰시 드레서(Welsh Dresser)

전통적인 영국식 찬장이다. 상단에는 귀한 접시와 장식품을 진열하는 선반들이 있고, 하단에는 각종 식료품을 보관하는 서랍들이 있다. 선반장과 서랍장 사이에는 상판이 대어져 있어, 부엌에서 조리한 음식들을 식탁으로 옮기기 전 잠시 놔두거나 자주 쓰는 식재료들을 올려두는 용도로 사용했다. 음식물을 서늘하게 보관하기 위해 서랍 내부를 양철로 만들기도 했다.

식료품 저장실
{ Pantry }

옛날 서양에서는 보통 집 안에 부엌과 별도로 '식료품 저장실'을 갖추고 있었다. 말 그대로 식료품과 각종 조리용 집기를 보관하는 방이다. 하지만 단순한 창고 용도로만 쓰지는 않았다. 불을 쓰지 않는 음식을 준비하거나 보존식품을 만들거나 설거지를 하는 등 오늘날의 부엌 역할도 일부 겸했다. 반면 부엌kitchen은 스토브나 오븐, 화덕이 있어서 불을 쓸 수 있는 곳을 뜻했다.

빅토리아 시대의 규모가 큰 저택에서는 그릇과 컵, 귀한 은식기들을 모아두는 식기실butler's pantry과, 육류를 보관하는 냉장실larder을 따로 두기도 했다.

식기실은 부엌과 식당 사이에 있어서 부엌에서 조리한 음식들을 식당으로 내보내기 전 대기하는 곳으로 쓰기도 했다. 조선 시대 양반집에서 곳간 열쇠가

곧 집안의 권력을 상징했듯이, 식기실 열쇠도 하인 중에서 권한이 가장 큰 사람(주로 집사)이 관리했다.

냉장실은 저택을 둘러싼 마당에서 가장 햇빛이 덜 들고 서늘한 북쪽에 따로 곳간처럼 지었다. 하지만 냉장고가 없던 시절에는 어쨌거나 신선 식품을 집에서 보관하는 데에 한계가 있었으므로 웬만하면 그때그때 구입해서 썼다. 시장에서 사 오기도 했지만, 식료품 장수들이 집들을 돌면서 고기, 우유, 채소 등을 규칙적으로 배달해주기도 했다. 이런 장수들은 집의 식솔들이나 하인들을 자주 만났으므로 친해질 수밖에 없었고, 집안의 이런저런 동향이 그들의 귀로 흘러 들어가곤 했다. 때문에 빅토리아 시대의 저택을 배경으로 한 추리소설들에서는 식료품 장수들이 용의자나 증인으로 등장하는 경우가 많다.

스토브
{ Stove }

한국에서는 '스토브'가 난로나 휴대용 취사도구를 뜻하는 말이지만, 원래 영어로는 가정용 대형 취사 기구와 난방 기구를 두루 가리킨다. 가스를 연료로 쓰는 취사 기구를 가스 스토브gas stove라고 하는데, 재미있게도 한국에서는 이걸 가스레인지gas range라고 부른다.

　가스 스토브는 서양에서 20세기 초에 상용화되었다. 그전까지는 흔히 석탄이나 장작을 연료로 사용하는 스토브를 썼다. 석탄이나 장작으로 불을 지폈다니까 우리나라의 아궁이와 부뚜막이 떠오르기도 하지만, 실상은 많이 다르다. 예컨대 빅토리아 시대의 석탄 스토브는 공장에서 생산한 주철 기계장치로, 오븐과 가열판이 갖추어져 있다. 연료를 편리하게 넣고 뺄 수 있고, 주기적으로 청소를 해줘야 한다. 만약 여러분이 19세기 영국 배경의 소설을 읽다가 스토브나 오븐, 화덕 같은 단어를 본다면, 대강 이런 주방 기구를 상상하면 맞을 것이다. 우리가 아는 수많은 등장인물들이 바로 이런 기구로 케이크를 굽고 스튜를 끓이고 고기를 구웠다.

현대식 가스레인지와 달리 이런 석탄 스토브에는 화구火丘가 따로 없다. 대신 스토브 안에서 타는 불길이 상판처럼 놓인 가열판을 데운다. 그런데 열기가 가열판의 한쪽에 집중되기 때문에 그 부분이 가장 뜨겁고, 거기서 멀어질수록 온도가 점점 떨어진다. 그래서 가열판의 열기가 강한 부분은 '강불', 가운데 부분은 '중불', 열기가 약한 부분은 '약불' 기능을 한다. 오늘날의 가스레인지처럼 점화 손잡이를 돌려서 불의 세기를 조절하는 게 아니라, 가열판 중에서 더 뜨겁고 덜 뜨거운 위치를 원하는 대로 선택해서 냄비나 주전자를 이리저리 옮기면 되는 것이다. 이걸 '피아노 시스템'이라고 부른다. 그 특유의 섬세하고 매끄러운 온도 조절 방식은 지금까지도 많은 사람의 사랑을 받고 있어, 이 시스템을 적용한 가스레인지를 여전히 생산하고 있다고 한다. 피아노를 연주하듯 요리를 한다니, 참 낭만적이다.

스토브는 조리 기구이면서 동시에 난로 역할을 하기도 했다. 옛날 소설을 읽다 보면 등장인물들이 부엌의 불가에 모여 앉아 이야기를 나누는 장면이 많이 나온다. 응접실이나 식당을 따로 갖추지 못한 작고 가난한 집에서는 추울 때 여럿이 불을 쬘 수 있는 공간이 부엌의 스토브밖에 없었다. 그래서 스토브 앞에 테이블을 놔두고 그걸 조리대 겸 식탁 겸 다탁 茶卓으로 쓰기도 했다. 대저택에서 일하는 하인들 역시 부엌에서 많은 시간을 보냈으므로 자연스럽게 스토브 앞을 사교 장소로 삼았다.

이외에도 시대와 문화권에 따라 다양한 형태와 구조의 스토브들이 있다. 《플랜더스의 개》의 작가 위다가 쓴 소설 《뉘른베르크 스토브》에서는 르네상스 시대의 도예가 아우구스틴 히르슈포겔이 장인의 솜씨로 만든 예술적인 도자기 스토브가 등장한다.

벽난로

{ Fireplace }

벽에 설치한 붙박이식 난로. 벽에 뚫린 아궁이에 땔감을 넣고 불을 지피면 벽 속으로 통하는 굴뚝으로 연기가 올라가게끔 되어 있다.

전통적인 벽난로에 넣는 땔감은 주로 장작이나 석탄이다. 하지만 소설 속에서는 그 외에도 여러 물건이 땔감으로 쓰인다. 가장 인기가 많은 것은 편지이다. "당신하고는 결혼할 수 없을 것 같다"는 정중하지만 충격적인 내용의 메시지가 담긴 약혼자의 편지라든지, "읽는 즉시 태워 없애라"는 추신이 붙어 있고 발신인 이름은 V, X, Y 따위의 이니셜로만 적힌 편지라든지, "빌어먹을"이나 "젠장" 같은 욕설이 들어간 편지 등은 수시로 벽난로의 먹이가 된다. 그 외에도 리본, 깃털, 실밥, 신문지, 유언장, 중요한 서류, 안 중요한 서류, 세상에 단 한 권밖에 없는 책, 미완성 소설 원고, 살인 사건의 증거품 등 소설 속 캐릭터들은 그야말로 온갖 것을 벽난로에 태워 없앤다.

벽난로의 굴뚝은 지붕 위까지 연결된다. 소설 속에서 이 굴뚝들은 산타클로스, 도둑, 굴뚝 청소부 등이 들락거리기 위해 존재하는 것처럼 보인다.

벽난로 아궁이 위에는 선반이 달려 있는데, 액자에 넣은 가족사진, 파티 초대장, 장식품 등이 진열되어 있다. 처음 방문한 손님들도 벽난로 선반에 놓인 물건들을 보면 집주인에 대해 많은 것을 알 수 있다. 중요한 정보가 벽난로 선반에서 발견되는 경우가 많다.

벽난로 앞에는 늘 카펫이 깔려 있고 그 위에 안락의자와 탁자가 놓여 있다. 열기가 직접 사람 얼굴에 닿지 않게 차단하는 칸막이fire guard가 세워져 있는 경우도 있다. 소설 속 사람들은 벽난로 앞에 둘러앉아 따뜻한 차를 마시고 과자나 케이크를 먹는다. 토스트나 마시멜로를 벽난로에 구워 먹거나, 솥을 걸어놓고 포토퍼 같은 스튜를 끓이기도 한다. 그리고 이야기를 시작한다. "옛날 옛날에……."

포치

{ Porch }

현관문 밖에 일종의 테라스처럼 만든 마루로, 반드시 지붕이 있어서 비와 햇볕을 피할 수 있도록 되어 있는 것이 특징이다. 방문객이 현관문을 두드린 뒤 집주인이 문을 열어줄 때까지 기다릴 수 있는 공간이다.

하지만 19세기 미국을 배경으로 한 소설을 보면 방문객보다는 오히려 집주인이 포치에서 더 많은 시간을 보내는 것 같다. 주로 여름철에 포치에 앉아 서늘한 그늘 아래 바람을 맞으며 빈둥거리는 장면이 많이 나온다. 아예 이렇게 쓰려고 안락의자 두어 개를 포치에 놓는 경우도 많다. 등장인물들은 이런 안락의자나, 현관문 앞 계단 위에 걸터앉아서 레모네이드를 마시거나, 술을 마시거나, 씹는 담배를 씹거나, 궐련을 피우면서 잡담을 나눈다.《바람과 함께 사라지다》

의 첫 장도 스칼렛이 남자들과 함께 포치에 앉아 노닥거리는 장면으로 시작한다.

포치에서는 대부분 집 앞마당과 대문이 훤히 보이기 때문에, 거기에 있다 보면 집 밖의 동향을 파악하고 방문객을 맞이하기에 용이하다. 같은 동네 사람들과 쉽게 교류할 수 있는 장소인 셈이다. 하지만 내향적 성격의 사람이라면 이렇게 외부인들에게 개방된 포치보다는 집 뒤뜰의 테라스나 베란다에서 차를 마시며 쉬는 편을 더 좋아할 것이다.

테라스(Terrace)

집 뒤에 있는 야외 공간. 흔히 뒤뜰의 정원과 곧바로 연결된다. 테라스의 바닥은 돌이나 나무로 포장되어 있고, 바깥의 맨바닥보다 좀더 높이 올라오게끔 지어진다. 기둥이나 지붕은 아예 없거나, 만약 있더라도 야외와 훤히 트인 구조로 되어 있다. 손님들을 불러 바베큐 파티를 하기에 딱 좋다.

발코니(Balcony)

발코니는 반드시 이층 이상에 지어진다. 창문 밖으로 튀어나온 작은 받침대에 난간이 둘러쳐진 형태라고 보면 된다. 테라스나 베란다와 달리 발코니는 손님들과 다 같이 어울리는 사교 공간이 아니라 개인적인 공간이다. 호텔 객실 발코니가 그 객실을 사용하는 투숙객들만 사용할 수 있듯이.

파티오(Patio)

파티오는 원래 스페인 문화권에서 중정中庭이라는 뜻인데, 다른 나라의 건축 양식들로 전파되면서 기존의 의미와는 다르게 쓰이게 되었다. 영미권에서 파티오는 집 밖의 뜰에 타일이나 포석, 콘크리트 따위를 깔아 잔디밭과 구분지은 공간을 뜻한다. 테라스와 달리 맨땅과 단차가 전혀 없다. 베란다처럼 지붕이나 난간이 딸려 있지도 않다. 이런 데에 테이블과 의자를 놓아두고 자주 식사를 하려면 사시사철 날씨가 좋아야 할 것이다. 레스토랑의 뜰에 마련된 식사 구역을 파티오라고 부르는 경우가 많다.

베란다(Veranda)

집 뒤나 옆을 따라 길게 붙어 있는 툇마루 비슷한 공간. 테라스와 달리, 베란다는 '집에 딸린 야외 공간'이라기보다는 '집의 일부를 밖으로 터놓은 공간'에 가깝다. 그래서 베란다의 바닥은 집 내부의 바닥과 단차 없이 그대로 이어진다. 지붕이 반드시 딸려 있고 기둥, 벽, 난간, 심지어는 전면 유리창으로 보호되기 때문에 비바람을 피할 수 있다. 테이블과 의자를 놓고 손님들과 담소를 나누기에 좋은 공간이다.

한국에서 통용되는 '베란다'의 의미는 좀 다르다. 아파트를 비롯한 공동주택에서 거실 밖에 딸린, 유리창으로 둘러쳐진 좁은 공간을 베란다라고 부르는 경향이 있다. 주로 세탁기와 화분, 각종 잡동사니를 놓아두며 청소를 자주 하지 않아서 좀 구질구질하고, 겨울에는 너무 춥고 여름에는 너무 더운 곳이라는 이미지가 강한 것 같다. 하지만 영미권에서 '베란다'라고 하면 오히려 테라스보다 고급스럽고 낭만적인 뉘앙스로 받아들인다.

생강빵과 진저브레드
소설과 음식 그리고 번역 이야기

1판 1쇄 발행 2020년 3월 31일 **1판 5쇄 발행** 2022년 6월 10일
지은이 김지현 **감수** 최연호
펴낸이 고세규
편집 이승희 신종우 **디자인** 홍세연 **마케팅** 고은미 **홍보** 김하은

발행처 김영사
주소 경기도 파주시 문발로 197(문발동) 우편번호 10881
등록 1979년 5월 17일(제406-2003-036호)
구입 문의 전화 031)955-3100 **팩스** 031)955-3111
편집부 전화 02)3668-3290 **팩스** 02)745-4827 **전자우편** literature@gimmyoung.com
비채 카페 cafe.naver.com/vichebooks **인스타그램** @drviche
트위터 @vichebook **페이스북** facebook.com/vichebook **카카오톡** @비채책
ISBN 978-89-349-3265-9 03810 책값은 뒤표지에 있습니다.

비채는 김영사의 문학 브랜드입니다.

이 도서의 국립중앙도서관 출판예정도서목록(CIP)은 서지정보유통지원시스템 홈페이지(http://seoji.nl.go.kr)와 국가자료공동목록시스템(http://www.nl.go.kr/kolisnet)에서 이용하실 수 있습니다. (CIP제어번호: CIP2020007798)

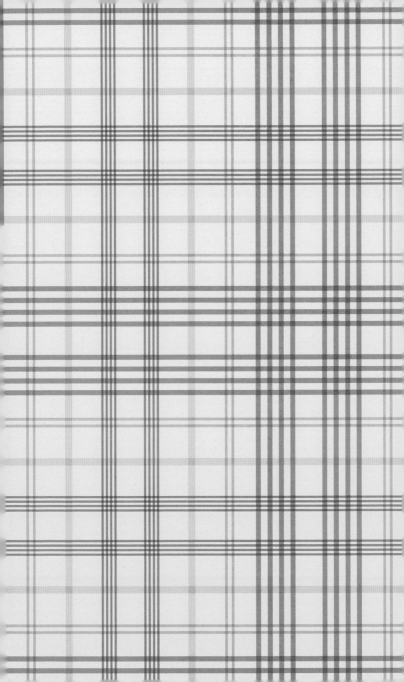

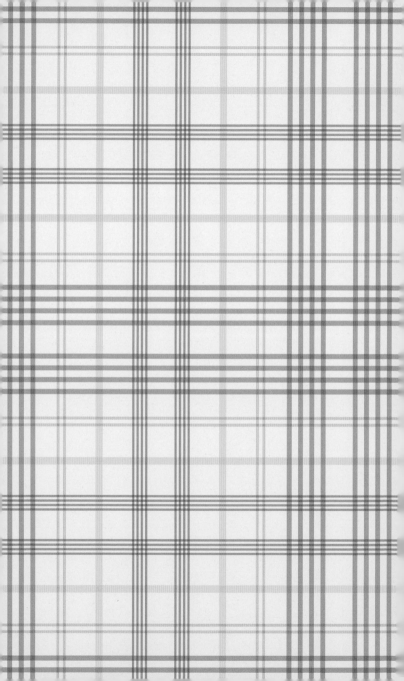